KB268334

변방의 노래 塞下曲

오월에도 눈 쌓인 천산엔
꽃은 없고 추위만이 있을 뿐
「절양류」 피리 소리 들려오지만
봄빛은 일찍이 찾을 길 없다
새벽에는 종과 북 따라 싸우고
밤에는 말안장 끼고 잠을 자노라면
허리에 찬 칼을 뽑아
곧바로 누란을 베련다

五月天山雪, 無花祗有寒. 笛中聞折柳, 春色未曾看.
曉戰隨金鼓, 宵眠抱玉鞍. 願將腰下劍, 直爲斬樓蘭.

삼족오

三
足
鳥

삼족오 8

임영기 新무협 판타지 소설

초판 1쇄 찍은 날 § 2005년 3월 8일
초판 1쇄 펴낸 날 § 2005년 3월 18일

지은이 § 임영기
펴낸이 § 서경석

편집장 § 문혜영
편집 § 장상수 · 이재권 · 한지윤

펴낸곳 § 도서출판 청어람
등록번호 § 제1081-1-89호
등록일자 § 1999. 5. 31
어람번호 § 제2-0544호

주소 § 경기도 부천시 원미구 심곡1동 350-1 남성B/D 3F (우) 420-011
전화 § 032-656-4452   팩스 § 032-656-4453
http://www.chungeoram.com
E-mail § eoram99@chollian.net

ⓒ 임영기, 2004

ISBN 89-5831-458-3 04810
ISBN 89-5831-229-7 (SET)

삼족오

三足烏

8 완결

Fantastic Oriental Heroes

임영기 新무협 판타지 소설

도서출판 청어람

목차 8

第 八十六 章　해후(邂逅)　■

　왈칵!

　우태는 부술 듯이 방문을 열고 실내로 뛰쳐 들어갔다.

　아담하고 정갈한 방이었다.

　늘 생각해 왔던, 만약 기적이 일어나서 우태 자신과 고예가 혼인을 하여 함께 살게 되는 날이 온다면 이러이러한 방을 꾸몄을 법한 바로 그런 방의 모습이 거기에 있었다.

　그리고 방으로 들어선 우태의 시야에 가장 먼저 들어온 것은 전면에 있는 휘장이 드리워진 침상이었다.

　그리고 얇은 휘장을 통해서 침상에 한 사람이 누워 있는 모습이 흐릿하게 엿비쳤다.

　우태는 그것을 보고 심장이 철렁! 하고 떨어지는 것과 온몸이 벼락을 맞은 듯 크게 흔들리는 것을 느꼈다.

느낌이 있었다.

아니, 그것은 직감이었다.

"흐으으……."

휙!

그는 자신이 구름 위를 걷는지 물속을 허우적거리는지도 모르는 채 이상한 신음성을 흘려내면서 이끌리듯 비틀비틀 침상으로 다가가 휘장을 걷었다.

거기, 침상에 한 소녀가 곤히 잠들어 있었다. 십육칠 세가량의 너무도 곱고 청순한 소녀였다.

그 얼굴에는 손톱만큼의 고통도 세속의 더러움이나 추함도 드리워져 있지 않았다.

그러나 소녀는 고예가 아니었다.

아니, 어딘가 고예를 많이 닮은 소녀였다.

누군가 우태에게 소녀를 고예의 막내동생쯤이라고 소개한다면 믿을 법한 그런 모습이었다.

소녀를 쏘아보는 우태의 눈빛이 크게 흔들렸고 악다문 어금니 사이로 흐릿한 신음이 흘러나왔다.

또 한 번 상처를 입은 것이다. 난도질당했던 심장에 왕소금이 뿌려지는 듯한 고통이었다.

소녀는 곤한 잠에 빠져 있어서 우태가 들어선 것을 전혀 모르고 있는 듯했다.

세상의 곤핍함과 힘겨움이란 손톱만큼도 겪어보지 않았을 듯한 소녀가 아름답고 행복한 꿈을 꾸고 있는 듯 입가에 엷은 미소를 머금고 자는 모습은 보는 사람마저 편안한 기분으로 만들었다.

그러나 결국 그녀는 고예가 아니었다.

우태는 수인타의 말을 듣고 따라올 때부터 그리 큰 기대를 하지 않았기 때문에 막상 고예가 아닌 것으로 확인되더라도 큰 실망은 하지 않을 것이라고 여겼었는데 그게 아니었다.

지금 그가 느끼고 있는 절망은 처음 고예가 죽었다는 말을 들었을 때보다 컸으면 컸지 결코 작지 않았다.

슥…….

그는 휘장을 내리고 비틀거리면서 몸을 돌렸다.

"우 대인."

그때 그의 등 뒤에서 죽어서도 잊지 못할 가늘고 고즈넉한 음성이 들려와서 우태는 걸음을 뚝 멈추고 벼락을 맞은 듯 몸을 후르륵 거세게 떨었다.

분명한 고예의 음성이었다.

예전에 그녀의 음성이 어땠었지? 하고 기억해 내려고 하면 결코 기억나지 않았지만, 기억 속에는 분명히 아른거리며 잔존하던 바로 그 음성이었다.

획!

우태는 황급히 몸을 돌렸다.

그리고 거기에 방금 전까지 곤히 자고 있던 아름다운 소녀가 자신을 그윽하게 바라보며 눈물짓고 있는 것을 발견하고는 눈을 커다랗게 부릅떴다.

"우 대인, 저를… 벌써 잊으셨나요?"

소녀는 상체를 일으켜 앉으며 조용히 말하면서 계속 눈물을 흘렸고 시선을 우태의 얼굴에서 떼지 않았다.

그녀의 얼굴에는 무엇으로도 형언키 어려운 기쁨과 반가움, 그리고 사랑이 가득 떠올라 있었다.

우태는 바보 같은 얼굴로 중얼거렸다.

"고… 낭자?"

소녀가 고개를 끄덕이자 눈물이 후드득 떨어졌다.

"네… 저예요, 고예."

"저, 정말 그대요?"

우태는 얼굴 가득 불신 어린 표정을 떠올렸다. 이처럼 어리고 아름다운 소녀가 고예라는 사실을 믿을 수 없는 것인지, 고예가 살아 있다는 사실을 믿을 수 없는 것인지, 아니면 둘 다 믿을 수 없는 것인지 그 자신도 헤아리지 못했다.

"네… 우 대인."

"어, 어디 봅시다."

우태는 덜덜 떨리는 두 손을 뻗어 고예의 뺨을 감쌌다. 그의 손 하나가 그녀의 얼굴을 덮고도 남았다.

거칠고 투박하며 수없이 피를 묻힌 손이다. 하지만 고예에겐 더할 수 없이 부드러운 정인의 손이었다.

"정말 그대구려, 고 낭자……."

우태는 손으로 한참이나 고예의 뺨을 어루만져 보고 머리를 쓰다듬으며 얼굴을 바짝 들이대고는 그녀의 눈을 들여다본 연후에야 비로소 인정했다.

우태는 지금 이 순간이 설령 꿈이라고 해도 좋았다. 고예가 죽었다는 말을 들은 이후부터 그는 단 한 번만이라도 꿈속에서나마 고예를 만나고자 무던히 애썼지만 끝끝내 뜻을 이루지 못했었다. 이제 이것이 꿈이라 한들 그는 기꺼이 행복할 것이다.

그는 고예의 머리를 잡고 가만히 자신의 가슴에 묻었다. 두 사람이 하나가 되고 두 영혼이 하나가 되었다.

이제는 절대 헤어지지 않으리라고 두 사람은 그 포옹으로 굳게 맹세했다.

고예는 우태의 너른 가슴에 얼굴을 묻고 그의 앞섶을 눈물로 흠뻑 적시면서 우태의 커다란 상체가 가늘게 떨리고 있는 것을 느꼈다. 그도 울고 있었다.

"빌어먹을! 내게도 고 낭자와 같은 나이의 누이동생이 있소! 고 낭자는 고구려의 딸이니 나 우태의 누이동생이나 다름없소! 두고 보시오! 나 우태는 누이동생을 절대 버리지 않소!"

그렇게 외쳤던 우태였다.

우태는 안고 있는 고예의 눈물 때문에 자신의 가슴이 축축이 젖는 것을 느꼈다.

그는 가슴에서 고예를 떼어내고 다시 두 손으로 그녀의 뺨을 어루만졌다.

"이것은 꿈이… 아닌가?"

"꿈이 아니에요, 절대."

고예가 영롱하게 눈을 빛내며 확인시켜 주었다.

"하아… 이것은 대체… 하늘이 내게 이런 자비를 내려주시다니……"

우태의 두 눈에 우직한 눈물이 가득 고였다가 뚝뚝 떨어졌다. 그는 다시 고예를 가슴에 안았다.

　두 사람은 오랜 시간이 지나도록 그렇게 있었다. 수만 마디 하고 싶었던 말들을 두 사람은 그렇게 말없이 나누었다.

　우태 뒤에는 수인타와 우상, 그리고 소문을 듣고 달려온 아란타와 운채, 장백파의 대주들과 도옥, 안교 등이 서 있었다. 아란타를 제외한 그들 모두도 기쁨의 눈물을 흘리고 있었다.

　아란타는 우태의 품속에 파묻혀 있는 고예를 어금니를 있는 힘껏 악다물고 뺨에서 잔경련을 일으키면서 쏘아보았다.

　그녀는 아란타 자신을 제외한 요동성의 유일한 생존자였다.

　운채는 눈물을 흘리면서 고예를 바라보다가 아란타 옆구리에 얼굴을 묻고 가늘게 떨면서 계속 울었다.

　수인타도 울고 우상도 울었다.

　그것은 기쁨의 눈물이었다. 모두들 진심으로 기뻐하며 흥분을 감추느라 애쓰고 있었다.

　그들 모두는 이 순간 고연을 떠올리고 있었다. 고예를 보고 있노라면 당연한 현상이었다. 그래서 모두는 고예가 살아서 돌아왔다는 기쁨과 고연이 죽었다는 슬픔을 함께 맛보면서 기쁨과 슬픔의 눈물을 흘렸다.

　수인타는 힐끗 아란타를 돌아보았다. 그는 오라비의 그런 모습과 표정을 일찍이 한 번도 본 적이 없었다.

　아란타는 어금니를 악문 채 두 눈이 붉게 충혈됐는데, 이 천하에 다시없을 강골(强骨)의 사나이가 내심의 격동을 간신히 억누르고 있음을 짐작할 수 있었다.

　"천 호법님, 다른 사람들에게도 기회를 주서야죠."

말리지 않으면 그칠 것 같지 않은 포옹 같아서 이윽고 수인타가 조심스럽게 입을 열었다.

그제야 우태는 못내 아쉬운 듯 고예를 품에서 떼어내면서도 시선은 줄곧 그녀의 얼굴에서 떠날 줄 몰랐다.

"아란타 오라버님!"

고예는 그제야 아란타를 발견하고는 놀라서 외쳤다.

아란타는 즉시 고예를 향해 바닥에 넙죽 부복하며 고구려식의 큰절을 올렸다.

"소인 아란타가 예 아가씨를 뵙습니다!"

사람들은 천군만마를 호령하던 아란타의 목소리가 지금은 가늘게 떨리는 것을 들었다.

그 옛날, 전쟁이 없던 시절에 고예는 아란타의 너른 등에 업혀서 놀다가 잠드는 것을 무척 좋아했었다.

그래서 아란타는 고예가 자신을 좋아하는 것보다 더욱 그녀를 좋아했었다.

"정말 아란타 오라버님이야? 맞는 거야?"

사람은 대체 얼마나 많은 눈물을 한꺼번에 흘릴 수 있는 것인가. 고예는 몸속의 수분을 모조리 눈물로 쏟아내려는 듯 끊임없이 눈물을 흘리며 아란타를 향해 손을 뻗었다.

"어, 어서 일어나요. 아란타 오라버님이 내게 왜 절을 하는 거야? 수인타 언니가 아란타 오라버님을 좀 일으켜 줘, 응?"

원래 고예는 대량의 취봉단 총단에 머물면서 많은 사람들의 정성 어린 치료와 보살핌을 받으며 생활하고 있었다.

수인타는 고예의 상태가 너무도 심각해서 생사를 장담할 수 없었기 때문에 친오라비인 아란타는 물론 누구에게도 고예에 대해서 일체 말하지 않았었다.

그녀는 물론 고예에게도 아란타와 장백파, 그리고 고연의 죽음에 대해서 말하지 않았다.

아주 조금씩 기력을 회복하면서 병이 치유되고 있는 그녀가 충격을 받아 다시 악화될까 봐 염려해서였다.

그러다가 얼마 전에 거의 다 완쾌된 고예로부터 자신을 구해준, 그리고 자신이 사랑하게 된 남자 우태에 대해서 듣게 된 수인타는 크게 놀라서 그 즉시 고예를 데리고 곧장 이곳 무령산 장백파 신단으로 달려왔던 것이다.

수인타가 고예로부터 우태에 대해서 듣는 순간 그가 장백파의 천 호법일 것이라고 즉시 떠올린 것은 주지의 사실이었다.

"예 아가씨를 뵈옵니다!"

그때 운채를 제외한 모든 사람들이 그 자리에 부복하면서 우렁차게 외쳤다.

"이들은 장백파 제자들입니다."

아란타가 공손히 그들을 소개했다.

"예야……."

운채가 어깨를 심하게 들먹이면서 흐느끼며 고예에게 다가와 두 팔을 뻗었다.

"채, 채 아냐? 운하로 대대로님의 딸 운채 맞지?"

고예는 반가운 탄성을 터뜨리며 운채를 부둥켜안았다.

운채는 부모님과 함께 몇 번인가 요동성에 간 적이 있었고 고예도 남경에 있는 운하로의 저택에 간 적이 있었으므로 동갑내기인 두 소녀가 얼마나 친했었는지는 굳이 설명할 필요도 없었다.

"이리 와, 아란타 오라버님. 어디… 만져 보고 싶어."

이윽고 고예는 수인타의 부축으로 몸을 일으킨 아란타에게 두 팔을 뻗으며 샘물처럼 눈물을 흘렸다.

옆에서 그 광경을 지켜보던 우태는 복잡한 표정을 짓고 있었다. 아란타가 고예에게 절을 하고 고예는 그를 오라버님이라고 부르니 그로서는 선뜻 이해하기 힘들었던 것이다.

고예의 진정한 신분에 대해서 아직까지도 모르고 있는 우태로서는 그러는 것이 당연했다.

그러나 어쨌든 좋았다.

고예가 살아 있지 않은가.

세상에 그보다 더 큰 축복이 어디에 있겠는가.

"살아 있었구나, 아란타 오라버님도…….."

고예는 아란타의 손을 만지다가 그의 가슴에 안겼다. 포근했다. 그 옛날 요동성에서처럼…….

"매일 잠을 잘 때나 깨어 있을 때에도 잊지 않았어……. 생의 가장 밑바닥에서… 죽고 싶을 정도로 힘겨웠을 때에도… 단 한 순간도… 연 오라버님도 어머님도… 아란타 오라버님과 수인타 언니도… 내가 알고 있는 모든 사람들이 꼭 살아 있기를 빌었어……. 그런데 그 기도가 이루어졌어. 살아 있다니… 살아 있었다니… 정말 다행이야…….."

아란타는 어금니를 힘껏 악물고 있었다. 다음에 나올 고예의 말이 무엇인지 짐작하기 때문이다.

그리고 그의 시뻘겋게 충혈된 두 눈에는 눈물 방울이 고여서 금세라도 굴러 떨어질 듯 흔들리고 있었다.

'설마……'

우태는 방금 전 고예의 말에서 결정적으로 무언가를 깨달았다.

하지만 그 깨달음을 믿기에는 천하는 너무 넓었다.

어떻게 자기가 고연과 고예를 차례로 만나서 두 사람 모두 사랑하게 되는 우연이 현실이라고 믿을 수 있겠는가?

"설마 고 낭자가 연이의……."

우태가 신음처럼 중얼거리자 고예는 환한 표정으로 우태를 보며 참새처럼 종알거렸다.

"아! 우 대인께서도 저희 오라버님을 알고 계신 건가요? 고구려 계루부의 태대형 고연이 제 오라버님이에요. 얼마나 훌륭하고 멋진 분인지 우 대인도 보시게 되면 홀딱 반하실 거예요!"

우태는 아연실색한 표정을 지었다.

'이, 이런……'

아란타와 수인타는 착잡한 얼굴로 우태를 쳐다보았다.

아란타는 설마 우태가 고예와 깊은 관계를 맺은 사이일 줄은 꿈에서도 상상하지 못했다.

두 사람 다 벙어리라고 착각할 정도로 말이 없는 성격인데다가 마주 앉아서 조곤조곤 대화를 나눌 기회도 거의 없었기에 서로에 대해서 모르는 것은 당연했다.

그러나 이제 누군가 악역을 맡아야만 한다.

저 청순한 고예는 아마도 아란타가 무사한 것을 보고 고연도 그러리라고 믿고 있는 듯했다. 그래서 저리도 해맑은 미소를 짓고 있는 것일 게다.

그런 그녀의 눈에서 눈물이 쏟아지게 하고, 입에서는 통곡이 터지게 하며, 가슴속에는 절망을 꾹꾹 심어줄 누군가가 필요한 상황이었다.

결국 그 역할을 아란타가 맡았다.

"예 아가씨."

"응?"

고예는 해맑은 얼굴로 아란타를 바라보았다.

"연 도련님께선 돌아가셨습니다."

"누구? 내가 아는 사람이야?"

이 천진함이 아란타를, 모두를 벌써부터 고통 속으로 밀어 넣고 있었다.

아란타는 기를 쓰고 말을 이었다.

"고연… 연 도련님은 돌아가셨습니다."

"……."

이번만큼은 고예도 천진스러울 수 없었다.

질식할 듯한 침묵이 흘렀다.

그리고 모두들 보았다.

고예의 얼굴에서 핏기가 싹 사라지고 두 눈이 동그랗게 커지더니 급기야 그녀의 가녀린 몸에서 모든 기운이 빠져나가 힘없이 무너지는 것을.

턱!

고예가 침상에서 바닥으로 굴러 떨어지기 전에 우태가 가뿐히 그녀를 안아 들었다.

모두에게 결코 아물지 않을 상처로 남아 있는 고연의 죽음이라는 절망이 태풍처럼 모두의 가슴을 뒤흔들며 할퀴었다.

문득, 아란타의 시선이 고예의 발로 향했다. 고예의 두 발은 발목 아래에서부터 없었다.

있어야 할 발 대신 아직 아물지 않은 채 보기 싫게 거멓게 뭉뚱그려진 살덩이가 거기에 있었다.

뒤이어 크게 홉떠진 우태의 시선과 우상, 운채의 시선, 그리고 수인타의 시선도 고예의 발목에 고정되었다.

세 쌍의 눈에는 경악이, 한 쌍의 눈에는 더할 수 없는 죄스러움이 담겨져 있었다.

"용서해 주세요……."

누가 어떻게 된 일이냐고 묻기도 전에 수인타가 고개를 깊이 숙이며 울먹이면서 입을 열었다.

누군가 고연이나 고예에 대해서 말만 꺼내면 무엇보다도 가슴이 먼저 찢어지는 그녀였다.

그녀가 고연이나 고예에게 끼친 피해는 모두 고의가 아니었다. 그러나 그 원인과 결과에는 항상 그녀가 있었다. 그녀의 죄가 아니었지만 그녀는 그것으로부터 결코 자유롭지 못했다.

"제 수하 중에 어리석은 것이… 예 아가씨가 도망가지 못하도록 발목을 잘랐어요. 정말… 용서해 주세요……."

수인타는 입으로는 '용서' 하라고 말했지만, 사실 그녀는 '죽여주세요' 라고 말하고 싶은 심정이었다.

아니, 장내의 누군가 당장 칼을 뽑아 자신을 찌른다고 해도 결코 피하지 않을 각오도 되어 있었다.

"너는 도대체……."

아란타는 아주 잠깐 어이없는 표정을 지었다가 즉시 만면에 더할 수 없는 살기를 떠올렸다.

"네년이 대체 무슨 짓을 했는지 아는 것이냐?"

아란타의 입에서 지독하게 상처 입은 맹수가 최후의 공격을 가하기 전에 흘려내는 포효가 터져 나왔다.

"요동성주이신 고중현 고씨 가문은 우리 가족 모두의 은인이시다! 그런데 너는 어이해 은혜를 원수로 갚는 것이냐?"

아란타의 두 눈에서 와르르 불길이 뿜어졌고 그의 우렁찬 호통이 전각을 쩌르르 뒤흔들었다.

수인타는 아무 말도 못하고 눈물만 뚝뚝 흘렸다. 유구무언.

아란타는 느릿하게 어깨의 검을 뽑으며 마치 원수에게 말하듯 나직하지만 힘주어 말했다.

스릉……

"이제는 결코 너를 용서할 수 없구나!"

수인타는 차라리 죽는 게 편할 것 같았다.

고연의 죽음.

기녀가 되어 취봉단 휘하의 기루에서 전전하다가 끝내 발목이 절단된 고예.

그 무거운 짐을 지고 자책의 눈물로 세월을 보내는 것보다는 죽어서 흙에 묻혀 단 하루라도 죄책감없이 지내고 싶었다. 그리고 그렇게 해서라도 두 사람에게 속죄하고 싶었다.

슥.

수인타는 그 자리에 무릎을 꿇고 고개를 숙였다.

아란타가 친혈육인 그녀를 죽이려는 것은 이번이 두 번째이고, 이제는 피하고 싶지도 않았다. 아니, 그녀 자신이 죽여달라고 부탁하고 싶었다.

아란타의 기세가 너무 시퍼래서 아무도 말리려고 나서지 못했다.

아란타는 번갯불을 뿜을 듯한 눈으로 수인타를 쏘아보았다.

"그러지 마, 아란타 오라버님."

그때 우태의 품에 안겨 있던 고예가 어느새 정신을 차렸는지 힘없이 중얼거렸다.

모두의 시선이 고예에게 집중됐다.

"수인타 언니는 잘못이 없어."

고예는 새털처럼 가벼운 체중으로 우태의 두 팔에 안긴 채 힘이 없지만 또렷하게 말했다.

아란타는 괴로운 듯 한스럽게 수인타를 쏘아보며 뇌까렸다.

"그것은 이 아이 때문에 연 도련님께서 돌아가셨다는 사실을 모르고 하시는 말씀입니다."

수인타 때문에 고연이 죽었다는 말에 고예는 아연실색하고 말았다. 불신이 그녀의 얼굴에도 가슴속에도 가득 들어찼다.

"흑흑! 저 때문이에요, 예 아가씨! 저 때문에 연 도련님이 돌아가셨어요. 그러니 저는 죽어 마땅해요!"

수인타는 흐느끼면서 일의 자초지종을 자세히 설명했는데 결코 자신에게 유리하게 말하지 않았다.

오히려 불리하게 설명해서 그 사실을 잘 알고 있는 중인들은 그녀가 이미 죽기로 작정하고 있다는 것을 짐작할 수 있어서 착잡한 마음을 금치 못했다.

얘기를 다 듣고 난 고예는 망연자실한 표정으로 아무 말도 하지 못하고 하염없이 눈물만 흘렸다.

분위기상, 아란타를 포함한 중인들은 어느 누구도 수인타가 죽어야 한다는 사실을 부정하지 않았다.

그들 모두는 수인타의 처지를 이해했지만 그녀로 말미암은 엄청난 결과는 이해할 수 없었다.

그러나 한참 만에 목멘 어조로 조용히 입을 연 고예의 말은 모두의 예상을 뒤엎었다.

"내가 수인타 언니였더라도 그렇게 할 수밖에 없었을 거예요. 친자식의 생사가 걸려 있는 절박한 상황이었으니까요."

수인타는 가슴이 미어지며 고예를 바라보았다.

"예 아가씨……."

"고구려가 멸망하리라는 사실을 미리 알았더라면 고구려 왕실이나 지배자들은 결코 정쟁(政爭) 따위로 국력을 이반(離反)시키거나 경계를 소홀히 하지 않았을 거예요."

고예는 말하는 중에 냉정을 되찾고 있었다.

그녀의 음성은 점차 또렷해졌으며 중인들은 조용히 그녀의 말에 귀를 기울였다.

그녀의 말은 틀리지 않았다.

미래를 미리 알고 있었다면 고구려는 그토록 쉽게 멸망하지 않았을 것이다.

"우리가 우리들 자신의 운명에 대해서 미리 알고 있었다면 지금의 우리 모습은 크게 변해 있을 거예요. 그러나 변한 모습이 지금보다 훨씬 더 좋을 것이라고는 단언하기 어렵겠죠."

고예는 이제 갓 열여덟 살이 된 아직은 여자라기보다는 소녀라고 말할 수 있는 나이다.

그러나 그녀가 경험한 세상의 호됨은 그녀를 세상 풍파 다 겪은 흰 머리 어숫어숫한 초로의 여인네로 만들어놓았다.

그녀의 말에 중인들은 잠시 생각에 잠기는 듯했다. 만약 자신들의 운명을 미리 알고 있었더라면 자신들은 지금쯤 어떤 모습이 되어 있을까 하고.

"제가 제 운명을 미리 알고 있었다면 결코 당나라의 노예로 끌려오지 않았을 거예요. 그래서 기녀가 되어 숱한 남자들의 노리개가 되지도, 발목이 잘리지도 않았을 거예요."

당연히 그랬을 것이다. 운명을 미리 알았다면 그러한 일들을 죄다 피해갔을 테니까.

"그렇지만 제가 운명을 몰랐었다고 해서 모두 나쁜 일만 겪은 것은 아니었어요."

그 말에 중인들은 적잖이 의혹 어린 표정을 지었다. 인간에게 가해질 수 있는 모든 불행을 한 몸으로 겪은 그녀에게 대체 무슨 좋은 일이 있었겠는가.

고예는 자신을 안고 있는 우태를 바라보았다. 그녀의 두 눈에 사람이 지을 수 있는 가장 정감 어린 눈빛이 일렁였다.

"저는 더 이상 떨어질 수 없는 인생의 가장 밑바닥에서 이분 우 대인을 만났어요."

뭉클.

고예가 무슨 말을 할 것인지 예감한 우태의 심장이 물을 가득 머금은 솜뭉치를 꼭 쥐었다가 갑자기 놓아버린 것처럼 흔들리며 감동이란 물방울을 와르르 뿌려냈다.

우태를 바라보는 고예의 얼굴 가득 진심 어린 행복이 백 송이 백합이 한꺼번에 동시에 꽃망울을 터뜨리듯이 피어났고, 그녀의 눈빛은 사랑으로 빛났다.

"저의 짧지만 길었던 인생 역정에서 우 대인과 함께 보냈던 보름간이 제일 행복했었다고 말하고 싶어요. 그 보름 내내 우리 두 사람은 늘 한쪽 발을 죽음 속에 걸쳐 놓고 있었지만, 너무 행복해서 이대로 죽어도 좋다는 생각을 종종 했었고, 어떻게 하면 상대의 고통을 내가 대신 받고 상대를 편하게 해줄 수 있을까만 골몰했었어요. 그때까지 불행하게 살아왔던 십칠 년을 그 짧은 보름 동안으로 모두 보상받고도 남은 것 같았어요. 그래서 전 결국 우 대인을 남겨두고 제 발로 만화루로 찾아갔었던 거예요."

"그때 나는 죽을 수밖에 없을 정도로 중상을 입은 몸이었소. 고 낭자는 자신이 돌아감으로써 나를 구하려고 했던 것이오. 만약 내가 깨어 있었다면… 죽어도 고 낭자를 보내지 않았을 것이오."

우태가 조용하지만 나직이 자신의 진심을 토로했다.

이제 두 사람의 말은 대화가 되었다. 그들은 더 이상 중인에게 말하지 않고 자신들의 진솔한 심경을 화폭에 수채화를 그리듯 사붓사붓 털어놓았다.

그리고 두 사람의 대화는 중인들의 가슴속 각각의 화폭에도 수채화를 그렸다.

"그리고 이제 다시 우 대인을 만났어요. 우 대인께서 저를 추하다고 버리지 않으신다면, 전 우 대인의 하녀가 돼서라도 죽을 때까지 모시고 싶어요. 후후… 욕심이겠지만 아마도 전 환갑까진 살 수 있을 거예요. 행복했던 보름간으로 십칠 년의 혹독한 고생을 보상받고도 남았으니까, 이후 환갑 때까지 사십여 년 동안 행복하게 살게 된다면 죽어서 다시 태어나 구생(九生)토록 여태까지보다 더 가혹하게 살게 되더라도 웃으면서 견딜 수 있을 거예요."

고예의 표정과 말에는 신념이 넘쳐흘렀다.

우태는 중인들이 보고 있음에도 불구하고 고예를 품에 꼭 안고 그녀의 뺨에 자신의 볼을 비볐다. 그가 흘린 눈물과 고예가 흘린 눈물이 합쳐져서 흘러내렸다.

"그대가 날 버린다고 하면 지옥까지라도 쫓아가서 매달릴 것이오. 귀찮아서라도 날 받아들일 때까지."

고예는 우태가 흘린 눈물이 자신의 뺨으로 뚝뚝 떨어지는 것을 느끼고는 더욱 행복한 마음이 되었다.

"제가 스스로의 운명을 예견했었다면, 결코 우 대인을 만나지 못했을 거예요."

중인들은 하나같이 고예의 말에 공감을 하고도 남음이 있다는 표정을 짓고 있었다.

고예는 여전히 무릎을 꿇고 고개를 숙이고 있는 수인타를 성녀 같은 얼굴로 굽어보았다.

"수인타 언니가 운명을 미리 알았더라면 여러 불행들이 일어나지 않았을 거예요. 그러나 여러 행복들도 얻지 못했겠지요."

"하지만 연 도련님은 죽었습니다."

아란타가 꽉 잠긴 목소리로 힘겹게 입을 열었다.

"연 오라버님은 천계(天界)에서 아버님을 만났을 거예요. 어쩌면 그분들은 또 다른 인연으로 이미 우리 곁에 와 있을지도 모르지요."

고예는 의미있는 말로 대답을 대신했다.

"무슨… 말씀입니까?"

아란타는 약간 어리둥절한 표정을 지었다.

"아란타 오라버님, 불가(佛家)에서는 사람이 죽으면 자기가 원하는 사람이나 동물로 환생한다고 말하잖아. 그런 의미에서라면 혹시 이 아이가 연 오라버님일지도 모르는 거야."

고예가 이불을 가리키며 온화하게 미소 지었다. 그녀는 그런 미소를 예전에는 지어본 적이 없었다.

휙!

"아이라니? 무슨 말이지?"

조금 전까지 고예가 누워 있던 침상의 이불을 우상이 의아한 얼굴로 제쳤다.

"아!"

"어멋? 아기잖아!"

순간 침상을 보던 사람들이 전혀 예상치 못했던 일에 크게 놀라서 분분히 탄성을 터뜨렸다.

거기에는 강보에 싸인 한 아기가 곤히 잠들어 있었다. 태어난 지 채 한 달도 되지 않았을 듯한 아기였는데도 이목구비가 뚜렷하고 머리카락이 새카맸다.

우태는 아기를 보며 정수리에 정통으로 벼락을 맞은 듯한 표정을 짓고 있었다.

그는 아기를 보는 순간 자신의 아기라는 것을 느꼈고 또 분명히 확신했다.

생전 한 번도 느껴보지 못했던 기이한 전율이 그의 온몸을 훑고 지나갔다.

"설마……."

우상은 만면에 경악지색을 떠올리며 고예를 쳐다보는데 물어보나마나 이미 대답을 들은 듯한 표정도 함께 짓고 있었다.

"조카예요."

고예의 조용한 말이 끝나기도 전에 이미 우상의 두 팔은 아기를 향해 뻗고 있었고 그녀의 눈에서는 눈물이 주체할 길 없이 흘렀다.

"아아! 내 조카야! 우리 오빠의 아기라니……."

"만지지 마! 멈춰욧!"

순간 운채가 사람들을 헤치고 튀어나오며 다급히 외쳤다. 아기를 만지면 큰일이라도 날 듯한 급작스러운 언행이었다.

우상은 막 아기를 안으려다가 놀라는 표정으로 급히 손을 거두면서 운채를 뒤돌아봤고 사람들도 의아한 얼굴로 쳐다보았다.

운채는 자못 엄숙한 표정으로 우상을 옆으로 밀치더니 한동안 아기를 똑바로 주시했다.

그녀의 느닷없는 행동에 사람들은 이상하면서도 긴장된 표정으로 그녀를 주시했다.

순간 운채는 혀를 낼름 내밀더니 얼른 아기를 번쩍 안고는 예뻐 죽겠다는 듯이 마구 볼을 비벼댔다.

"헷헷! 내가 먼저 안아볼게요!"

쪽쪽쪽.

운채가 아기의 토실토실한 볼에 마구 입을 맞추고 비비고 쭉쭉 빠는 모습을 보며 사람들은 어이없는 표정을 짓다가 그제야 어찌 된 영문인지 깨닫고는 와아! 하고 웃음을 터뜨렸다.

"으앙~!"

운채의 애정 공세와 사람들의 시끌벅적한 웃음소리에 아기가 놀라 깨어서 자지러질 듯 울음을 터뜨렸다.

"아가야, 울지 마라. 응? 어루루… 까꿍~!"

"으아앙~!"

운채가 진땀 흘리면서 달래보지만 아기는 더욱 크게 울어댔다. 마치 그녀의 사기극(?)에 대한 아기의 벌인 것 같았다.

"이리 줘봐요! 괜히 아기를 울려놓고는!"

우상이 운채에게서 아기를 뺏듯이 낚아채서는 가슴에 고이 안고 이리저리 흔들면서 부드럽게 달랜다.

제딴에는 열심히 하는데 보는 사람들의 눈에는 어설프기 짝이 없었다.

"오~냐! 그래~ 누~가! 고모가 땟찌 해줄까?"

"앙앙~! 으앙~!"

그러나 아기는 더욱 세차게 울어댈 뿐 그칠 기미가 조금도 보이지 않았다.

"에구~ 자! 아기 엄마가 어떻게 좀 해봐요."

우상은 어쩔 수 없다는 듯 아기를 고예에게 내밀었다.

"저는 좀 쉬어야겠어요. 우 대인께서 제 대신 아기를 안아주세요."

고예는 우태의 품에서 벗어나 침상에 앉으며 말하는데 쉬어야 할 정도로 피곤한 기색은 아니었다.

우태는 그녀가 무엇을 말하는지 모를 정도로 바보가 아니다.

우태는 우상이 내미는 아기를 두 손을 내밀며 조심스럽게 받으려고 했다.

마치 엄숙한 의식을 행하는 듯한 행동이었다.

태산이 무너져도 끄떡없을 듯한 그의 굵직한 팔이 가늘게 떨리고 있는 것과 그의 얼굴에 복잡한, 그러나 몹시 감동하는 표정이 역력히 떠올라 있는 것을 그 자신만 느끼지 못하고 있었다.

"으앙~ 앙~!"

아직 우상의 팔에 안겨져 있는 아기는 줄기차게 울어댔다. 앞으로 남은 생애를 울면서 보내겠다는 듯 맹렬한 기세였다.

그러나 우태가 어색한 자세로 아기를 받아서 품에 안는 순간,

뚝.

믿을 수 없게도 아기의 울음이 그쳤다.

사람들은 모두 놀란 표정으로 우태와 아기를 쳐다보는데 고예만 담담하게 미소 짓고 있었다.

우태는 그렇게 울던 아기가 자신의 품에 안기자마자 울음을 그쳤다는 사실이 신기하기 짝이 없었다.

그리고 그것은 곧 걷잡을 수 없는 감동으로 이어져서 그의 마음을 크게 흔들었다.

그 아기가 우태의 아기라는 사실은 고예가 굳이 말로 전할 필요가 없었다.

'핏줄은 서로 당긴다' 라는 옛말이 그것을 명백하게 증명해 주었기 때문이다.

우태는 아기를 가슴에 꼭 안고 아기의 머리와 볼에 코를 대고 그 신비한 젖 내음을 맡으면서 한동안 음미했다. 그는 이 순간 말로는 설명할 수 없는 감동에 푹 젖어 있었다.

그 광경을 바라보는 모두의 가슴에도 잔잔한 감동이 흘렀다.

"애썼소, 고 낭자."

우태는 고예에게 치하했다. 그 짧은 말에는 수만 마디 감사의 말이 녹아 있었다.

"오히려 우 대인께 감사드려요. 절 수렁에서 건지셨으니……."

고예는 열세 살 어린 나이에 아비도 모르는 첫 임신을 했었고 기루에서는 그녀에게 독약이나 다름없는 비전의 약을 강제로 먹여서 낙태를 시켰었다.

그러나 운명에게 버림받았던 그녀는 곧이어 또 임신을 했고 또다시 그 약이 먹여져 낙태시켜졌었다. 그리고 언제부터인가는 두 번 다시 임신을 하지 못했다.

그것으로 그녀는 죽을 때까지 임신을 하지 못하는 석녀(石女)가 되어버렸었다.

최소한 우태의 아기를 임신하기 전까지는.

두 사람의 눈물겨운 사랑이 기적을 만들어냈던 것이다. 고예의 말처럼, 운명을 이겨낸 것이었다.

"뭐예요? 두 사람은 부부인데 언제까지 '고 낭자', '우 대인'이라고 서로를 부를 건가요? 그건 어느 나라 법이죠?"

우상이 입을 삐죽이며 두 사람을 놀리자 두 사람은 약속이나 한 것처럼 얼굴이 새빨개졌다.

"여, 여보, 당신이 아기의 이름을 지어… 주세요."

우상의 말은 맞다. 부부끼리 우 대인이니 고 낭자니 하는 것은 영판 어울리지 않았다.

그래서 고예가 먼저 용기를 내어 '여보'라고 불렀지만 기어들어 가는 소리였다.

만약 우태가 먼저 '여보'라고 부르기를 기대한다면 죽을 때까지도 듣지 못할 것이다.

"으응. 아, 아니… 네. 고 낭… 아니… 여보… 그럽시다… 아니…

그러지……."

역시나 우태는 땀을 뻘뻘 흘리면서 정신없이 더듬거렸다.

그것을 지켜보는 사람들의 얼굴에 훈훈한 미소가 감돌았다.

우태는 아직도 무릎을 꿇고 고개를 숙이고 있는 수인타를 부드럽게 굽어보며 말했다.

"취봉대주, 부탁이 하나 있는데 들어주겠소?"

"……."

수인타는 고개를 들며 얼굴에 의아한 표정을 떠올렸다.

"내 아기의 대모(代母)가 되어주지 않겠소?"

우태의 난데없는 말에 고예를 제외한 모든 사람들이 크게 놀랐다. 우태의 말은 파격을 넘어선 경악 그 자체였다.

그는 착한 고예의 뜻을 진즉부터 알아차렸다. 그녀가 수인타를 용서하려는 것을, 남편이 주장하면 아내가 따르는 것을 부창부수(夫唱婦隨)라고 했다던가.

그러나 이들은 그 반대의 부창부수(婦唱夫隨)였다.

수인타는 아무 말도 하지 못했다.

그녀는 천하에 자기보다 더한 죄인이 없다고 여기는 사람이었다. 그런 자기에게 고연의 조카이며 고예의 자식인 아기의 대모가 돼달라니…….

"허헛! 내 금쪽같은 자식의 대모께서 무릎을 꿇고 있어서야 되겠소? 어서 일어나시오."

우태는 한 팔로 아기를 안고 다른 손으로 수인타의 팔을 잡아 부드럽게 일으켰다.

수인타는 일어나지 않으려 하면서 아란타를 바라보았다. 그녀의 시선이 무엇을 의미하는지 모르는 사람은 없다. 어떻게 해야 하는지를 묻는 시선이고 표정이었다.

아란타는 대리석처럼 굳은 표정으로 수인타를 외면했다. 그 또한 무언의 승낙이라는 것을 모를 리 없는 중인들이다. 중인들의 입가에 미소가 떠올랐다.

아란타와 수인타는 천지간에 단둘만 남은 친혈육이다. 아란타로서는 수인타가 어찌 소중하고 살갑지 않겠는가. 어찌 그녀와 평생 오순도순 정겹게 살고 싶지 않겠는가.

하나 그는 친혈육인 수인타보다 고연과 고예를 훨씬 더 사랑했다. 그렇다고 그를 나무랄 수는 없었다. 그것은 수인타도 마찬가지였으므로.

수인타는 만감이 교차하는 심정으로 조심스럽게 일어서서 우태가 내미는 아기를 조심스럽게 받아 안았다. 사실 그녀로서는 처음 안아보는 고예의 아기였다.

고연과 고예에게 씻지 못할 대죄를 지었다고 자책하는 그녀였기에, 죄인의 더러운 손으로 아기를 안을 수 없다고 나름대로 판단해서 그동안 한 번도 아기를 안지 않았었다.

"대모께서 이름을 지어주셔야지요."

우태는 아예 한술 더 떴다. 수인타에게 아기의 이름을 지어주라는 것이다.

원래 고구려에서는 대모와 대부가 있을 경우 간혹 그들이 아기의 이름을 지어주기도 하고, 그렇게 해서 성장한 아기는 훌륭한 인물이 된다는 풍습이 있었다.

운채나 우상이 아기를 안았을 때에는 아기가 자지러질 듯이 울었는데 수인타의 품에서는 새록새록 편안하게 잠들어 있어서 대모의 체면을 살려주었다.

"저는……."

수인타는 목이 메어 말을 잇지 못했다.

"고 낭… 아니… 여, 여보. 아기가 무엇이오?"

우태가 고예를 부르다가 다시 당황하며 호칭을 고쳐 불렀다. 그런데 아기가 무어냐고 묻다니, 아기가 아기지 뭐겠는가.

그러나 부부는 일심동체, 고예는 우태의 이상한 물음에 정확한 대답을 해주었다.

"아들이에요."

"우핫핫! 아, 아들이라고 하오! 들었소? 아들이오, 아들!"

우태는 지붕이 들썩거릴 정도로 파안대소를 터뜨렸고 사람들은 놀라서 귀를 틀어막아야 했지만 그 천둥 같은 소리에도 아기는 결코 깨지 않았다.

"하하하! 아들이니까 멋진 이름을 부탁하오!"

우태는 자신의 입이 귀까지 찢어졌다는 사실도 모르는 채 어깨를 들썩이며 헤벌쭉거렸다.

"언니, 부탁해."

우태와 고예 부부가 수인타를 더 이상 물러서지 못하게 만들었다.

"우연(禹淵)이 어떤가요?"

그러자 수인타는 마치 오래전부터 생각해 두었던 것처럼 조용히 입을 열었다.

우연이라는 이름이 우태의 '우씨' 성을 따고 고연의 '연' 이라는 이름을 땄다는 것을 누가 모르겠는가.

수인타는 조심스럽고도 긴장된 표정으로 우태와 고예를 바라보았
다.

우태는 환한 웃음을 지으며 목이 부러질 정도로 크게 고개를 끄덕이
면서 기뻐했다.

"음! 좋은 이름이오! 아마 '우연'이라는 이름보다 더 좋은 이름은
없을 것이오!"

"정말 마음에 꼭 들어요."

우태와 고예의 말에 가슴 조이던 수인타는 비로소 눈물지으면서 환
한 미소를 지었다.

그리고 우태는 아란타를 보면서 짐짓 엄숙한 표정으로 다짐을 받아
두는 것을 잊지 않았다.

"총대주."

"하명하십시오, 천 호법님."

"내 아들 우연은 나와 고예의 아들이며 고연의 친조카요."

"알고 있습니다."

"이후 그런 소중한 아기의 대모를 협박한다던가 괴롭히는 일이 벌어
지지 않기를 바라겠소!"

단호한 못 박음이다. 그것으로 수인타에 대한 치죄는 더 이상 거론
되지 않았다.

"욱!"

모두들 물러가고 방에 우태와 고예, 그리고 아기 우연만 남았을 때
고예가 두 손으로 입을 틀어막으면서 헛구역질을 했다.

"여보! 괜찮소?"

우태는 급히 고예를 부축하며 놀라서 물었다.

스르…….

그러나 고예는 그대로 혼절하여 우태의 품으로 힘없이 쓰러졌다.

"여보!"

입을 막았던 고예의 두 손에는 커다란 응혈(凝血)이 토해져 있었다.

"여보……."

우태는 깊이 생각하지 않아도 고예가 왜 응혈을 토했는지 알 수 있었다.

그녀는 필경 고연이 죽었다는 사실을 알고 하늘이 무너지는 충격을 받았을 것이다.

그런데 분노한 아란타가 수인타를 죽이려 하자 수인타를 살리려는 다급한 마음에 자신의 무너지는 내심을 간신히 꾹꾹 눌러 참으면서 수인타를 구하고는 모두들 방을 나가자 비로소 발작을 한 것이었다.

우태는 조심스럽게 고예를 침상의 아기 옆에 누이고 그녀의 입과 손에 묻은 피를 정성껏 닦아주고 나서 물끄러미 그녀를 굽어보았다. 그의 얼굴에는 한없는 사랑과 애잔함이 가득했다.

"내 하나뿐인 친구 연이의 몫까지 그대와 아기만을 위해서 남은 평생을 살겠소."

그는 고예를 부드럽게 깊숙이 끌어안았다. 그렇게 고예는 우태의 영혼 속으로 들어갔다.

第 八十七 章 천위(天威) ■

천위(天威)

　　노씨현(盧氏縣)에 처음 오는 사람들은 대부분 믿을 수 없다는 표정을 얼굴 가득 떠올리기 마련이다.

　　둘레 수천 리의 어마어마하고 고산준령인 대산맥의 한복판 너른 분지에 번화한 성읍이 위치해 있었기 때문이다.

　　노씨현 성읍은 어느 번화한 성읍과 비교해도 손색이 없을 정도로 큰 규모였고 번창했다.

　　저 유명한 낙수(洛水)의 상류가 노씨현을 곁에 두고 도도히 흐르는데 그 하류는 낙양을 지나 황하로 유입된다.

　　고연이 하룻밤을 묵은 노씨현 대로변에 위치한 객잔의 이층 객방 창을 활짝 열자 늦봄 아침의 싱그러운 바람이 기다렸다는 듯이 몰려들어 그의 머리카락을 어지러이 흩날렸다.

창밖으로 보이는 것은 전부 산, 산뿐이었다.

고연은 신시를 나와서 비어표행공을 전개하여 수십 장 높이의 허공을 훌훌 날아 두 시진 만에 오백여 리 거리인 이곳 노씨현에 당도했었다.

때마침 날이 저물고 있는 터라 오랜만에 벽곡단이 아닌 맛있는 요리를 배불리 먹어보고 생각도 정리할 겸 이 객잔에 묵었다.

그는 나름대로 신시가 있는 방향을 가늠해 보았다. 그의 계산이 틀리지 않는다면 신시는 웅이산(熊耳山)과 외방산(外方山)이 겹쳐지는 지점의 한복판에 자리잡고 있을 것이다.

웅이산과 외방산의 동쪽으로는 가깝게 사백여 리 거리에 천대산(天臺山)이 있고 더 멀리 천여 리에는 유명한 소림사의 숭산(嵩山)이 있으며, 북쪽으로 삼백여 리에는 건천산(乾千山)이 있고 그 너머 백여 리 뒤에는 황하가 도도하게 흘렀다.

그리고 서북쪽 육백여 리에는 화산(華山)이 있고 서쪽으로 팔백여 리에는 종남산(終南山), 그 너머는 끝도 없는 산맥들이 이어졌으며, 남쪽으로 사백여 리에 사봉산(四峰山)이 있고 짐승들조차도 근접하기 힘든 험준한 산맥이 병풍처럼 수백여 리나 쳐져 있었다.

그러므로 신시를 품고 있는 웅이산과 외방산 주변 수백여 리 일대를 수많은 험산들이 자연적인 성벽을 형성하여 보호하고 있는 형상인 것이다.

하긴, 누구라도 신시 코앞에서도 신시를 찾는다는 것은 불가능한 일이겠지만.

고연은 노씨현을 출발한 지 한 시진 반 만에 화산의 북쪽 위하(渭河)

변에 위치한 화음현(華陰縣)에 도착하여 그가 목적하고 있는 태평루(太
平樓)라는 주루를 찾아보았다.

태평루는 번화한 성읍인 화음현 대로 한복판에 있었으므로 아주 쉽
게 눈에 띄었다.

“강해졌다는 판단이 서면 섬서(陝西) 화음현의 태평루로 오너라.”

요동성 최후의 전투에서 죽어가고 있는 고연의 목숨을 구해주었고
그가 오정산에서 외롭고도 힘겹게 천풍권법의 기초를 수련하고 있을
때 암중에서 그를 도왔던 신비인, 그가 자신이 할 일을 다 마치고 떠나
면서 그런 말을 남겼었다.

일 년 전쯤에 고연은 낙성보를 출발하여 장안의 태왕부로 향하면서
유화와 고예, 어머님을 찾은 후에 화음현에 들러서 신비인을 만나야겠
다고 생각했었다.

그러나 일이 제대로 풀리지 않았다. 그는 낙성보가 있는 강하를 출
발하자마자 악가구에서 뜻하지 않은 사건에 휘말려 들었고 끝내 거기
에서 헤어나지 못한 채 벼랑에서 추락하고 말았었다. 그것 때문에 신
시에 들어서 신옥의 후사(後事)를 잇게 되었지만.

이설에게 끌려간 유화와 어머님도, 기녀가 되어 죽었는지 살았는지
모를 고예도 만나지 못한 채 그는 시체로 신시에 들어갔다가 신인(神
人)이 되어 다시 무림에 출도했다.

그에겐 해야 할 일들이 태산처럼 많았다.

그러나 그는 그 첫 번째로 화음현에서의 신비인의 만남을 택했다.
그를 만나서 어떤 얘기든 들어야만 했다. 그래야만 밥 먹다가 체한 것

처럼 늘 답답하던 마음이 뚫릴 것만 같았다.

게다가 노씨현에서 위치적으로도 화음현이 가깝다는 사실도 그의 판단을 거들었다.

태평루는 주루로서는 보기 드물게 삼층의 커다란 본관 건물과 양 옆에 이층의 부속 건물, 뒤쪽 넓은 정원 건너에 그윽한 운치를 풍기는 별원으로 이루어졌는데 대도인 장안이나 낙양에서도 일류에 속할 정도로 크고 장중했다.

차륵.

고연은 태평루의 넓은 입구에 처진 주렴을 걷으면서 천천히 안으로 걸어 들어갔다.

주루 일층은 말 그대로 거대해서 군사들의 연무장보다 넓었다. 그곳에 거의 빈자리가 없을 정도로 손님들이 가득 들어찼는데, 식사를 하거나 술을 마시며 떠드는 왁자한 소리가 주루 전체를 웅웅 울렸다.

고연은 천천히 주위를 둘러보다가 마땅한 자리가 없어서 난감한 표정을 지었다.

"빈자리가 없는데 괜찮으시면 합석이라도 하시겠습니까?"

그때 점소이가 다가와 고연에게 정중히 허리를 굽혔다. 예의범절을 잘 교육받은 점소이 같았다.

"너는 그만 가보거라."

고연이 막 고개를 끄덕이려는데 한 명의 중년인이 멀리에 있다가 빠른 걸음으로 다가와 점소이에게 손을 저어 보였다.

"알겠습니다, 점주(店主)님."

"이리 드시지요."

점주라고 불린 중년인은 둥글넓적한 얼굴에 후덕한 듯한 외모인데

깨끗한 남의장삼에 깃을 세운 복장이었다. 그는 한쪽 편으로 비켜서며 팔을 뻗어 한쪽 방향을 가리켰다.

그런 행동은 그가 취할 수 있는 최대의 예우라는 것을 어렵지 않게 짐작하게 했다.

그가 가리키는 방향은 이층으로 오르는 계단 옆으로 곧게 뻗은 통로인데 그 끝에는 굳게 닫힌 문이 있었다.

고연은 묵묵히 중년인 점주의 뒤를 따랐다.

문이 열리자 갑자기 딴 세상이 눈앞에 나타났다. 그곳은 고서나 전설상에나 나옴 직한 별유천지(別有天地)를 축소해서 그대로 옮겨놓은 듯한 아취(雅趣) 그윽한 정원이었다.

전체의 둘레는 천여 장 정도였으며, 복판에는 구불구불한 아름다운 인공 연못이 있고, 연못에는 연꽃과 수련 옥잠화 등이 한창 꽃을 활짝 피워 화향이 난분분했다.

그사이를 청둥오리와 원앙이 따위가 한가롭게 헤엄쳤고, 연못 복판에는 사방이 탁 트인 이층의 누각 한 채가 수면 위에 떠 있는 것처럼 지어져 있었으며, 연못가에서 누각으로 그림 같은 운교가 놓여 있었다.

연못 주위에는 수만 그루의 꽃나무와 꽃들이 제각기 아름다움을 뽐내면서 흐드러지게 피어 있었다.

누구든 이 정원에 한 걸음 발을 들여놓는 즉시 심신이 편안해지면서 모든 근심 걱정이 사라지고 자신이 마치 신선이 된 듯한 착각을 느낄 것만 같았다.

고연은 정원의 아름다움에 적이 감탄하면서 천천히 주위를 둘러보며 화단 사이의 소롯길을 걸었다.

점주는 바삐 서두르지 않고 고연의 걸음에 맞추어 느린 걸음으로 앞서다가 가끔 멈춰 서서 고연을 기다리기도 하는 등 세심한 배려를 잊지 않았다.

점주가 고연을 안내한 곳은 정원을 가로질러 위치한 별원이었다. 태평루가 개업한 이래 단 한 차례도 손님을 받지 않은 장소이기도 했다.

넓지만 결코 조잡한 화려함이나 천박한 사치스러움 따위는 조금도 느껴지지 않는 방의 탁자 앞 의자에 고연이 앉았을 때 점주가 공손히 한쪽을 가리켰다.

"이쪽으로 앉으시지요."

그가 가리킨 곳에는 커다랗고 푹신한 호피의가 놓여 있었다. 한눈에도 황제나 왕, 일파지존들이 앉을 만한 의자였다.

"저기에 앉으셔야 합니다."

고연이 그대로 묵묵히 앉아서 점주의 제안을 거절하자 점주는 다시 한 번 공손히 말했다.

큰 결함이 없는 한 객은 주인의 말에 따라야 한다는 예의에 따라 고연은 점주가 가리킨 호피의에 앉았다.

문득 고연은 자신의 앞쪽 옆에 시립하듯 서 있는 점주의 두 눈에 눈물이 그렁그렁 차 있는 것과 그의 얼굴이 붉게 상기되어 있는 것을 발견하고 문득 이상한 생각이 들었다.

"왜 그러오?"

"아… 닙니다. 잠시만 기다리십시오."

점주는 가볍게 당황해서 급히 고개를 가로젓더니 황망히 방을 나갔다.

하나 고연은 그가 고개를 가로저을 때 눈에 맺혀 있던 눈물이 후드득 뿌려지는 것을 발견했기 때문에 이상한 생각이 더 짙어졌다.

고연은 한동안 침묵을 지키고 묵묵히 앉아 있었다. 점주가 시키는 대로 하긴 했지만 왜 그러는지는 몰랐다.

고연은 잠시 생각에 잠겼다. 신비인이 이곳 태평루로 오라고 한 것은 오 년 전의 일이었다.

어쩌면 많이 퇴색했을 수도 있는 약속이지만 고연은 이곳에서 반드시 신비인을 만날 것 같은 기분이 들었다. 어쩌면 점주라는 사람은 신비인의 부탁으로 고연을 기다리고 있었을지도 모르는 일이다.

척!

고연이 막 만화루에 갇혀 있던 고예에 대해서 생각하며 마음이 아파지려고 할 때 방문이 열리며 두 사람이 들어섰다.

앞선 사람은 오십오륙 세가량의 화복(華服)을 입은 초로인이었고 조금 전의 점주가 공손히 뒤따라 들어섰다. 행동으로 미루어 초로인이 점주의 상전인 듯했다.

초로인은 당당한 체구에 어깨가 넓었으며 각진 얼굴에 반백의 짧은 수염을 길렀는데 근엄하면서도 위풍당당한 외모였다.

일국의 왕이거나 문파라면 일파지존, 혹은 대장군의 기상을 지닌 인물이었다.

저벅저벅.

초로인은 고연을 향해 곧장 큰 걸음걸이로 걸어왔다. 그의 얼굴에는 아무런 표정도 떠올라 있지 않았지만 눈빛이 잔물결처럼 가벼이 일렁이고 있는 것을 고연은 발견했다.

고연은 그를 보는 순간 그가 누군지 대번에 간파했다. 얼굴은 모르지만 그에게서 풍겨지는 느낌이 있었다.

"최강이 될 자신이 없다면 차라리 이 자리에서 죽어라! 자신있다고 대답하면 널 살려주마."

요동성 전투에서 고연을 살려낸 후 중상을 입고 사경을 헤매는 고연에게 그렇게 매정하리만치 내뱉었던 인물, 바로 신비인이었다.

뚝.

"최강이 되었느냐?"

고연의 세 걸음 앞에 멈춰 선 초로인이 위엄있게 고연을 굽어보며 나직하면서도 귓전을 웅웅 울리는 어조로 물었다.

"그렇습니다."

고연은 담담히 대답했다.

이 두 사람의 대화라는 것은 실로 어이없었다. 최강이라는 것은 말 그대로 살아 있는 모든 것보다 강하다는 것을 의미한다. 어떻게 그것이 가능할 텐가.

그런데 한 사람은 최강이 되었느냐고 물었고 또 한 사람은 그렇다고 간단하게 대답했다.

초로인은 번갯불처럼 날카로운 눈빛으로 꿰뚫듯이 고연을 쏘아보았다.

범인이었다면 그 눈빛에 자신이 완전히 해부되는 듯한 느낌을 받았을 것이다.

지금 그 눈빛은 마치 고연이 최강이 되었는지 아닌지 확인하려는 듯했다. 하나 그것을 어찌 한 번 눈으로 일견해서 알겠는가마는, 그 눈빛의 주인은 그럴 만한 능력을 지니고 있었다.

"음! 과연 너는 최강이 된 것 같군."

초로인은 고연을 쏘아보더니 잠시 후에 나직이 중얼거렸다.

이어서 그는 느닷없이 앉아 있는 고연의 발 앞에 그대로 무릎을 꿇더니 이마를 바닥에 대는 군신지례(君臣之禮)의 예를 취했다.

"제자 우영극(禹榮克)이 종주를 뵈오!"

초로인 우영극 뒤쪽에는 점주가 똑같은 자세로 예를 취하고 있었는데 아예 얼굴을 바닥에 붙이고 있는 듯한 모습이었다.

고연이 즉시 우영극을 부축해서 일으켰다.

"당신은 제 은인이십니다. 이러면 안 됩니다."

"좌정하시오, 종주. 드릴 말씀이 있소이다."

우영극은 일어선 채 공손히 호피의를 가리켰다.

고연도 할 말이 많았다.

그는 자신이 자리에 앉아야 대화가 이루어질 것 같아서 사양하지 않고 앉았다.

"나는 전대 종주의 동생이오."

우영극이 정중한 어조로 실마리의 끝을 풀었다.

"그러시면 우태와 우상의……."

고연은 적잖이 놀라는 표정으로 말을 받았다.

"그렇소. 그 아이들의 숙부외다."

의문이 하나씩 풀어지고 있었다.

"십오 년 전, 나는 장백파를 떠나 중원 곳곳을 누비고 다녔소. 종주의 명령으로 신옥 사조의 흔적을 찾으려는 것이었소."

"신옥 사조."

고연은 가볍게 움찔했으나 우영극은 개의치 않고 설명을 계속 이어갔다.

　"구백여 년 전의 신옥 사조께서 중원을 자주 왕래하시면서 몇몇 제
자를 거두셨다는 본 파의 기록을 토대로 구 년 동안 중원을 이 잡듯이
뒤졌지만 끝내 찾지 못하고 장백산으로 발길을 돌려야만 했었소. 그때
가 육 년 전이었소."

　문득 우영극은 비감한 표정을 지었다. 고연 역시 침통한 표정으로
변했다.

　육 년 전에 장백파가 멸문했고 고구려가 멸망한 것을 상기했기 때문
이다.

　"내가 돌아갔을 때 장백파는 이미 멸문한 뒤였소. 본 파의 전각들,
종주와 일백 제자들의 시신은 모두 타서 재가 되어 있었소. 장백파는
그렇게 끝나 버렸소."

　고연은 장백파의 멸문을 직접 눈으로 보진 못했지만 우태에게서 상
세히 들었기 때문에 본 것처럼 생생했다.

　우영극의 목소리는 나직이 잦아들었다.

　"그리고 나는 장백파를 떠난 후 고구려가 멸망해 가고 있는 것을 도
처에서 목격했었소. 고구려 땅에는 당나라 군사들만 득실거렸고 당나
라에 끌려가는 고구려 노예들의 비명 소리와 통곡 소리만 메아리쳤소.
나는 고구려 땅 어디에서도 머물 곳을 찾지 못하고 다시 중원으로 발
길을 돌려야만 했소."

　중원으로 가는 길에 그는 하늘의 도움으로 요동성 근처에서 우태와
우상 남매를 만나게 되었다.

　그가 구 년 전에 장백파를 떠날 무렵 우태는 여덟 살이었고 우상은
겨우 세 살이었다. 그러나 우영극은 어린 조카들 우태 남매를 단번에
알아보았다.

　　우영극은 우태에게 고구려 왕족 고연을 장백파의 종주로 삼게 된 경위와 그를 요동성에 남겨두고 와서 불안하다는 말을 듣고 즉시 요동성으로 향했다.

　　전력으로 달려가는 그의 마음속에서는 절망의 잿더미 속에서 새로운 가능성의 불씨 하나가 아주 작게 불을 일으키고 있었다. 그것은 어쩌면 장백파를 다시 일으키게 되는지도 모른다는 간절한 희원이었다.

　　그리고 그는 저 하늘도 놀라고 땅도 진저리치고 만 요동성 최후의 전투를 직접 목격하게 되었다.

　　"요동성 성문이 열리자 수백 기의 철갑기병이 노도처럼 쏟아져 나와 당의 군막을 향해 내달렸소. 그 수만 명의 군사들 중에서 한 명이 단연 발군(拔群)이었소. 그는 철갑 옷으로 온몸을 감쌌는데 마치 전신(戰神) 같았소. 그가 창과 환두대도를 휘두를 때마다 당군들이 추풍낙엽처럼 쓰러져 갔소. 잠시 후 전세가 불리해지자 그가 당군의 대장군을 향해 질풍처럼 질주해 갔소. 수십 명의 철갑기병들이 그의 뒤를 따랐고 그는 앞을 가로막는 당군들을 짓밟으며 당군 대장군을 애꾸로 만들었소. 그는 자신의 목숨을 돌보지 않고 대장군을 죽이려고 무진 애를 썼소. 그러나 그는 마침내 온몸에 무수한 상처를 입고 쓰러졌소. 나는 그에게서 고구려를 보았고 장백파를 보았소. 그래서 나는 그를 구했는데 그는 십오륙 세의 어린 소년이어서 적잖이 놀랐었소. 나는 이후 그 소년에게 미미한 도움을 주었소. 그때 나는 장백파와 고구려의 미래를 생각했소. 만약 이 소년이 성장하여 어른이 된다면 장백파는, 고구려의 미래는 이 소년의 양어깨에 달려 있을 것이라고 확신했소."

　　우영극은 흥분하지도 않고 억양의 높낮이도 없이 조용히 말한 후에 천천히 고개를 들어 고연을 쳐다보며 최초로 확신에 찬 어조로 다음 말을 이었다.

"그 소년이 바로 당신이었소. 육 년이 지난 지금 이렇게 다시 뵙게 되니 실로 감개무량하오."

감회가 남다른 것은 고연도 마찬가지였다. 그는 찬찬히 우영극의 모습을 살폈다.

우영극은 살아 있는 마지막 장백파의 역사라고 할 수 있었다. 또한 그는 어떤 의미에서는 고연의 스승이기도 했다.

문득, 고연의 시선이 우영극의 오른쪽 어깨에 매어져 있는 한 자루 은빛 삼족오검에 머물렀다. 맥지방의 강철과 은을 섞어서 주조한 은검(銀劍)이었다.

육 년 전, 우영극이 요동성 전투에서 고연을 구해서 안고 달릴 때 그 은검의 손잡이에 새겨진 삼족오 부리에서 후우우, 하는 휘파람 소리가 났었다.

슉.

고연은 일어났다가 우영극을 향해 공손히 절을 올렸다.

"종주!"

우영극이 화들짝 놀라 어쩔 줄을 몰라 했다.

"지난날 내게 베푼 은혜에 감사드립니다."

"황송하오."

고연이 이마를 바닥에 대며 절하자 우영극은 고연을 마주 보며 더 깊숙이 고개를 숙였다.

고연이 다시 자리에 앉자 우영극은 일어나서 고연 앞에 정중히 서서 그의 신태를 조심스럽게 살폈다.

고연은 겉으로 보기에는 전혀 무공을 익힌 사람 같지 않았으며 일개

유생처럼 보였다.

태양혈이 불끈 솟아오르지도 않았고 얼굴이나 몸에서 무림인들만이 뿜어내는 기도나 공기(功氣)도 없었으며 당당함하고는 거리가 멀었고 패도 같은 것도 찾아볼 수 없었다.

고연은 그저 태어나서 이날까지 서책이나 파면서 살아온 한낱 유생의 모습이었다.

하지만 고연을 살피기를 마친 우영극의 입가에는 흡족한 미소가 잔잔히 떠올랐다.

그는 고연이 이미 내공과 안광을 안으로 갈무리할 수 있는 노화순청(爐火純靑)이나 한 단계 위인 반박귀진(反撲歸眞)의 경지에 도달했다고 판단한 것이다.

"장백천급을 완성하시었소?"

이윽고 우영극이 조심스레 물었다. 평소 내심을 거의 겉으로 드러내지 않는 그의 얼굴에는 기대와 갈망이 엇비쳤다.

"다행히."

"아!"

우영극은 환한 표정을 떠올렸다. 안도와 희망이 그 얼굴에 여실히 드러났다.

기뻐한다는 점에서는 점주가 더했다. 그는 기쁜 나머지 눈물까지 펑펑 쏟아내고 있었다.

장백천급을 완성했다는 것은, 천풍권법을 비롯하여 파천검법과 비천등운, 그리고 가장 난해하고도 심오한 천원심법마저도 극성으로 연성했다는 뜻이다.

"지난날 전대 종주께서도 장백천급의 팔성(八成) 정도까지밖에 연성하지 못했는데 종주께선 대성(大成)하셨다니, 이는 본 파의 홍복(洪福)이외다!"

우영극은 기쁨을 감추려 들지 않았다. 그가 이날까지 중원의 한 귀퉁이에서 숨죽인 채 살아오면서 목메게 기다렸던 일이 바로 이것이었기 때문이다.

만약 그가 고연이 신옥의 진전을 고스란히 이어받아 천화신력까지도 극성으로 완성했으며, 내공 또한 노화순청이나 반박귀진이 아닌, 아니, 이미 내공이라고 말할 수도 없는 천극(天極)의 지경에 도달했다는 사실을 알게 된다면 어떤 반응을 보일는지 궁금했다.

그러나 고연은 일부러 밝히지 않았다. 그는 무공만 천극의 경지에 도달한 것이 아니라 수양이나 마음가짐에서도 그와 같은 경지에 올라 있었다.

그러므로 굳이 자신을 드러내서 자랑하고 싶은 마음이 추호도 없는 것이다.

"그동안 나는 훗날 종주께 약소하나마 도움을 드리려고 작은 준비를 해두었소이다."

우영극은 육 년 세월을 그저 허비하지 않았다.

"태아, 상아는 나와 줄곧 왕래하고 있었기 때문에 저간의 소식들에 대해서는 상세히 알고 있었소. 그 아이들이 종주께서 비참한 죽음을 당했다고 말했지만 나는 믿지 않았소."

그의 얼굴에 결연한 의지가 떠올랐다.

"나는 종주가 하늘이 내린 천인(天人)이라는 사실을 알고 있었소! 천인은 죽지 않는 법이오! 보시오! 종주께선 이렇게 내 앞에 나타나지 않으셨소?"

그래서 우영극은 고연이 돌아와 장백파의 종주로서 일을 결정하고
실행하는 데 있어서 부족함이 없으라고 나름대로 전력을 다했었다.

"우선 본 파를 멸문시켰던 무림고수들의 행적을 모두 파악해 두었
소. 우리 능력으로 처리할 수 있는 자들은 남김없이 모두 죽였소! 태아
와 상아도 여러 명을 죽였소! 그러나 능력이 미치지 못하는 자 세 명을
아직 죽이지 못했소!"

그들 세 명을 죽여서 전대 종부와 일백여 제자들의 원혼을 위로하는
것이 장백파의 종주로 돌아온 고연의 첫 번째 임무였다.

"놈들은 화산파 장문인 화산도신(華山刀神)과 종남파 장문인 유운비
검절(流雲飛劍絶), 공동파(崆峒派) 장문인 복마장황(伏魔掌皇)이오."

천하십종 삼신 중 한 명과 사절의 한 명, 오황의 한 명이다. 하나같
이 초절정고수인 것이다.

"화산도신이라는 자는……."

"그렇소. 그자가 전대 종주의 목을 베었소. 그래서 그자는 전대 종
주의 별호 장백검신에서 '신' 자를 떼어갔소."

우영극이 눈에서 으스스한 한광을 흘려내면서 중얼거렸다.

"방금 말한 자들의 문파가 모두 이 근처에 있소. 그래서 나는 이곳
화음현에 자리를 잡은 것이오. 어떻게든 놈들을 죽여보려고 기를 써봤
으나 요령부득이었소."

고연은 그제야 그가 왜 자신더러 최강이 되라고 했는지, 최강이 된
후에 이곳 화음현으로 찾아오라고 했는지 알 수 있었다.

전대의 복수를 하고 나서야 비로소 장백파를 부흥시킬 수 있기 때문
이었다.

우영극은 한 자 한 자 곱씹듯이 느릿하게 말하면서 칠 년 전의 원한

을 되새겼다.

"나는 그동안 화산파와 종남파, 공동파에 대해서, 그리고 그들 세 명의 원수에 대해서 낱낱이 파악해 두었소. 심지어 그놈들이 몇 시에 일어나서 몇 시에 측간에 가고 언제 외출을 하며 언제 연공을 하는지까지도 알아냈으니 종주께서 놈들을 죽이시는 데에 약간의 참고가 되시길 바라오."

그의 원한은 생각보다 깊었다. 골수에 사무쳤다고 해도 지나친 말이 아니었다.

"세 곳 중에서 어디가 가장 가깝습니까?"

"화산파가 있는 화산이외다. 이곳에서 남쪽으로 백여 리 거리요. 그런데 그것은 왜 하문하시오?"

고연이 불쑥 묻자 우영극은 아무 생각 없이 대답하고는 또 반문했다.

슥.

"갑시다."

고연이 몸을 일으키며 조용히 말하자 우영극과 점주는 동시에 흠칫 놀랐다.

화산파를 말하다가 가자고 말한다면 당연히 화산파로 가는지 알 터이지만 우영극은 설마 그러리라곤 생각하지 않았다. 경험 많고 침착한 그도 상상에는 한계가 있는 법이니까.

"종주! 어딜 가시려는지 말씀하시면 안내하겠소."

우영극이 즉시 앞서서 방문을 열며 말했다.

고연은 그가 열어주는 문으로 나가며 짧게 대답했다.

"화산파."

화산파의 웅장한 전문 앞에 고연이 우뚝 서 있고 그 뒤에 우영극이, 그 뒤에 점주가 서 있는데 세 사람의 표정은 제각기 달랐다.

고연의 표정은 마치 산책이라도 나온 사람처럼 여유로웠고, 우영극은 몹시 긴장하여 돌처럼 굳은 얼굴이었으며, 점주는 돌처럼 굳은 표정이라는 점에서는 우영극과 같았지만 약간의 두려움이 한 겹 더 깔려 있는 것이 달랐다.

점주의 이름은 대곤(待困)인데 고구려 무반가의 자손으로 삼십팔 세이고 우영극의 수제자였다.

우영극은 강철 같은 심장을 지닌 사람이며 평소에 말이 거의 없는 사람이다.

그러나 지금 같은 상황에서는 그의 강철 심장도 과묵함도 제기능을 하지 못했다.

"종주, 어쩌시려는 게요?"

"이곳이 화산파가 맞습니까?"

"맞소만, 어쩌실 것인지 말씀하면 내가 계획을 세우고 제자들로 하여금 준비를 시키겠소."

"들어갑시다."

"종주!"

"따라오지 않으려거든 이곳에서 기다리십시오."

저벅저벅.

고연은 전문을 향해 턱 하니 뒷짐까지 지고 느긋하게 걸어갔다.

그 순간 우영극은 혹시 자기가 사람을 잘못 본 게 아닌가? 우태가 천제께 제사를 올리던 중에 벌어졌다는 기적, 천부인 세 개가 동시에 울렸다는 것은 헛것을 봤던 게 아닐까. 요동성 전투에서 일기필마로 당군을 휘몰아치던 그 소년 영웅은 단지 신기루가 아니었을까. 아니, 그 소년이 지난 육 년 사이에 미치광이로 변한 것인가, 하고 짧은 찰나에 무수한 생각들이 마구 솟구치는 것을 어쩌지 못했다. 그만큼 고연의 행동은 무모했다.

상대는 화산파 장문인 화산도신, 즉 천하십종 삼신 중의 한 명인 것이다.

고연이 장백천급을 완성했다고는 하지만 이렇듯 쉽사리 접근하고 상대할 인물이 아닌 것이다.

게다가 화산파는 이미 자신들의 일거수일투족을 손바닥 보듯이 파악하고 있을 것이다.

아마도 거의 분명히, 고연의 무모한 행동은 지난 육 년 동안 공들여 쌓아왔던 탑을 일거에 무너뜨리게 될지도 모른다… 라고 우영극은 납덩이처럼 무거운 마음으로 생각했다.

하지만 결코 고연을 거스를 수는 없는 일이다. 그는 장백파의 종주이므로.

그긍.

우영극이 복잡한 표정으로 제자리에 서 있을 때 이미 화산파의 육중한 전문 두 쪽이 안으로 밀리듯이 천천히 열리고 있었고 고연은 열린 전문을 향해 태연히 걸어가는 중이었다.

"……!"

고연을 쳐다보던 우영극과 대곤의 안색이 움찔 변했다.

고연이 손을 대지도 않았는데, 아니, 그는 전문과 일 장이나 떨어진 거리에서 다가가고 있는데 전문이 저절로 열리고 있는 광경을 목격했기 때문이다.

그렇다고 전문 안에서 화산파 제자들이 손님을 영접하느라 정중히 전문을 열어준 것도 아니었다.

전문 안쪽에 있던 대여섯 명의 화산파 제자들이 크게 놀란 얼굴로 주춤주춤 물러서고 있는 광경이 우영극과 대곤에게 그들이 전문을 열어주지 않았다고 대답하고 있었다.

전문은 작은 성문(城門)과 비교해도 손색이 없을 정도여서 그 무게가 가볍게 잡아도 족히 이삼천 근은 나갈 듯했다.

그사이 고연은 외출 나갔다가 자기네 집으로 들어서듯이 뒤도 돌아보지 않고 성큼성큼 전문 안으로 걸어 들어갔다.

고연의 뒷모습을 보는 우영극의 표정이 여러 차례 변했다. 놀라움에서 기쁨으로, 기쁨에서 희망으로, 희망에서 자신감으로.

"가자!"

우영극은 입가에 환한 웃음을 지으며 낮게 외치듯 말하면서 성큼성큼 고연의 뒤를 따랐다.

第 八十八 章 　전설(傳說) ■

전설(傳說)

"화산 장문인 하나만 죽이면 되겠지요?"

고연이 여전히 뒷짐을 진 채 걸어가면서 오늘 잔치에 돼지 몇 마리가 필요하냐는 식으로 담담히 중얼거렸다. 뒤따르고 있는 우영극에게 물은 것이다.

"그럼요. 그자가 음모에 가담한 것이지 화산파 전체는 아니었소."

두 사람의 대화를 듣고 있으면, 우영극이 화산파 전체라고 대답하면 고연이 정말 화산파 전체라도 몰살시킬 듯했다.

고연의 물음이나 자신의 대답이 우스워서 우영극은 미소를 지었다. 하나 썩 나쁜 기분은 아니었다.

설혹 이 일이 실패하더라도 이렇듯 화산파 한복판을 여봐라는 듯이 활보하는 자체가 아주 마음에 들었다.

"쳐랏!"

화산파 제자들 백여 명이 고연 일행 세 사람을 멀찍이에서 포위한 채 포위망 전체가 세 사람의 걷는 속도에 맞춰서 느리게 진행하고 있었다.

공격 명령이 떨어진 것은 고연 일행이 드넓은 연무장 한복판에 이르렀을 때였다.

쏴아아.

흡사 거센 파도가 갯바위를 두드리는 듯한, 소나기가 지붕에 쏟아지는 듯한 음향이 나면서 십방(十方)에서 백여 명의 화산 제자들이 일제히 도검을 뽑아 쥐고 협공을 개시했다.

어느 문파든 방파든 그러하겠지만 상대를 세밀히 분석한 후에 거기에 맞는 적절한 대응을 하기 마련이다.

그러지 않으면 쥐새끼 한 마리 잡는 데 모든 제자를 동원할 수도 있고, 맹호를 상대하는 데 기껏 서너 명으로 상대하게 했다가 낭패를 당하기 때문이다.

화산파 역시 고연 일행을 예의주시하다가 고연이 손도 대지 않고 전문을 열고 들어오는 것을 보고는 일백 제자로 하여금 한꺼번에 협공하게 한 것이다.

이런 경우는 화산파 개파 이래로 다섯 손가락으로 꼽을 정도의 진귀한 상황이었다.

차창!

우영극과 대곤의 여유는 거기까지였다. 두 사람은 결코 방심할 수 없었다.

두 사람은 재빨리 어깨의 검을 뽑으면서 내공을 극한으로 끌어올렸다.

고연이 화산파 장문인을 상대한다면 자신들은 화산파 고수들의 협공이라도 막아야 했다.

하나 그들은 굳이 그러지 않아도 좋았다.

쐐애액!

쉬쉬쉬쉭!

허공과 지상의 십방에서 화산 제자 일백 명이 무시무시한 기세로 덮쳐 왔다.

그들이 뿜어내는 도광과 검광이 무섭게 번쩍이며 세 사람의 얼굴에 비춰졌다.

화산 제자 한 명은 평균 오십 년 내공에 패도적이기로 정평이 난 화산파 매화검법(梅花劍法)과 육합검법(六合劍法)으로 무장되어 있다. 그들 백 명의 합공이라면 화산 장문인조차도 버거울 터이다.

"종주를 호위하라!"

우영극은 낮게 외치면서 자신은 고연의 오른쪽으로 이동했다.

동시에 대곤도 고연의 왼쪽으로 미끄러져 갔다. 하나 우영극은 쓸데없는 행동에 이어 부질없는 말까지 했다.

픽! 픽! 픽! 픽! 픽! 픽!

"우왓!"

"와악!"

"으앗!"

그때 가히 경이로운 일이 벌어졌다.

"……."

"……."

우영극과 대곤은 말하라고 부모가 물려준 입을 이 순간만큼은 결코 사용하지 못했다.

십방에서 공격해 오던 화산파 일백 제자들이 고연 일행 세 사람의 전면 이 장 정도까지 도달하자 미리 약속이나 한 것처럼 한 명도 남기지 않고 모조리 튕겨져 날아가 버린 것이다.

그 광경을 보고도 어찌 말을 할 수 있겠는가. 혼이 달아나지 않았으면 그나마 다행이었다.

'호신강기(護身罡氣)!'

우영극은 내심 탄성을 터뜨렸다가 즉시 고개를 가로저으며 애매모호한 표정을 지었다.

호신강기는 내공의 정화(精華)로서 정심박대한 내공을 온몸으로 뿜어내서 자신의 몸 주위에 보이지 않는 투명의 막을 형성하여 적의 공격으로부터 자신을 보호하는 것이다.

게다가 호신강기는 자기 혼자만 보호하는 정도이고 적 한두 명의 공격을 방어하는 것이 통례이다. 그리고 방어 범위가 자신의 몸 두 자를 넘지 못한다.

또한 중요한 사실은 그 정도의 호신강기를 시전할 수 있는 초절정고수가 무림을 통틀어 이삼십여 명에 불과하다는 것이다.

그런데 방금 펼쳐진 상황은 방어 범위가 두 자가 아니라 그 열 배인 무려 이 장이나 되는 데다가 한두 명의 적이 아닌 한꺼번에 백여 명을 튕겨내 버렸다.

이쯤 되는 상황이면, 입이 있어도 말을 할 수 있는 사람이 오히려 이상할 것이다.

"으그그……."

"어구구."

"끄응, 끙!"

뿐인가.

튕겨져 날아가 땅바닥 여기저기에 아무렇게나 패대기쳐진 화산고수들 전부가 호신강기인지 뭔지에 부딪쳐 튕겨지면서 팔다리던가 목뼈던가 몸 어디 한두 군데가 부러져서 하나같이 땅바닥에 쓰러지거나 주저앉아서 꿍꿍 죽는다고 신음을 토해내고 있었다.

우영극은 아연실색한 표정으로 고연을 쳐다보았다.

그러나 고연은 아무 일도 없었다는 듯 여태까지와 똑같은 보폭으로 태연하게 걸어가고 있었다.

우영극이 그럴진대 대곤의 표정이야 두말하면 무엇 하랴.

'맙소사! 설마……'

우영극은 번개같이 뇌리를 스치는 것이 있었으나 그것은 쉽게 믿을 수 있는 일이 아니었다.

그가 돌아보자 대곤은 입을 쩍 벌린 채 턱 떨어진 개처럼 고연의 뒷모습만 쳐다보고 있었다. 충격이 꽤 컸던 모양이다.

"곤아, 어서 오너라."

우영극은 대곤을 일깨우고는 즉시 고연의 뒤를 따르면서 쥐고 있던 검을 다시 어깨에 꽂았다.

고연의 곁을 따르고 있는 한 자신이 검을 써야 할 일이 없을 듯하다고 판단한 것이다.

저벅저벅.

고연이 돌계단을 오르자 우영극은 그 뒤를 따라 오르면서 화산도신이 바보가 아니라면 지금쯤 모습을 나타낼 것이라고 내심으로 생각했다.

바로 그때 나직하지만 듣는 이의 고막을 진동시키는 은은한 호통성이 들려왔다.

"어느 방면의 고인이 화산 성지(華山聖地)에서 소란을 피우시는가?"

전각의 지붕이 들썩였고 허공의 여기저기가 쩌르르, 떨어 울렸으며 땅에서 먼지가 뽀얗게 피어올랐다.

또한 공격하다가 고연의 호신강기 같은 것에 부상을 입고 쓰러져 있던 백 명의 화산 제자들이 귀를 틀어막고 비명을 터뜨리는데 그들의 코와 입에서 피가 흘러내리는 것으로 미루어보아 가볍지 않은 내상을 입은 것 같았다.

그런 상황으로 볼 때 방금 전 목소리의 임자가 목소리에 심후한 내공을 주입시켰으며 또한 굉장한 내가고수인 것이 분명했다.

그러나 우영극도 대곤도 아무런 변화나 피해를 입지 않았다. 두 사람은 이번에도 고연이 호신강기 같은 것으로 목소리를 차단하여 자신들을 보호했음을 즉시 깨달았다.

우영극은 아주 잠깐 동안 자신이 어른의 철저한 보호를 받고 있는 힘없는 어린아이 같다는 생각이 들었으나 수치심이나 치욕스러움 따윈 전혀 느끼지 않았다.

그보다는 육 년 만에 다시 만난 고연에 대한 놀라움, 아니, 경이로움 때문에 정신이 달아날 지경이었다.

우영극은 앞에 우뚝 서 있는 고연의 뒷모습을 망연하게 보면서 그가 자신이 육 년 전에 요동성 전투에서 목숨을 구해주고 오정산 오죽림에서 몇 수 무공을 가르쳐 주면서 미래를 기대했던 그 소년이 맞는가 하고 새삼스러운 기분이 들었다.

세 사람의 전면에는 십여 명의 고수들이 고연 일행을 마주 보는 형태로 서 있었다.

앞에 육십대 초반의 검고 긴 수염을 기른 용맹한 외모의 노인이 한 자루 보도(寶刀)를 왼손에 쥐고 우뚝 서 있는데, 전신에서 극강한 패도적(覇道的)인 기운이 파도처럼 뿜어져 나왔다.

그런 기도를 지니고 있는 초절정고수는 화산파에 오직 한 명, 바로 화산파 장문인이며 천하십종 삼신의 한 명인 화산도신뿐이었다.

그의 뒤쪽에는 화산파 장로들과 핵심적인 고수들이 두 줄로 도열한 채 살벌한 기운을 뿌려내고 있었다.

"하하! 방금 이곳이 성지라고 말했소?"

그때 고연이 화산도신을 바라보며 담담한 미소를 흘려냈다.

천하에 짝을 찾기 어려울 정도의 미장부이며 유약한 유생처럼 보이는 그가 웃자 중인들은 아주 잠시 넋을 잃은 듯한 표정을 지었다가 정신을 차렸다.

화산도신은 고연을 정면으로 쏘아보았다.

고수는 고수를 알아보는 법.

그는 방금 전에 자신의 삼 갑자에 이르는 내공 중에서 칠성을 주입하여 불문(佛門)의 사자후(獅子吼)와도 같은 화산파의 창룡후(蒼龍吼)를 터뜨렸었다.

아니, 일부러 고연 일행을 겨냥하고 발출했었다.

창룡후는 음공(音功)으로도 사용할 수 있어서 중후한 내가고수(內家高手)가 시전할 경우 도검보다 몇 배 더 무섭고도 효과적인 위력을 발휘한다.

그런데 화산도신은 고연 일행 가까이에 접근한 창룡후의 음파(音波)가 갑자기 허공으로 산산이 흩어지면서 무위가 되는 것을 발견하고는 그 즉시 고연 때문이라는 것을 간파했다.

하나 그가 무슨 수법을 사용했는지는 미처 파악하지 못했다.

화산도신은 곰곰이 생각해 봤지만 당금 무림에 고연처럼 젊은 고수가 있다는 사실을 기억해 내지 못했다.

상대가 누군지 모르고 싸운다는 것은 기선(機先)을 제압당한 것이나 다름없다.

반대로 상대는 자신에 대해서 너무도 잘 알고 있을 것이다. 그러나 화산도신은 그 정도에 신경 쓸 하류가 아니었다.

그는 스스로를 과대평가했으면 했지 결코 과소평가할 위인이 아니었다.

"그렇다! 화산파가 소림사와 무당파, 아미파와 더불어 무림사대성지(武林四大聖地)라는 사실을 모르고 묻는 말이냐?"

화산도신은 고연의 정체는 모르지만 단지 그가 어리다는 이유만으로 즉각 하대를 했다.

그러나 고연은 개의치 않았다. 곧 죽을 자에게 그 정도 자비는 베풀 수 있는 법이니까.

고연이 입가에 흐릿한 미소를 지었다.

"무림사대성지라……. 하면 장백파는 어떻소?"

"……!"

순간 화산도신의 얼굴이 흠칫 굳어졌다.

고연의 미소가 조금 더 짙어졌다.

"장백파는 성지가 아니오? 장문인의 생각은 어떠시오?"

"……."

제아무리 영리하고 담대한 화산도신이라고 해도 이런 상황에서는 즉답을 하지 못했다.

화산파 제자들이나 무림인들은 화산도신이 장백파 종주 장백검신과 정정당당하게 일 대 일로 겨루어서 그를 격패시키고 삼신의 위에 오른 줄 알고 있었다.

당고종의 밀명을 받은 대장군 번주가 비밀리에 무림고수들을 모아 장백파를 급습하여 멸문시킨 사실은 극소수의 사람들만이 알고 있을 뿐이었다.

만약 그런 사실이 무림에 알려진다면 화산도신을 비롯한 그 일에 가담했던 고수들은 지탄을 면치 못할 것이 분명했다.

고연은 뒷짐을 지고 화산도신을 무시하는 듯한 태도로 나직한 웃음을 흘렸다.

"하하! 무림에는 성지가 네 개씩이나 되는구려! 미처 몰랐소! 그러나 우리 고구려 땅에는 성지란 오직 장백파가 있는 장백산 신단수 한 곳 뿐이오!"

"너는 누구냐?"

화산도신은 한참 만에 조금 전보다 두 배 정도 더 강해진 패도에 은은한 살기를 보태어 온몸으로 발출하면서 두 눈에서 불을 뿜듯 고연을 쏘아보며 중얼거렸다.

"화산도신! 말을 삼가라! 이분은 장백파의 종주이시다!"

그러자 화산도신 이하 배후에 도열한 고수들의 표정이 한순간 청석(靑石)처럼 굳었다가 긴장감으로 물들었다. 그러나 그런 분위기는 그리 오래가지 않았다.

"으핫핫핫! 장백파가 멸문했다더니 이제 인물이 없는 모양이로구나! 코흘리개를 종주자리에 앉히다니 말이다!"

화산도신은 고개를 젖히고 비웃는 듯한 웃음을 터뜨렸다. 그러자 뒤쪽의 고수들도 모두들 와아, 하고 따라 웃었다. 하나 그들의 비웃음은 곧 끝났다.

고연이 화산도신을 보며 조용히 말했다.

"관창(冠蒼)은 개파를 하는 것이 아니었어."

순간 화산도신과 화산파고수들의 안색이 싹 변했다. 관창은 화산파를 개파한 개파조사의 사백 년 전 태상조였다. 그리고 그는 구백 년 전 신옥이 거둔 제자 중에 한 명이었다.

"오늘날 화산파의 장문인이 이토록 방종하고 안하무인인 것을 지하의 관창은 알고나 있을까?"

고연의 중얼거림에 화산도신과 화산파고수들은 각기 다른 표정을 지었다.

화산파의 뿌리가 장백파라는 사실은 장문인과 장로들만 알고 있는 사실이다.

그래서 그들은 수치스러움에 얼굴을 붉혔지만 다른 고수들은 고연이 태상조의 이름을 들먹이자 분노를 감추지 못했다.

고연은 얼굴에서 미소를 거두고 화산도신을 똑바로 주시했다.

"황궁의 사주를 받은 화산도신 너를 포함한 수십 명의 고수가 가증스러운 작당을 하여 장백파 장문인을 죽인 일에 대해서 뭐라고 해명하겠느냐? 설마 오늘날의 화산파를 존재하도록 만드신 신옥께서 장백파의 종주셨다는 사실을 몰랐다고는 못하겠지?"

고연은 화산도신을 쏘아보며 준엄히 꾸짖었다. 그렇게 말하는 고연의 전신에서는 은은한 광채가 뿜어져서 마치 천신이 강림한 것처럼 늠연했고 또한 신옥의 재림(再臨) 같기도 했다.

화산도신이 장백파 멸문에 가담했다는 사실을 아는 사람은 화산파 내에서 아무도 없었다.

그러므로 그가 여러 명과 합공하다가 끝내 장백파의 종주 장백검신 우한경을 죽인 사실은 더 더욱 비밀에 감춰져 있었다.

"장문인! 그게 사실이오?"

"어떻게 그럴 수가……!"

화산파 장로들이 놀라서 화산도신을 쳐다보았다.

화산도신은 대답하지 않고 대신 얼굴이 붉으락푸르락하더니 이내 흐릿한 음소를 흘려냈다.

"흐흐흐… 나는 중원의 기둥을 자처하고 있는 쟁쟁한 문파들의 뿌리가 장백파라는 사실이 솔직히 역겨웠다. 구백 년 전 고구려의 장백파 종주였던 신옥이라는 자가 중원에 와서 몇 명의 제자를 거두어 그들에게 장백파의 무공을 전수하고 수백 년 후에 그들의 제자들이 소림사와 무당파, 아미파, 곤륜파, 화산파 등을 개파했다는 사실이 죽기보다 싫었다. 그래서 대장군 번주의 제의를 선뜻 수락했었고 마침내 내 손으로 우한경의 목을 베었다!"

모든 화산파 제자들은 꿈에서조차 상상하지 못했던 무림비사(武林秘事)를 처음 알게 되고는 경악을 금치 못했다.

이제 이 사실은 머지않아서 그들의 입을 통해 천하로 퍼져 나갈 것이다.

화산도신은 막다른 곳에 몰리자 결국 본성을 드러냈다. 그의 징그러운 웃음이 점점 더 짙어졌다.

"흐흐흐… 고구려의 장백파가 대체 뭐란 말이냐? 봐라! 무림은 곧 중원을 뜻한다! 장백파 따위가 무림의 시조라는 것이 얼마나 어불성설이냐? 똑똑히 들어라! 본 파는, 아니, 중원무림은 이제 그만 장백파의 망령에서 벗어나고 싶어한다! 그리고 우한경이 죽고 장백파가 멸문함으로써 그 꿈이 실현된 것이다!"

고연은 조용히 한 자 한 자 분명히 말했다.

"장백파는 멸문하지 않았다."

화산도신은 버럭 고함을 질렀다.

"개소리! 우한경이 죽음으로써 장백파도 끝났다! 너 따위 코흘리개가 무슨 장백파의 종주라는 말이냐? 묻겠다! 너처럼 힘없는 놈이 대체 날 어떻게 하겠다는 것이냐?"

고연은 간단히 말했다.

"화산파를 봉문하고 너는 자결해라. 그럼 용서하겠다."

"봉문? 나더러 자결하라고?"

화산도신은 어이없는 표정을 짓더니 곧 고개를 젖히며 미친 듯한 광소성을 터뜨렸다.

"으핫핫핫핫! 너 어린 놈이 노부의 십 초식을 받아내면 한번 고려해 보겠다!"

"좋군. 그 말을 대답으로 간주하겠다."

고연은 조용히 중얼거렸다.

화산도신은 더 이상 웃지 못했다.

"……."

순간 그는 온몸이 보이지 않는 무형의 질긴 끈으로 친친 묶인 것처럼 두 팔을 양쪽 허리에 딱 붙이고 두 다리를 쭉 펴서 붙인 채 몸이 느릿하게 허공으로 둥실 떠올랐다.

사람들은 일제히 고연을 쳐다보았다.

하나 고연은 여전히 뒷짐을 지고 여유있는 모습으로 서 있었다. 다만 변한 게 있다면 그의 얼굴에 은은한 노기가 한 겹 깔려 있다는 것이다.

"사, 사술(邪術)이다. 으으……."

"맙소사! 어떻게 이런 일이……!"

화산파 장로들과 고수들은 조금 더 높이 떠오른 화산도신을 보면서 경악하며 뒤로 비칠비칠 물러섰다.

스으으.

화산도신은 발이 돌바닥에서 두 자가량 뜨고 뻣뻣하게 굳은 상태로 느릿하게 고연에게 끌려가고 있는데도 아무런 행동도 취하지 못했다.

마치 거미줄에 달라붙은 한 마리 나방 같았다. 아니, 나방이라면 몸부림이라도 칠 텐데 그는 그러지도 못했다.

그 광경은 누가 보더라도 고연이 무형지기를 발출하여 화산도신을 제압했음을 알 수 있었다.

화산도신은 삼 갑자의 내공을 극한으로 끌어올려 벗어나려고 안간힘을 썼지만 역부족이었다.

그는 얼마나 용을 썼는지 얼굴이 홍시처럼 시뻘게졌으며 이마와 목에 힘줄이 툭툭 불거졌다.

그는 고연의 정면 두 자 거리에 허공에 뜬 상태로 뚝 멈췄다. 고연이 손만 뻗으면 닿을 수 있는 가까운 거리였다.

고연은 얼굴 가득 불신과 불복종의 표정이 떠오른 화산도신을 응시하며 조용히 입술을 뗐다.

"내 아버님 신옥과 관창에게 용서를 빌거라."

"으으… 이, 이놈! 무슨 사술을……."

퍼퍼퍽!

화산도신은 오만상을 쓰면서 고연에게 욕설을 퍼부으려다가 뜻을 이루지 못했다.

온몸이 산산조각나서 그대로 폭발해 버렸기 때문이다.

그것은 그의 몸속에서 벽력탄이 한순간에 폭발한 것 같은 엄청난 광경이었다.

“우왓!”

“허억!”

방금 전까지 화산도신이라고 불렸던 자의 몸이 갈기갈기 찢겨져서 핏물과 살 조각들이 소나기처럼 사방으로 쏟아지자 화산파 장로들과 고수들은 기겁하며 분분히 피하느라 정신이 없었다.

하지만 그들은 간발의 차이로 자신들의 장문인의 피와 살 조각을 온몸에 뒤집어쓰고 말았다.

그러나 고연과 우영극, 대곤에겐 피 한 방울조차 튀지 않았다. 물론 고연이 투명한 호신막을 커다란 우산처럼 펼쳤기 때문이다.

우영극은 그런 광경에 더 이상 놀라지 않았다. 대신 그는 한 가지 놀라운 사실을 깨닫게 되었다.

‘오오! 종주께선 신옥 사조의 진전을 이어받으셨다! 종주께서 방금 보여주신 것은 실전됐던 천화신력이 아니던가!’

그의 기쁨은 하늘 꼭대기까지 닿았고 지금 당장 죽는다고 해도 원이 없었다.

슉.

그때 고연이 조용히 몸을 돌려 돌계단을 내려가는 것을 보고 우영극과 대곤은 지체없이 고연의 뒤를 따랐다.

　그러나 그 즈음에는 화산파의 전 제자들 오백여 명이 그곳에 몰려나와 있었지만 그 누구도 고연의 앞길을 막지 못했다.
　그들은 고연 일행이 천천히 걸어서 전문을 나갈 때까지 망연자실 쳐다보고만 있을 뿐이었다.
　아니, 고연 일행 앞에 서 있던 화산 제자들은 파리 떼 흩어지듯 분분히 물러서며 오히려 길을 터주기에 바빴다.
　그렇게, 전설은 시작되었다.

　"종주께서 처리하실 몇 가지 일이 있소."
　태평루 별원 내실에서 우영극의 말이 흘러나왔다.
　우영극은 지난 육 년 전부터 놀라울 정도로 방대한, 그리고 정확한 정보들을 조사하고 수집해 왔었다.
　장백파와 고구려에 관한 것이라면 어떤 내용이라도, 또한 아무리 먼 길이고 험난한 난관이 놓여 있더라도 정보를 수집했고 분석했다.
　"나는 지난 육 년 동안 순수한 혈통의 고구려 청년들을 각처로부터 거두어 장백천급을 전수했소. 지금 그들은 모두 예전 장백파 제자들 수준으로 성장했소. 종주께서 보고 마음에 드시면 본 파의 제자로 거두어주셨으면 하외다."

　누대에 올라선 고연은 전면을 보며 가슴이 밑바닥부터 서서히 뜨거워지는 것을 느꼈다.
　넓은 연무장에는 삼백 명의 고구려 청년들이 하나같이 장백파 제자를 나타내는 고구려식 백의를 입고 어깨에는 이른바 장백검을 멘 채 질서있게 도열해 있었다.

그들은 십팔 세에서 삼십오 세까지의 청년들로서 머리끝에서 발끝까지 순전히 고구려와 장백파식으로만 무장했고 어디에 내놓아도 부끄럽지 않은 일류고수 수준이었다.

그들의 얼굴에는 당당함과 희망과 기대, 그리고 자신감이 가득 떠올라 있었다.

또한 고연을 바라보는 눈에는 무한한 존경심과 복종의 염(念)이 가득 담겨 있었다.

고연은 그들을 보면서 마치 요동성 최후의 전투에 임하기 직전에 보았던 요동성의 고구려군을, 그중에서도 천하무적이었던 철갑기병을 보는 듯한 착각에 빠졌다.

이윽고 고연은 진중한 표정과 뜨거운 어조로 조용히 입을 열었다.

"너희를 장백파의 제자로 거두겠다."

"천제께 영광을!"

"조국 고구려에 축복을!"

"종주께 충성을!"

그러자 삼백여 제자들이 일제히 무릎을 꿇고 고개를 조아리며 쩌렁쩌렁하게 외쳤다.

고연의 가슴이 은은히 격동했다.

"나는 예전에 본 파의 제자들에게 한 가지를 약속했었다. 그 약속을 너희들에게도 하겠다."

장백파 제자들은 이마를 바닥에 댄 채 꿈쩍도 하지 않았다. 그들의 머리 위로 고연의 나직하지만 힘찬 음성이 떨어져 내렸다.

"고구려인이며 장백인인 우리는 하나다."

부복해 있는 장백파 제자들의 몸이 움찔움찔거렸다. 어떤 사람은 고개를 숙인 채 소리없이 눈물을 흘렸다.

"우리는 무엇이든 할 수 있다."

이어지는 고연의 말에 그들은 조금 전보다 자신감이 백 배 이상 커졌지만 어쩐 일인지 어깨를 들먹이며 나직이 울기 시작했다.

"조금만 참고 견디자. 그리고 우리 함께 고향으로 돌아가자."

고연의 마지막 말에 여기저기에서 나직한 흐느낌 소리가 흘러나오더니 급기야 삼백 명 전체가 흐느끼기 시작했고 잠시 후에는 통곡 소리로 변해 버렸다.

고연은 통곡하는 그들을 보며 지그시 어금니를 악물었다.

'그래, 실컷 울어라. 그리고 내일은 웃자.'

"우(禹) 사부께서 태상종주(太上宗主)가 되어주십시오."

고연의 느닷없는 제의에 우영극은 화들짝 놀랐다. 게다가 고연은 그를 사부라고 불렀다.

"말… 씀을 거두어주시오. 나를 사부라고 칭하는 것도 그렇고 태상종주라니… 천부당만부당하신 말씀이시오!"

고연은 탁자 앞에 앉아서 찻잔을 만지작거리며 조용히 말했다.

"우 사부께선 내게 최초로 무공을 전수한 분이시니 사부라 부르는 것은 지극히 당연합니다. 때늦은 감이 있지만 지금이라도 제가 사람의 도리를 할 수 있도록 부디 거절하지 말아주십시오."

고연이 하도 권해서 그의 맞은편에 앉은 채 좌불안석하던 우영극은 고연의 난데없는 제의에 그야말로 가시방석이었다. 그러나 그는 고연의 제의를 절대 받아들일 수가 없었다.

태상종주라면 살아생전에 자신의 수제자에게 종주 자리를 물려준 전대 종주를 가리키는 것이다. 그러므로 우영극이 절대불가를 외치는 것은 당연한 일이다.

"종주! 이러시면 아니 되오! 나는……."

우영극은 강하게 반발하면서 고연을 쳐다보다가 중간에서 말을 흐리고 말았다.

고연의 눈빛은 뭐라고 표현할 수 없을 정도로 고요했다.

그러나 우영극은 그 눈빛에 천지와 삼라만상이 담겨 있는 것을 발견했다. 그리고 그는 자신이 결코 고연을 거역할 수 없다는 사실도 깨달았다.

'아! 종주께선 이미 득도(得道)하셨구나! 육신만 인간일 뿐 이미 신의 영역에 계시는 분이시다!'

우영극은 고연을 거스르는 행위는 천리(天理)를 거스르는 것이며 또한 천제를 거스른다는 사실을 깨닫게 되었다. 고연에게서 천계(天界)를 발견한 것이다.

'내가 화산파에서 목격했던 종주의 신위(神威)는 종주의 극히 일부였을 뿐이다. 이분은 내가 예상하는 것보다 몇 배는 더 거대해지셨다! 종주는 하늘[天]이시다!'

우영극은 자신도 모르게 이끌리듯 자리에서 일어나 방바닥에 공손히 부복하며 아뢰었다.

"이후 종주께서 무엇을 말씀하시든 나는 그대로 따르리다."

우영극은 자신이 삼백여 장백파 제자들과 함께 지난 육 년 동안 힘겹게 수집해 온 천하의 정보들을 오랜 시간을 할애하여 고연에게 낱낱이 보고했다.

그것은 곧 천하 대소사의 집대성(集大成)이었다. 취봉단이 굵직굵직한 정보들을 알아내는 조직이라면, 우영극은 그것들의 세세한 것까지도 조사하고 수집했다.

그 정보들 중에는 명신왕 이설이 야심 차게 꾸미고 있는 계획이나 발율국, 동돌궐, 토번, 남조국, 대조영이 개국한 발해 등의 움직임, 무령산에 신단을 세운 장백파의 일거수일투족까지도 포함되어 있었다.

또한 마천교가 무림을 장악하려는 천하대계도 들어 있었으며, 대륙과 대륙을 둘러싼 여러 나라들의 움직임과 계획들, 무림에 영향을 미칠 수 있는 수십 개 문파와 방파들의 현재까지의 움직임과 동향들도 총망라되어 있었다.

그중에서 고연의 지대한 관심을 끄는 것이 한 가지 있었다. 그것은 바로 그토록 찾고자 하던 우림원의 위치였다. 장백파 제자가 옥룡공자 이명의 행적을 쫓던 중에 우연히 알아낸 것이었다.

고연의 무공이 극성에 이르고 득도함으로써 신인의 반열에 올라섰지만, 그로서도 결코 끊을 수 없는 한 가지가 있었다. 바로 아내 유화에 대한 끝없는 사랑과 그리움이 그것이다.

'유화……'

그 이름을 마음속으로 부르는 것만으로도 이미 가슴에서는 눈물이 흘러내리고 있었다.

유화에 대한 그리움과 사랑은 며칠 동안 밤을 새워 쉬지 않고 얘기해도 모자랄 터이다.

우영극은 우림원에 고연의 아내와 어머님이 계시는 줄은 꿈에서도 모르고 있었다.

만약 알았더라면 그는 무슨 일이 있어도 유화와 어머니를 빼돌려 모서왔을 것이다.

우영극은 고연이 우림원에 대한 보고를 들은 직후 크게 놀라더니 망연자실한 얼굴로 창밖을 바라보고 있는 것을 의아하게 생각하다가 조심스럽게 물었다.

"종주, 무슨 일입니까?"

고연은 시선을 창밖에 둔 채 아련한 눈빛으로 입을 열었다.

"내가 알기로는 그곳에 내 아내와 어머님이 계십니다."

"……!"

우영극은 너무 놀라서 눈을 휘둥그렇게 떴다가 즉시 수제자인 대곤을 불러 우림원에 대한 자료를 더 가져오라고 지시했다.

자료를 면밀히 검토한 우영극은 기쁜 얼굴로 고연을 쳐다보았다.

"종주! 한 달 전 보고에 의하면 우림원 인공 연못 한복판에 지어진 별원에 모녀로 보이는 여자 두 분이 기거하고 있는데, 고구려식 복장을 하고 있다고 하오."

고연의 얼굴에 기쁜 기색이 떠올랐다.

"그리고… 이건 별로 중요한 것 같지 않은데……."

우영극은 자료를 보면서 말끝을 흐렸다.

"뭡니까?"

고연은 우림원에 대해서, 아니, 유화와 어머니에 대한 것이라면 풀포기 하나 기왓장 하나에 이르는 세세한 것들까지도 궁금했다.

"두 여자 분이 기거하는 연못가는 온통 꽃밭으로 이루어졌는데 사시사철 며느리밥풀꽃이라는 꽃이 피어 있다는 게요. 나는 사실 그런 꽃이 있는 줄도 모르고 있었소만."

며느리밥풀꽃.

그 말을 듣는 순간 고연은 가슴이 찌르르해지면서 콧날이 시큰해졌
다.

며느리밥풀꽃은 열다섯 살의 고연이 역시 열다섯 살의 유화와 혼인
한 후에 나란히 정원을 거닐다가 한 송이를 꺾어 그녀의 귓등에 꽂아
주었던 추억의 꽃이다.

밥풀 두 개를 떼어 먹다가 시어머니에게 맞아서 죽은 슬픈 며느리의
전설이 깃들어 있는 꽃이라는 사실을 유화로부터 듣고 나서 즉시 땅에
버렸었다.

그 후 오정산에 있는 동안 그 꽃의 꽃말이 '여인의 한'이라는 사실
을 알게 되어 더욱 가슴이 시렸던 고연이었다.

'재수없는 꽃을 주었어. 그것 때문에 유화가 고생을 하거나 한을 품
는 일은 없어야 하는데…….'

그 후부터 지금껏 내내 그런 염려를 떨쳐 버리지 못했던 고연이다.
단지 쓸데없는 꽃말일 뿐이라고 치부해 버리면 그만일 수도 있겠지만,
유화에게 해준 것이 겨우 꽃 한 송이뿐이었는데, 그 꽃마저도 그런 불
길한 꽃말 따위를 지니고 있으니 어찌 마음이 편할 수 있었겠는가.

"어서 가시오! 종주께 주모를 찾으시는 일보다 더 급한 일은 없소!
즉시 마차를 준비하겠소!"

"잠깐."

서둘러 나가려는 우영극을 고연이 제지했다.

"그보다 먼저 가야 할 곳이 있습니다."

"어딜 말이오?"

"조금 전에 누가 마천교와 싸우고 있다고 했습니까?"

"혈살마황이오. 그는 당금의 무림에서 가장 많은 사람을 죽인 혈살

성으로 불리고 있소. 종주의 복수를 한다고 소림사를 비롯하여 수많은 방파와 고수들을 죽였소."

"음!"

고연은 묵직한 신음을 흘렸다.

우영극은 의미있는 미소를 지었다.

"사실 혈살마황은 종주께서도 잘 알고 계시는 사람이오."

"내가 말입니까?"

"그렇습니다. 우태의 말에 의하면 혈살마황의 이름이 단옥군이라고 하더군요."

"옥군!"

고연은 자신을 신으로 여기며 죽자 사자 따르던 아름다운 청년의 모습을 떠올리며 나직이 중얼거렸다.

"지금 혈살마황이 단신으로 마천교와 대파산(大巴山)에서 이미 열흘 가까이 싸우고 있다는 소문이 무림에 파다하오."

고연은 가볍게 검미를 찌푸렸다.

"소문이 파다하다고? 그런 일이 소문이 날 정도인가?"

"이유야 모르겠지만, 제자들의 보고에 의하면 무림에서 그 일을 모르는 사람이 거의 없을 정도라고 하오."

'뭔가 구린내가 나는군.'

고연의 육감이 심상치 않다는 것을 감지했다. 싸움이라는 것은 소문이 날 수도 나지 않을 수도 있지만 소문이 난다고 해도 싸움이 끝난 뒤여야 가능한 일이다.

한데 지금 싸우고 있는 상황이 세세하게 눈으로 보듯이 실시간으로 소문이 나고 있다.

그것은 누군가 어떤 목적을 품고 고의로 소문을 퍼뜨리지 않고는 있을 수 없는 일이라는 것이 고연의 판단이었다.

"장백파에서는 단옥군을 구하러 이미 출발했다고 하오."

우영극은 고연의 표정을 살피면서 물었다.

"혹시 종주께선 단옥군을 잘 아시오?"

고연은 가볍게 고개를 끄덕였다.

"나와는 형제나 다름없는 사람입니다. 혈살마황이라는 별호는 그에게 어울리지 않는 것 같군요."

"하지만 아무래도 종주께선 우림원으로 가서야 할 것 같소. 장백파가 가고 있고 또 내가 제자들을 이끌고 가보겠소."

우영극은 마음이 놓이지 않는지 다시 종용했다.

"옥군이 마천교와 싸우는 과정들이 낱낱이, 그리고 빠르게 무림에 소문이 난다는 사실이 어쩐지 의심스럽습니다. 무슨 음모가 있는 게 분명합니다."

고연은 조용히 말을 이었다.

"우 사부께서 방금 말씀해 주신 아내와 어머님에 대한 조사는 한 달 전 상황이라고 하셨지요?"

"그렇습니다."

"그렇다면 조금 늦는다고 해서 아내와 어머님께 별다른 일이 생기지는 않을 것입니다."

"하지만……."

"일에는 경중(輕重)이 있고 완급(緩急)이 있습니다. 그러니 지금은 제가 옥군에게 가는 것이 순서입니다."

우영극은 입을 다물어야만 했다.

그는 고연에게 완전히 항복했다.

반박의 여지가 없었다.

우영극 자신도 이 두 가지 일의 완급을 따진다면 단옥군에게 먼저 가야 한다고 생각했다.

하지만 사람의 감정이란 그렇지 않다. 팔은 안으로 굽는 것이 인지상정이 아니겠는가.

그토록 그리워하던 아내와 어머니를 뒤로 미루고 수하에게 먼저 달려간다는 것은 생각처럼 그리 쉬운 일이 아닌 것이다. 그런 점에서 우영극은 고연에게 또다시 감복하고 만 것이다.

第 八十九 章　독심(毒心)　■

독심(毒心)

'재수 옴 붙었군!'

단옥군은 속으로 뼈저리게 중얼거렸다. 이미 온몸에 가볍지 않은 부
상을 다섯 군데나 입은 상태였다.

그가 무림의 수많은 방파들과 고수들을 차례차례 핏물 속에 눕힌 후
에 최종 목표로 삼은 것이 마천교였다.

마천교는 고연을 죽이는 음모의 한복판에 웅크리고 있었다. 또한 마
천교가 꾸민 음모에 취봉단이 마음껏 놀아났었다.

그 결과 수많은 방파와 고수들이 고연을 추적하여 결국 그를 죽음으
로 몰아넣었다.

얼마 전, 마천교는 무림제패를 선언하고 마른 초원에 붙은 불처럼
급속도로 세력을 넓혀 나갔다.

오랫동안 어둠 속에서 마도의 칼을 갈아온 마천교를 맞이하여 제대

로 대적하는 방파나 문파는 전무했다.

마천교는 또한 교활했고 잔혹했으며 치밀했다.

마천교는 절체절명의 위기를 느낀 무림의 방파들과 고수들이 연합하여 무림맹(武林盟)이라도 결성해서 자신들에게 대적할 것에 대비하여 미리 철저하게 손을 써두는 것을 잊지 않았다.

사람이든 짐승이든 우두머리를 굴복시키면 그 아래의 무리는 자연히 복종하는 것이 불변의 법칙이다.

마천교는 무림대계를 발동하기 전에 각 지방을 대표하는 굵직굵직한 방파나 문파들을 회유하여 휘하로 삼거나 말을 듣지 않으면 쥐도 새도 모르게 가차없이 멸문시키거나 암살해 버렸다.

마천교의 무림대계 이전에 천하 도처에서 수많은 방파와 문파들이 하루아침에 의문의 멸문을 당했다.

또한 각 지방을 할거하는 내로라하는 고수들이 귀신에게 당한 것처럼 흔적없이 죽어가기도 했는데, 그것들은 거의 모두 마천교의 소행이었다.

그 후 한 지역의 패권을 쥐고 있던 구심점을 잃은 무림의 수많은 중소문파와 고수들이 우왕좌왕하는 것은 당연한 결과였다. 그리고 마천교는 바로 그것을 노렸다.

이날까지 무림이라는 특수한 세계를 일통(一統)시키려는 무모하기 짝이 없는 음모를 꾸미거나 실행에 옮겼던 조직이 전무했거니와 같은 이유로 그런 일을 당해본 경험이 없는 무림은 그저 속수무책 지리멸렬할 뿐이었다.

무림을 제패한다던가 장악한다는 말 자체가 생경하기 짝이 없는 일이었다.

무림은 국가와는 달리 어느 한 방파나 개인에게 지배될 수 있는 성질의 것이 아니었으므로.

그것을 마천교가 결행했다. 어리석을 정도로 무모한 행동이니만큼 완전히 허를 찔렀다고도 볼 수 있었다.

무림이라는 것은 국가나 영토로 구분되어지지 않는 보이지 않는 특수한 세계다.

그래서 국가가 다른 나라를 침략하여 수많은 전투 끝에 정복한 영토처럼 지도로 그릴 수도 성을 쌓을 수도 없다.

다만 무림은 세력으로 구분될 수 있다. 그런 각도에서 보면 마천교는 무림의 세력 절반 가까이를 장악하고 있는 중이었다.

밤이 깊었지만 단옥군은 불을 피울 수 없었다. 어디에서 튀어나올는지 알 수 없는 마천교의 추적자들 때문이다.

지금의 휴식은 그에게 꿀맛보다 더 달콤했고 긴요한 것이었다. 언제 또 치열한 싸움이 벌어질는지 모르기 때문에 충분한 휴식을 취해두어야만 했다.

불이 필요한 것은 추위 때문이 아니라 방금 전에 잡은 사슴 한 마리를 구워 먹으려는 것이다.

그러나 불을 피움으로써 야기될 수 있는 좋지 않은 상황들이 우려됐기 때문에 그는 결국 불 피우는 것을 포기하고 사슴 고기를 날것으로 씹어 먹는 쪽을 선택했다.

으적으적.

사슴 피가 그의 턱을 타고 뚝뚝 흘러내렸다.

'흐흐… 먹을 만하군.'

그는 일부러 득의한 미소를 흘리면서 고기를 씹었다. 그렇게 하면 자신에 대해서 조금쯤은 위로가 될까 싶어서였다.

아니, 사슴 생고기는 씹을수록 고소해서 정말 먹을 만했다. 그로서는 처음 먹어보는 것이지만 돌이라도 삼키고 싶은 지금 같은 극도의 허기에는 어떤 진수성찬보다 맛있었다.

그런데 참을 만하지 못한 것이 있었다. 고기를 씹느라 턱을 움직일 때마다 욱신욱신 쑤시는 목과 어깨의 경계 부위에 세로로 깊숙이 베어진 도상(刀傷)이었다.

가만히 있으면 좀 덜한데 고기를 씹으려고 어금니에 힘을 주면 상처가 벌어지면서 뭉클뭉클 피가 솟구쳤다. 그러니 사슴 고기를 먹자면 비싼 대가를 치러야만 했던 것이다.

더 큰 문제는 상처가 거기뿐이 아니라는 사실이었다.

복부에 길게 베이고 허벅지에 찔린 상처, 그리고 등줄기에 길게 그어진 상처들은 미처 손볼 여유가 없어서 그대로 방치된 상태였으며 피가 흐르다가 저절로 멈추고 꾸들꾸들 딱지가 앉으려는 중이었다.

'빌어먹을! 함정인 줄 모르고 뛰어들다니…….'

문득 단옥군은 씹던 고기를 뱉어내고 손에 쥐고 있던 고깃덩이를 신경질적으로 팽개치며 인상을 썼다.

이곳은 더 이상 진입할 수 없는 절곡의 막다른 곳이었으며, 지름이 백여 장쯤에 이를 정도로 드넓은 공간에 커다란 바위들 수백 개가 어지럽게 흩어져 있는 암석군이었다.

단옥군은 암석군 한복판에 두 개의 커다란 바위 윗부분이 서로 기울어진 채 맞대어 있어서 아래쪽에 자연스럽게 형성된 공간 안에 앉아 있었다.

어쩐지 로주급의 마천고수들이 변변하게 반격조차 하지 못한 채 등을 보이며 도망쳤었다.

하지만 한껏 살심이 고조된 단옥군은 흥분을 가라앉히지 못한 채 그들을 추격하다가 수백 명의 마천고수들이 천라지망을 쳐놓은 한복판에 제 발로 뛰어들었다.

그 순간 그는 함정이라는 사실을 간파했지만 흥분이 극에 달한 상태여서 몸을 돌려 빠져나가는 대신에 오히려 눈에 불을 켜고 마천고수들을 찾아다니면서 닥치는 대로 죽이고 또 죽였다.

언제나 그랬던 것처럼 그는 일단 피를 보면 피에 굶주린 혈귀가 돼 버린다.

단옥군은 목숨 따위에는 애당초 미련 같은 것이 없었다.

반년 전, 고연이 죽었다는 사실을 알게 된 순간부터 그는 이미 살아도 살아 있는 목숨이 아니었으니까.

그의 목적은 오로지 고연을 죽이는 일에 가담한 방파든 인물이든 깡그리 찾아내서 죽이는 것뿐이었다.

만약 그 일이 끝날 때까지도 자기가 살아남는다면 스스로 목숨을 끊어 고연의 뒤를 따를 생각인데 그것에 대해서 의문을 품거나 회의를 가진 적은 한 번도 없었다.

그러는 것이 군신(君臣)의 도리이며 사랑하는 사람에 대한 살아남은 사람의 의무라고 생각했다.

이제쯤의 단옥군은 사람을 죽이는 일에 있어서 타의 추종을 불허할 정도의 전문가로 변신해 있었다.

그때그때의 상황과 자신의 기분에 따라서 상대를 거의 상처도 고통도 없이도 죽일 수 있었다.

단 한 번의 칼질에 상대를 사흘 동안 진저리쳐지는 고통 속에서 몸부림치게 하다가 죽일 수도 있었다.

아니면 한 사람의 온몸을 포를 뜨듯이 켜켜이 잘라서 아예 흔적조차 남기지 않고 죽이는 잔독한 방법도 가끔 사용했다.

그러나 뭐니 뭐니 해도 그가 가장 선호하면서도 자주 사용하는 방법은 상대의 몸속에 있는 모든 것들을, 피든 내장이든 오장육부든 모조리 쏟아내게 한 후 뼈에서 살을 깡그리 발라내서 죽이는 방법이었다.

그 방법으로 죽임을 당한 상대는 당연히 시체를 남기지 못한다. 대신 얇게 저며진 육포를 주위에 어수선하게 남긴다.

게다가 그런 식으로 상대를 죽이는 동안에는 아주 잠시 동안 고연에 대한 복수라는 사실을 망각하고 살인이 가져다 주는 극도의 쾌감에 전율할 때도 종종 있었다.

아니, 더 솔직히 말하자면 반반이었다. 아니, 그는 이제 살인을 즐기는 살인귀(殺人鬼)가 돼버렸다.

그래서 때때로 그는 자신이 고연에 대한 복수를 끝마치고 나서 더 이상 살인을 할 수 없게 됐을 때를 걱정하는 이율배반에 빠져서 고민하기도 했다.

살인을 할 수 없다면, 자신이 살아 있어야 할 의미도 없다고 여기기 때문이다.

어쩌면 그래서 복수가 끝나면 스스로 자결하여 고연의 뒤를 따르겠다고 선뜻 결심했는지도 모를 일이다.

슥.

단옥군은 옆에 놓여 있는 청룡검을 집어 들었다. 검신(劍身)에는 얼마 전에 죽인 마천고수 수십 명의 피가 묻은 채 덕지덕지 말라붙어 흉

한 모습이었다.

함정이라고 판단한 이 산속에 뛰어든 지 오늘로서 닷새가 지났다. 그리고 그는 아직도 살아 있다.

그것이 중요했다. 아직 살아 있다는 것, 그래서 고연에 대한 복수를 멈출 수가 없다는 것.

슥슥.

그는 마천고수들의 피가 묻은 검을 닦지도 않은 채 사슴의 고깃살 한 덩어리를 베어냈다.

다시 식욕이 강하게 느껴진 것이다.

그리고는 입으로 가져가 으적으적 씹어서 먹기 시작했다. 다시 그의 입에서 사슴 피가 뚝뚝 떨어졌다.

방금 그가 사슴 고기를 베어낸 청룡검은 고연이 손수 만들어서 그에게 하사한 보검이다.

"너 역시 십오 명을 선발하여 청룡대(靑龍隊)라 하고 너를 대주로 삼는다."

고연은 청룡검을 하사하며 엄숙하게 그렇게 말했었다. 단옥군은 그 말을 토씨 하나도 잊지 않았고, 그 말을 할 때의 고연의 표정과 음색마저도 생생하게 기억하고 있었다.

"네 덕분에 살았구나."

사 년 전, 고연이 오정산의 동굴에서 여자들을 구해내는 과정에서 마천존과 싸우다가 중상을 입고 사경을 헤맨 끝에 석 달 만에 깨어나 처음 했던 말이었다.

그때 단옥군은 맹세했었다. 자신은 죽을 때까지 고연의 견마(犬馬)가 되겠다고.

"종주……."

단옥군은 입 안 가득 날고기를 씹다가 씹기를 멈추고는 밤하늘에 떠 있는 반월을 올려다보며 망연히 중얼거렸다. 거기에 고연의 미소 짓는 준수한 모습이 덩그러니 떠 있었다.

주르르, 하고 입에서 날고기의 핏물이 흘렀고, 다음에는 그의 두 눈에서 굵은 눈물이 까칠한 뺨을 타고 흘러내렸다.

입에서 흐른 핏물과 눈에서 흐른 눈물의 의미는 달랐지만, 살갗에 느껴지는 감촉은 비슷했다.

지금의 그는 무림을 공포에 떨게 하는 혈살마황도 살인귀도 장백파의 청룡대주도 아니었다.

단지 정인(情人)을 그리워하는 한 사람의 애틋한 연인(戀人)일 뿐이었다.

이성(異性)끼리만 사랑을 느끼고 나누는 것은 아니라고 그는 생각해 왔고 믿고 있었다.

그렇다고 그가 남색(男色)에 골몰하는 사람은 더 더욱 아니었다. 그 형태가 존경이든 신뢰든 애정이든 그저 '사랑'이라는 이름으로 뭉뚱그려 고연만 바라보는 것으로 족했었다.

이윽고 단옥군은 입 안에 든 것을 토해내며 꺽꺽대며 흐느꼈다.

"흑흑… 종주… 저는… 어떻게 하면 좋겠습니까?"

무림을 공포 속으로 몰아넣은 혈살마황인 그였지만, 고연만 생각하면 그저 예전의 연약한 단옥군으로 돌아가곤 했다.

*　　　　*　　　　*

한비는 이미 오래전부터 한곳에서 시선을 떼지 못한 채 그로서는 아주 오랜만에 느끼는 놀라움이라는 감정을 추스르지 못하고 있는 중이었다.

그가 지금처럼 누군가를, 그것도 여자를 보면서 놀라는 것은 평생 처음 있는 경우였다.

그의 시선이 멈춘 곳에는 한 여자가 있었다. 그녀는 넓은 꽃밭 안에 서서 꽃을 구경하다가 향기를 맡고, 그러다가 꽃을 따곤 하는 행동을 반복하고 있었다.

그녀가 따는 꽃은 모두 한 종류뿐이었다. 그 꽃은 '며느리밥풀꽃'이라는 이름을 갖고 있었다.

여자는 외모만으로는 도무지 나이를 가늠할 수 없을 듯했다.

이유는 단 하나, 너무도 아름답기 때문이었다.

어떻게 보면 십칠팔 세의 더없이 청순한 소녀처럼 보이기도 했고, 또 달리 보면 이십여 세의 무르익고 농염하며 현숙한 여인처럼 보였다.

세속적인 아주 흔한 표현으로, 여자는 방금 천상에서 하강한 선녀 같았다.

결코 인간 세상에서 인간을 어버이로 두고 태어나 인간으로 살아온 여자가 아닌 것 같았다.

그렇게밖에는 그 여자를 설명할 방법이 없었다. 대략 눈이 예쁘다든지 입술이나 코가 예쁘거나 몸매가 풍염하며, 혹은 살결이 희고 매끄럽다던가 하는 부분적인 아름다움에 대해서는 침을 튀기며 설명하거나 칭찬할 수 있는 법이다.

하지만 그 모든 아름다움을 갖추고 있는 여자에겐 어떤 찬사도 별무소용인 것이다.

지금 꽃밭의 여자는 그토록 아름다웠다.

한비는 오십을 바라보는 나이가 되도록 천하에 가보지 않은 곳이 없었고 그만큼 사건과 풍파를 숱하게 겪은 사람이었다. 그 말은 그만큼 만난 사람이나 경험이 풍부하다는 뜻인데, 그런 그로서도 지금 보고 있는 여자만큼 아름다운 여자를 본 기억이 없었다.

'음! 유화, 그녀로군.'

한비는 오래 생각하지 않아도 자신이 주시하고 있는 여자가 유화라는 사실을 직감했다.

여자가 폐월수화의 완미(完美)를 갖추고 있기 때문이라기보다는, 그녀가 의제 고연의 아내라는 이유 때문에 그는 눈도 깜빡이지 않은 채 그녀에게서 눈을 떼지 못하고 있는 중이었다.

슥.

그래서는 안 되는데, 한비의 발길은 자신도 모르게 이끌리듯 유화가 있는 연못가로 향하고 있었다.

이명은 볼일 때문에 출타 중이어서 지금 이곳 우림원에 없다. 아마 늦은 밤에나 돌아올 것이다.

만약 이명이 우림원에 있다면 한비로선 유화를 쳐다보고 있을 수조차 없었을 것이다.

조금 전에 한비가 확인한 바로는 주위 이십여 장 이내에는 유하와 한비 단 두 사람뿐이었다.

그가 마음만 먹으면 귀신처럼 유화의 한 걸음 이내까지 접근할 수 있지만 그는 그러고 싶지 않았다.

"아!"

한비가 유화에게서 다섯 걸음쯤 이른 곳에서 일부러 미약한 기척을 내자 그녀가 며느리밥풀꽃을 꺾던 중에 허리를 펴고 그를 돌아보다가 얼굴에 가벼이 놀라는 기색을 떠올렸다.

"미안하오. 방해할 생각은 아니었소."

"아니에요. 방해하지 않으셨어요."

한비가 지나칠 정도로 정중히 허리를 굽히면서 사과하자 유화는 온화한 미소를 지으며 대답했다.

그녀로서는 아무하고나 말을 섞지 않으며 아무에게나 미소를 지어 보이지 않는데 웬일인지 한비에겐 예외인 것 같았다.

한비는 적잖이 당황하고 있는 자신에 비해서 유화가 몹시 여유로워 보인다는 것을 깨닫고 내심 실소를 금치 못했다. 그는 자신이 지금 몹시 긴장하고 있는 것을 깨달은 것이다.

한비는 비로소 유화의 세 걸음 앞에 서서 그녀를 더욱 가깝게 보며 눈이 부심과 함께 여러 가지 사실을 느낄 수 있었다.

"소제의 아내에게선 언제나 나를 기분 좋게 만드는 그윽한 난향(蘭香)이 풍겨난답니다, 형님."

언젠가 한비와 술을 마시던 고연이 술이 거나해지자 쓸쓸함과 그리움이 가득한 눈빛으로 창밖의 밤하늘을 바라보며 그렇게 말했던 기억이 새삼스럽게 떠올랐다.

바로 그 난향이 고연의 말을 증명이라도 하려는 듯 은은하게 한비의 코를 자극했다.

고연의 말처럼 심신까지 상쾌해지는 난향이었는데 한비는 한 가지를 더 느꼈다.

난향을 맡으니 이상하게도 가슴이 두근거렸다. 왜 그런지는 그도 알지 못했다.

'무정한 사람. 이토록 아름다운 제수씨를 홀로 두고 가다니…….'

문득 한비는 자신의 아들뻘인 어린 아우 고연을 떠올리며 콧날이 시큰해져야만 했다.

지금 여기에 서 있어야 할 사람은 한비 자신이 아니라 고연이어야 했다.

그런데 그는 없고 유화는 그의 죽음조차 모르고 있다. 그것이 또한 한비의 감춰둔 슬픔이며 안타까움이었다.

유화는 연분홍색의 긴 치마를 입은 순 고구려식 옷차림이었다. 머리에는 언제나처럼 옥잠(玉簪)을 꽂았으며 귀밑머리를 늘어뜨려 빈하수(鬢下邃)를 한 정갈한 모습이었다.

그것은 태왕부의 노예 생활에서 벗어나 이곳 우림원으로 온 후 단 한 번도 바뀌지 않은 일상의 모습이기도 했다. 그녀가 그 모습을 고집하는 데에는 그럴 만한 필유곡절이 있었다.

그 모습과 옷차림이 바로 육 년 전 십오 세의 그녀가 요동성에서 고연과 혼례를 치렀을 때의 바로 그 모습이었기 때문이다. 그래서 그녀는 언제라도 고연을 맞이할 준비가 되어 있는 것이다.

"며느리밥풀꽃이구려."

한비는 유화가 꺾은 한 움큼의 꽃송이와 그녀의 귀 위에 살포시 꽂혀 있는 한 송이 며느리밥풀꽃을 보며 담담히 미소 지었다.

그는 며느리밥풀꽃을 한 번도 본 적이 없지만 고연에게 꽃의 모양과 꽃에 대해서 자세히 설명을 들은 적이 한두 번이 아니어서 한눈에 알아볼 수 있었다.

"고구려 분이신가요?"

유화는 눈에 이채를 띠며 새삼스럽게 한비를 바라보았다.

한비는 유화를 마주 쳐다보다가 부지중 그녀의 눈을 보게 되어 깜짝 놀랐다.

자신의 영혼이 그녀의 눈 속으로 걷잡을 수 없이 빨려드는 듯한 느낌을 받았기 때문이다.

그는 심중을 감추려고 급히 더듬으며 대답했다.

"아… 니오. 왜 그렇게 생각하오?"

"며느리밥풀꽃은 고구려 산하에서만 피어나는 꽃이에요. 한족들은 모르죠."

"그렇구려."

사실 한비는 꽃 따위에는 어릴 때부터 관심이 없었다. 꽃이라던가 서예, 자수(刺繡) 같은 것들은 여자들 취향이지 오직 무도(武道)만이 관심사였던 그와는 거리가 멀었다.

게다가 그는 꽃 중에서도 가장 흔한 모란이나 작약 따위를 코앞에 들이대도 이름을 모르는데 하물며 며느리밥풀꽃 같은 고구려 꽃을 어찌 알겠는가.

그는 고연 덕분에 평생 최초이자 마지막으로 알게 될 꽃 이름 며느리밥풀꽃을 기억하게 된 무지한 사람이었다.

유화는 가만히 한비를 바라보며 그의 다음 말을 기다렸다. 그녀의

눈빛은 '한족인 당신이 어떻게 며느리밥풀꽃을 한눈에 알아보았죠?'
라고 묻고 있었다.

하나 한비는 그녀의 눈빛에서 자유로울 수가 없어서 적잖이 당황스
러운 심정이 되었다.

그는 심기가 깊은 사람이긴 하지만 반면에 능숙한 언변을 구사하지
는 못했다.

그래서 지금 자신이 취할 수 있는 유일한 방법이며 다소 무식한 방
법인 유화의 눈빛을 무시하는 것을 택했다.

대신 그는 예고없이 불현듯 떠오른 한 가지 일을 해결해 보기로 결
심했다.

그것은 유화에게 고연이 죽었다는 사실을 전혀 눈치채이지 않으면
서 그녀가 고연을 맹목적으로 기다리는 행위를 멈추게 하겠다는, 다분
히 어줍잖은 목적이었다.

결코 쉽지는 않을 터이다. 특히 한비 같은 눌변가(訥辯家)에게는 더
더욱.

그래도 해야만 할 것이다. 고연은 유화와 불과 한 시진 남짓 함께 머
물다가 요동성 전투에 참가했다고 말했었다. 두 사람의 추억이며 사랑
은 그 한 시진이 전부인 것이다.

그 한 시진의 추억을 부둥켜안은 채 이 아름다운 여자가 육 년을 일
편단심 기다려 왔다면 지아비를 기다리는 아낙으로서의 할 바를 넘치
도록 다 한 것이다.

이제는 그 기다림을 멈춰야 할 때였다. 돌아올 수 없는 사람에 대한
기다림을. 그것을 한비가 하려는 것이다.

"꽃은 시들기 마련이오."

유화는 조용히 연못을 응시했다.

그녀가 고연의 어머님이나 자삼, 그리고 아주 가끔 찾아오는 이명, 자신을 돌보는 고구려 하녀들 이외의 사람과 말을 나눈 것은 장안 태상부에서 그녀를 겁간하려다가 죽임을 당한 홍덕채 홍 향공 이후 처음이었다.

그녀가 한비를 낯설어하지 않는 데에는 이유가 있었다. 아니, 이유가 없었다.

단지 느낌이 있을 뿐이었다. 한비가 가져온 느낌을 그녀는 감지했고 또한 신뢰한 것이었다.

"목련꽃이 지면 세상이 곧 끝날 것 같아도 때가 되면 철쭉꽃이 피기 마련이오. 그게 세상의 이치요."

누군가를 목숨을 다해서 사랑했는데, 그 사람이 멀리 떠나서 오래도록 돌아오지 않으면 곧 죽을 것처럼 마음이 아파도 세월이 흐르면 자연히 잊혀지기 마련이다.

또 다른 좋은 사람을 사랑하게 될 것이라는 의미였고 그것을 모를 리 없는 유화였다.

"며느리밥풀꽃은 시들지 않아요."

유화는 연못에 한 송이 며느리밥풀꽃을 가볍게 던지며 꽃잎처럼 붉은 입술을 열었다.

똑.

한비는 며느리밥풀꽃 한 송이를 꺾어 들었다.

이어서 그가 꽃의 꺾인 부위를 잡고 유화에게 내민 후 손에 약간의 진기를 주입하자 붉던 꽃잎이 누렇게 변색되더니 꽃대까지 시들어 금세 보기 흉한 모습이 되었다.

그는 시든 꽃을 들고 어떠냐는 듯 유화를 쳐다보았다.

문득 유화의 입가에 미소가 떠올랐다. 어떤 의미도 담지 않은 그저 아름다운 미소였다.

"제가 키우고 있는 며느리밥풀꽃은 제 가슴속에 있어요. 그 꽃은 결코 시드는 법이 없지요. 왜냐하면 그 꽃을 심어준 분이 제게 굳게 약속했기 때문이에요."

한비는 적잖이 놀라는 얼굴로 유화를 쳐다보았다.

'가슴속의 며느리밥풀꽃이라니.'

한비로선 상상도 못한 생각이었다. 그리고 그 꽃은 한비의 내공으로도 시들게 할 수 없었다.

"그대도 약속하십시오, 날 위해 살아 있겠노라고."

고연이 한 말을 유화가 하루에도 수백 번씩 되뇌고 있다는 사실을 한비가 알 턱이 없었다.

"약속은 깨지기 마련이오. 깨지지 않으면 약속이 아닌 법, 약속이 깨지면 가슴속의 꽃도 시들 것이오."

한비는 고연을 단념시키려는 마음이 앞서서 약간 자제력을 잃은 채 하고자 하는 말의 한계를 넘어서고 있는 자신을 자각하지 못했다.

"시들지 않아요, 결코."

유화는 자신있게 말했다. 그 자신감이 한비를 또 슬프게 했다. 그는 기어코 자신의 목적을 달성해야겠다고 다시 다짐했다.

"나 고연은 살아서도 죽어서도 그대 유화의 남자입니다."

고연은 또 그렇게 말했었다. 그것을 알 리 없는 한비다. 그가 또 모르는 것이 있었다.

두 사람의 사랑이 워낙 깊고도 진실해서 다른 사람의 머리와 가슴으로는 결코 이해할 수 없다는 사실을.

"인생은 단 한 번뿐이오. 그리고 세월은 한 번 가면 다시 오지 않소. 젊음도 그러하오."

한비는 자신이 구사할 수 있는 가장 그럴싸한 말을 해놓고는 스스로 만족한 마음이 슬며시 들었다가 유화의 입가에 조금 전보다 조금 더 짙은 미소가 떠오르는 것을 발견하곤 뭔지 모르지만 아차 하는 생각이 들었다.

"왜 사람들은 삶을 꼭 이승에만 국한시키는지 모르겠군요. 그분과 함께 있을 수만 있다면 저승인들 내세인들 무슨 상관이 있겠어요? 중요한 것은 그분과 함께 있을 수만 있다면 무조건 행복하다는 사실뿐이지요."

"……!"

한비는 크게 놀라서 유화를 쳐다보았다.

유화는 그의 시선을 의식하지 않고 수면을 바라보았다. 수면 위에는 조금 전에 던진 며느리밥풀꽃이 물결을 따라 둥실둥실 흘러가고 있었다.

한비는 태어나서 오늘날까지 지금처럼 놀라거나 경이로움을 느낀 적이 한 번도 없었다.

지금 그가 느끼고 있는 감정은 경이로움 그 자체였다. 자신이 사람에게, 그것도 하찮게만 여기던 여자에게 이런 감정을 느끼게 될 줄은 조금도 예상하지 못했었다.

"그렇구려."

결국 그는 그 한마디밖에 하지 못했다.

그는 자신이 터무니없는 목표를 정했다는 사실을 절감했다. 유화에게서 고연을 단념시키다니, 얼토당토않는 생각이었다.

그는 유화의 말에 공감하지 않았다. 그러나 그녀의 의지가 너무도 단호해서 자신의 어쭙잖은 몇 마디 말로는 결코 단념시킬 수 없다는 사실만은 깨달을 수 있었다.

한비는 고연과 유화의 관계를 제대로 인식하지는 못했다. 다만 두 사람의 사랑이 사람의 머리와 가슴으로는 결코 납득하지 못하는 경지에 있다는 사실만 어렴풋이 느끼게 되었다.

문득 한비는 한 가지 사실에 생각이 미쳤다.

그가 알고 있기로는, 유화는 우림원의 몇몇 사람을 제외한 어느 누구와도 대화를 하지 않는다고 했다. 그 사실이 지금에야 떠오른 것이다.

심지어는 이명조차도 그녀에게 겨우 몇 마디 말을 이끌어내는 것으로 만족하는 것으로 알고 있었다. 그런데도 유화는 한비 자신과 꽤 오랫동안 대화하지 않았는가.

게다가 한비는 그녀가 자신을 낯설어하지 않으며 오히려 친근하게 대하는 것을 느꼈다.

그녀가 자신에게 이처럼 특혜(?)를 베푸는 것이 그에게서 뭔가를 감지했기 때문일지도 모른다는 우려가 한비의 가슴속에서 뭉클뭉클 피어났다.

그는 자신이 고연과 연관이 없다는 사실을 분명하게 해두어야만 할 필요성을 느꼈다.

"나는 이명, 이 대인의 측근이오."

한비는 그렇게 말함으로써 자신이 방금 전에 했던 몇 마디 말을 그저 호기심 때문이며, 마치 이명이 시켜서 그녀에게 접근한 것처럼 보이려고 했다.

"그러시군요."

유화가 그렇게 대답했어도 한비는 영 개운치 않았다. 그래서 그는 끝내 묻고 말았다.

"왜 내게 친절히 대해준 것이오?"

"저를 보는 당신의 눈빛이 선한 것을 발견했기 때문이에요."

순간 한비는 움찔했다.

이 여자는 대체 얼마나 많은 생각을 저 조그만 머리로 하고 있는 것인가.

대체 얼마나 영리하기에 무슨 말이든, 무슨 질문이든 기다렸다는 듯이 거침없이 대답하는 것인가.

이렇듯 젊은 여자가 얼마나 많고도 깊은 경험을 했다고 생각하는 것마다 말하는 것마다 모두 이치에 닿고 가슴을 저리게 만드는 것인가.

이 여자는 대저 무엇이관데 상대를 이리도 작게, 한없이 초라하게 만드는 것인가. 그런 의문들이 한비의 내심에서 끊임없이 솟구쳐 올랐다.

유화는 한비를 바라보지 않았다.

시선으로 수면 위에서 멀어지고 있는 며느리밥풀꽃을 좇으면서 고즈넉이 말을 이었다.

"그런 눈빛으로 저를 바라보던 사람들을 저는 아직도 기억하고 있어요. 저를 낳고 길러주신 어머님이 그러셨고, 근엄하시지만 저를 사랑하셨던 아버님이 그러셨어요. 그리고 아아, 고연… 연 대가의 눈빛도 그랬어요. 그분의 눈빛은 다른 많은 것들을 담고 계셨지만 저희 부모님 같은 염려와 끝없는 애정의 눈빛도 보여주셨어요. 그리고 지금은 연 대가의 어머님이시며 제 어머님이기도 하신 분의 눈빛도 그러세요.”

한비는 커다란 떡을 씹지도 않고 삼키다가 목구멍에 콱 막힌 것 같은 기분을 느꼈다.

그래서 그는 하마터면 자신이 고연에 대해서 알고 있는 것들을 모조리 쏟아낼 뻔했다.

이윽고 유화가 한비를 향해 돌아서서 아름답고도 영롱한 눈으로 그를 바라보며 거부할 수 없는 물음을 던졌다.

“가르쳐 주세요. 왜 당신은 그런 눈빛으로 저를 바라보시는 건가요?”

“……”

“당신은 연 대가의 친구죠?”

“……!”

한비의 가슴에 콱 막혀 있던 것이 그 순간 열 배 이상 커지면서 숨통을 조여왔다.

그리고 그는 보지 말아야 할 것을 보고 말았다.

유화의 커다란 두 눈에 가득 고여서 금방이라도 굴러 떨어질 것 같은 눈물을.

'밥통 같은 놈! 대체 뭘 어쩌자고 불쑥 나서서!'

한비는 자신을 심하게 꾸짖었다.

이제 이 가련한 여자는 오늘 일어난 이 일로 인해서 극심한 번뇌에 빠져들 것이다. 돕자고 나선 일이 오히려 그녀를 더욱 괴롭히게 된 것이다.

"무슨 소릴! 잘못 봤소!"

한비는 필요 이상으로 언성을 높이며 얼굴을 냉랭하게 굳혔다. 그러면서도 그는 그렇게 하는 것이 오히려 더 이상하게 보일지도 모른다고 염려했고 그 염려는 맞았다.

"연 대가는 잘 계시겠죠?"

대체 이 여자는…….

'그는 언제 오나요?' 라든가,

'그가 날 잊지는 않았던가요?' 든지,

'제발 그분에게 절 데려가 주세요!' 또는,

'그분에게 여자가 생겼나요? 그래서 못 오시는 건가요?' 등등 여자로서 묻고 싶은 것들이 무수히 많으련마는, 그분이 잘 계시느냐고, 오히려 그를 걱정하고 있다.

그래서… 평생 단 한 번도 가슴이 뭉클해 본 적이 없고, 부모가 죽었을 때에도 눈물 한 방울 흘리지 않던 한비의 가슴이 축축이 젖어들어 끝내 눈앞에 뿌옇게 흐려지고 말았다.

한비의 두 눈에 고여든 눈물이 대답이었다. 그 정도를 모를 리 없는 유화다.

"아… 설마 그분이……."

유화가 한차례 쓰러질 듯이 비틀 했다.

"제수씨!"

순간 한비는 자신도 모르게 두 손을 뻗어 유화를 부축하며 단말마 같은 낮은 외침을 터뜨렸다.

그녀를 만나기 전 육 년 동안 무수히도 입 안으로만 부르던 호칭이었다, '제수씨' 라는 것은.

유화는 뼈가 없는 듯 나긋나긋하게 한비의 품에 안겨 들었다. 이명 조차도 그녀의 손목 한 번 잡은 일이 없었다.

하나 유화는 자신의 가녀린 어깨를 한비의 팔에 내어주고 그의 가슴에 뺨을 댔다.

"저는 느낄 수 있어요. 당신에게서 연 대가의 체취가 느껴져요. 그 분이 당신과 아주 가까웠을 것이라는 생각이 들어요."

유화가 흘리는 눈물이 한비의 앞섶을 적셨다.

한비는 더 이상 유화 앞에서 거짓으로 서 있을 자신이 없었다. 그래서 그녀가 묻기 전에 고백을 해야만 했다.

"제수씨, 나는… 나는… 연 아우의 의형이었소."

그리고… 한비는 움직임없이 가늘게 몸을 떨며 자신의 앞섶을 적시고 있는 유화를 품에 안은 채, 그 역시도 굵은 눈물을 떨구어야만 했다.

두 사람이 흘리는 눈물의 의미는 같았다.

그러나 한비는 알지 못했다, 오래전부터 한 쌍의 눈이 자신들을 주시하고 있다는 사실을.

그 눈빛 속에는, 교활함과 야비함이 담겨 있었다.

第 九 十 章　절망(絶望) ■

절망(絶望)

"헉헉! 어땠어?"

"하아아… 너, 너무 황홀했어요……. 최고예요… 숨이 막혀서… 꼭 죽는 줄만 알았다니까요……. 아아."

남녀의 대화에는 거친 숨소리가 섞여 있었다. 두 사람은 방금 격렬한 정사를 끝냈는데 두 사람 모두 온몸이 소나기를 맞은 듯 땀으로 흠뻑 목욕을 한 모습이었다.

여자는 십칠팔 세가량의 소녀였으며 오동통한 얼굴과 몸매를 지녔고 눈에 띄게 예쁜 용모는 아니었다.

그녀는 지금 벌거벗고 누워 있는 사내의 하체 위에 그녀 역시 벌거벗은 몸으로 사내 쪽을 향해 걸터앉아서 눈을 게슴츠레 뜨고 몹시 만족하고도 달뜬 얼굴을 하고 있었다.

누워 있는 사내는 몹시 건장해서 대조적으로 그 위에 올라앉아 있는 소녀는 어린아이처럼 보였다.

그녀는 방금 전에 막 한바탕 운우지락(雲雨之樂)을 나누었음에도 금세 또 욕정을 느꼈다.

그래서 그녀는 자신의 옥문에서 사내의 양물을 빼지 않은 채 사내 몸 위에 엎드리며 작게 엉덩이를 들썩거리면서 옥문 속에서 움직이는 양물의 동작을 느끼면서 즐겼다.

"흐응……."

또다시 온몸이 저릿저릿하며 정신이 몽롱해지면서 그녀의 온몸으로 쾌감의 전조가 파도처럼 퍼져 나갔다.

"그만 밝혀라."

사내가 상체를 일으키면서 두 손으로 소녀의 양어깨를 잡고 반짝 들어서 옆에 내려놓았다.

"피이~ 날 이렇게 만들어놓고서……."

소녀가 얄미운 듯 입술을 삐죽 내밀었다. 하나 사내가 밉다는 기색은 전혀 아니었다.

"여기 있다. 어떻게 하는지는 알고 있겠지?"

사내가 베개 밑에서 종이에 접은 얄팍한 무언가를 소녀에게 내밀며 여태까지와는 달리 정색을 했다.

"잘 알아요. 이것을 유화 아가씨가 드시는 국에 넣으라는 거죠?"

"그래, 아무도 모르게."

"그런데 이 약이 보약인 거 정말 맞아요?"

여자가 이미 여러 번 물어본 말을 재차 확인했다.

"그렇다니까 몇 번이나 말해야 알아듣겠느냐?"

"그런데 왜……."

"이명, 이 대인의 분부시다. 이 대인께서 유화 아가씨를 얼마나 끔찍이 위하시는지는 잘 알고 있겠지? 너는 설마 이 대인까지 믿지 못하겠다는 거냐?"

"천만에요. 절대 그렇지 않아요. 세상에서 이 대인을 믿지 못하면 누굴 믿겠어요?"

"이것은 이 대인께서 아주 어렵게 구한 보약이다. 유화 아가씨는 이 대인을 곱게 보지 않으니까 그분이 직접 주면 드시지 않을 것 같아서 너에게 부탁하는 거라고 벌써 말했잖느냐."

"들었어요."

"잘 챙겨 넣어라."

소녀는 유화의 식사를 수발하는 하녀였다. 매일 따분하게 반복되는 일상 때문에 늘 심심해하던 그녀 앞에 슬그머니 사내가 나타나서 몇 마디 재미있는 말로 그녀를 홀리더니 만난 지 두 시진 만에 사내는 소녀의 처녀막을 찢어놓았다.

그리고 열흘이 지났다.

닳고닳은 사내가 어수룩하기 짝이 없는 소녀 하나를 욕정의 포로로 만들기에는 충분한 시일이다.

그리고 이제 소녀는 단 하루라도 사내의 양물을 사타구니 속에 꽂지 못하면, 그래서 생전 처음 배운 극도의 쾌감을 매일 맛보지 못하면 미쳐 버리고 말 색녀로 변해 있었다.

사내는… 사르토였다.

＊　　　＊　　　＊

"헉헉헉……."

단옥군은 거친 숨을 몰아쉬며 자꾸 감기려는 눈꺼풀에 잔뜩 힘을 주어 느릿하게 사위를 둘러보았다.

쓰러져 있는 마천고수들은 도합 서른여섯 명, 쓰러졌으되 살아서 숨을 쉬는 자는 한 명도 없었다.

단옥군은 방금 끝난 두 시진에 걸친 혈전에서 그가 가장 좋아하는 살인 방법이나 가장 간결하게 적을 죽이는 살인 방법을 한 번도 사용하지 못했다.

그런 방법을 쓰면서 살인을 즐길 만큼 여유롭지도 않았고 몸 상태는 그야말로 최악이었기 때문이다.

그는 온몸에서 쥐어짜듯이 처절하게 내공을 끌어올려 혈전을 치러야만 했었다.

세라와 고구, 로지의 각별한 애정으로 그는 삼 갑자에 달하는 굉장한 내공을 소유하게 되었지만 지금 이 순간 그에게는 단 한 올의 내공도 남아 있지 않았다.

저기 죽어 있는 마천고수의 마지막 남은 자를 죽일 때는 내공도 초식도 아닌 그저 발악적으로 검을 휘둘러야만 했다.

그나마도 일검에 죽이지 못하고 검에 설 베어져서 고통스러워 데굴데굴 구르는 자를 비틀거리며 쫓아가서 무려 다섯 차례나 칼질을 한 연후에야 제대로 숨통을 끊을 수 있었다.

함정에 빠진 지 칠 일째, 사냥꾼이 산돼지를 몰듯이 마천고수들에게 내몰리는 것을 뻔히 알면서도 이 절곡으로 뛰어든 지는 이틀째, 그리고 마천고수들의 네 번에 걸친 공격.

단옥군은 이미 오래전에 죽었어야 마땅할 정도로 여러 군데 중상을 입었고 극도로 탈진한 상태였다.

하지만 이대로는 절대 죽을 수 없다는 독한 마음이 그를 간신히 지탱하게 만들었다.

놈들은 다른 꿍꿍이가 있다. 바보가 아닌 이상 단옥군은 마천고수들 수십 명이 절곡 안으로 쏟아져 들어오며 두 번째 공격을 퍼부었을 때 그 사실을 직감했다.

지금, 마천고수 한두 명만 절곡 안으로 들여보낸다면 아주 손쉽게 단옥군의 수급을 취할 수 있을 것이다.

절곡 밖에 매복하고 있을 마천교 놈들은 그 사실을 손바닥에 손금을 보듯이 꿰뚫고 있을 것이다. 그런데도 놈들은 지나칠 정도로 잠잠했다.

놈들은 단옥군이 절곡 안으로 쫓겨 들어온 후 이틀에 걸쳐서 네 번의 공격을 간헐적으로 감행했었지만 한 번의 공격이 끝나고 나면 짧게는 몇 시진, 길게는 반나절 동안은 공격을 하지 않았다.

‘이놈들이 도대체…….’

단옥군은 와락 보기 싫게 인상을 구기면서 곡구(谷口) 쪽을 쏘아보았다. 짙은 운무(雲霧)가 끼어 있어서 곡구는커녕 일 장 앞도 보이지 않았다.

내공이 한 올도 남아 있지 않으니 안목도 보통 사람이나 다를 바가 없었다. 답답해서 미칠 것만 같았다.

하나 보이지 않아도 짐작할 수 있었다.

놈들은 당분간 죽은 듯이 고요하게 있을 것이다.

도대체 무슨 꿍꿍이 수작인지는 알 수 없지만, 한 가지 사실만은 유추할 수 있었다.

'놈들이 노리는 것은 내 목숨이 아니다!'

단옥군 하나를 노렸다면 벌써 끝장을 냈을 것이다. 놈들은 뭔가를 기다리고 있는 것이다. 하나 그게 무언지는 단옥군도 상상할 수 없었다.

비틀비틀.

단옥군은 금방이라도 쓰러질 듯 위태로운 걸음으로 원래 자기가 은 둔해 있던 두 개의 커다란 바위의 윗부분이 맞닿은 아래쪽을 향해 걸어갔다.

그가 내딛는 걸음마다 핏물이 줄줄 흘렀고 고연에 대한 존경과 사랑도 함께 흘렀다.

"우라질……."

예전의 단옥군 같으면 그런 욕설을 듣는 것만으로도 기겁하여 얼굴이 빨개졌겠지만, 지금의 그는 아무렇지도 않게 얼굴을 일그러뜨리면서 그렇게 내뱉을 수 있게 되었다. 누가 가르쳐 준 것이 아니다. 그 자신이 스스로 배운 것이다.

한차례 검을 휘둘러 한 명씩 죽일 때마다 수억 겹으로 쌓인 복수의 앙금 한 겹과 욕설 하나를 덤으로 배웠다.

그는 방금 전에 끝난 싸움에서 또다시 두 군데에 가볍지 않은 상처를 입었으나 여태 입은 상처에 비하면 별것 아니었다.

정강이 부위였는데 삼분의 일 정도는 쩍 잘려져서 걸음을 옮길 때마다 떨어져 나갈 듯이 건들거리는 것이 고통보다는 귀찮고 불편해서 죽을 지경이었다.

마음 같아서는 그냥 뎅겅 베어버리고 싶은데 그렇게 하면 한쪽 발로 경중경중 뛰어다니는 꼴이 더 볼썽사나울 것 같아서 겨우 참고 있는 중이었다.

털썩.

그는 분명히 앉으려고 했는데 몸이 전혀 말을 듣지 않아서 그대로 고꾸라지고 말았다.

"큭큭… 얼마든지 와봐라. 난… 호락호락하지 않다구. 모조리… 죽여줄 테다. 킥킥."

그는 청룡검을 두 손으로 잡고 땅을 힘껏 누르면서 상체를 일으키려고 안간힘을 썼지만 팔만 부들부들 떨릴 뿐 뜻을 이루지 못했다.

게다가 의식까지 희미해져 갔다.

"이, 이런… 제기랄… 이러면 안… 되는데……."

푹!

그는 씹어뱉듯이 중얼거리다가 땅바닥에 얼굴을 묻었다.

"이제 정신이 들어?"

단옥군이 깨어나면서 제일 먼저 들은 것은 귀에 익은 세라의 걱정스러운 음성이었다.

그리고 그 음성보다 더 걱정스러워하는 표정을 짓고 있는 세라의 얼굴이 힘겹게 눈을 뜬 단옥군의 동공 속으로 가득 들어왔다.

"세… 라?"

단옥군은 찢어지고 부풀어 오른 입술을 열어 거우 한마디를 토해내곤 안도감이 온몸으로 나른하게 퍼지는 것을 느꼈다.

"윽."

그는 상체를 일으키려다가 온몸이 조각조각 찢어지고 으깨어지는 듯한 고통을 느끼고는 즉시 포기했다.

“아직 움직이면 안 돼. 이 지경이 돼서 살아 있는 게 기적이야. 설마 마천교를 언니 혼자 상대하려던 거였어?”

단옥군의 머리맡에 앉아 있던 세라가 장난꾸러기 아이를 꾸짖듯이 눈을 가늘게 뜨고 단옥군을 나무랐다.

“세라, 네 몫은 남겨뒀으니까… 화내지 마라. 저 밖에는 마천교 놈들이 우글거리니까. 후후.”

단옥군은 오랜만에 맛보는 푸근함에 푸석푸석 메마른 웃음을 흘려낸 후에 고개를 약간 움직여 주위를 둘러보다가 한쪽 옆에 나란히 앉아서 깊은 생각에 잠겨 있는 고구와 그 옆에 앉아서 머리를 고구의 어깨에 기댄 채 곤히 잠들어 있는 로지를 발견하곤 화들짝 놀라고 말았다.

‘사부님…….’

단옥군은 고구를 사부로 모셨다. 그러니까 엄밀히 말하자면 그와 세라는 사형제인 셈이다.

고구와 로지가 단옥군에게 쏟는 정성과 애정은 각별했고 단옥군도 그들 부부를 지성으로 섬겼다.

부모를 일찍 여읜 단옥군은 가끔 고구와 로지 부부를 부모로 착각할 정도였다.

‘많이 여위셨구나.’

고구를 응시하던 단옥군은 문득 그런 생각이 들었다. 이마와 눈가, 그리고 입가에 전에 없던 주름이 몇 개 더 늘어 있었다.

고연이 죽은 이후 고구와 로지는 부쩍 말이 없어졌고 언제나 수심에 가득 찬 얼굴이었으며 늘 입가에 맴돌던 고구의 미소도 로지의 짤랑거리는 웃음소리도 거의 들을 수 없게 되었다. 고연의 죽음과 함께 두 사람의 웃음도 죽어버린 것 같았다.

게다가 고연의 죽음 이후부터 고구는, 아니, 로지까지도 하루가 다르게 푹푹 늙어만 갔다.

이대로 간다면 이삼 년 후에는 오십대에 노인 소리를 듣게 될 것이 분명했다.

"어떻게 된 거야? 장백파로 가던 길에 소문을 듣고 천여 리 길을 부랴부랴 달려왔어."

세라가 걱정 반 궁금증 반의 표정을 짓고 단옥군에게 물었다.

"언니는 온몸이 성한 데가 한 군데도 없었어. 목뼈고 늑골이고 팔다리뼈고 모조리 부러졌고 피를 너무 흘려서 위험한 상태였어. 가까운 마을이래야 수백 리 밖에 있고, 그래서 할 수 없이 여기에서 치료한 거야. 까딱했으면 죽었을지도 몰라. 사부가 언니를 살리느라 정말 애썼어."

뭔가 생각하던 단옥군의 눈이 빛났다. 그는 세라의 두 번째 말을 건성으로 듣고는 갈라진 음성으로 물었다.

"소문을 듣고 달려오다니, 무슨 소리지?"

"지금 무림에는 이곳 마천령(摩天嶺)에서 언니 혈살마황과 마천교가 싸움을 벌이고 있다는 소문이 파다해."

"어떻게 그런 소문이……."

단옥군은 어이없다는 표정을 지었다.

이곳 마천령은 남북으로 길이가 천오백여 리나 되는 대파산맥(大巴山脈)의 남단에 위치해 있으며, 이곳에서 남쪽으로 백여 리만 가면 촉땅으로 들어서는 관문인 무산삼협(巫山三峽)이다.

애초에 단옥군은 마천교의 실핏줄 같은 존재라고 할 수 있는 분타(分

陀)들을 하나씩 차근차근 작살내며 마천교 총단이 있는 무산으로 향하던 중이었다.

대파산 자락에 위치한 진평(鎭坪)이라는 제법 큰 현의 마천교 진평분타 마천고수 삼십여 명을 도륙할 때 그들 중 다섯 명이 도주하는 일이 있었다.

늘 있는 일이었고 대수롭지 않은 일이었다. 그때 단옥군은 그들 다섯 명을 그냥 뇌줬어야 했다. 그랬다면 일이 이 지경까지 이르지는 않았을 것이다.

하나 단옥군은 그들을 끈질기게 추격했는데 그들은 예상 밖으로 놀라운 경신술을 발휘했고, 어영부영하는 사이에 대파산 산속 깊숙이 숨어들어 버렸다.

단옥군은 그쯤에서 그냥 발길을 돌렸어야 했지만 자신이 추격하던 놈들을 놓쳤다는 분한 마음에 오히려 눈에 불을 켜고 찾아 헤매다가 매복해 있던 삼백여 명의 마천고수들과 정면으로 맞닥뜨리고 말았다.

그들 중에는 마천교 로주급도 다수 포함되어 있었다.

그는 사력을 다해서 싸웠지만 역부족이었다. 몇 군데 상처를 입은 그는 도주하기 시작했고, 마천고수들의 숫자는 점점 불어났으며 끈질기게 단옥군을 추격했다.

도주와 싸움을 반복하며 또다시 며칠인가가 흘렀고 결국 단옥군은 막바지에 몰려서 지금의 이 절곡 속으로 스스로 뛰어들고 말았던 것이다.

"어쨌든 하늘이 도왔어. 이만하기 정말 다행이야."

세라는 누워 있는 단옥군의 머리를 품에 안고 부드럽게 다독이며 비로소 안도의 표정을 지었다.

그러나 단옥군은 다른 생각을 하고 있었다. 그는 눈도 깜빡이지 않고 뭔가를 골똘히 생각했다. 그러다가 불쑥 물었다.

"내가 얼마나 혼절해 있었지?"

"우리가 도착했을 때에는 언니는 이미 혼절한 상태여서 그건 잘 모르겠어. 하지만 우리가 도착한 지는 사흘째야."

"여긴… 내가 여기에 있는 건 어떻게 알았는데?"

세라는 평소에는 말수가 적고 위엄을 갖추고 있지만 딱 두 사람, 단옥군과 고연에게만은 아니었다. 그들 두 사람에게만은 열일곱 살짜리 소녀가 된다.

"아까 말했잖아. 혈살마황이 마천교와 대파산 남단 마천령에서 싸움을 벌이고 있다는 소문이 무림에 파다해. 운망곡(雲網谷)이라고 자세한 위치까지 소문났던걸? 설마 언니는 이곳이 운망곡이라는 걸 모르는 건 아니겠지?"

"……."

"……."

세라는 말하고 난 직후에, 단옥군은 그녀의 말을 듣는 중에, 고구는 아까부터 깊은 생각에 잠겨 있으면서 고개를 갸웃거리던 중에, 세라의 말을 듣자마자 세 사람은 동시에 한 가지 사실을 깨달았다. 그리고 그들은 동시에 나직이 외쳤다.

"함정이야!"

그러자 자고 있던 로지가 벌떡 일어서서 잠이 덜 깬 얼굴로 허공에 주먹질을 해대며 외쳤다.

"더, 덤벼!"

순간 세라와 고구는 동시에 날카롭게 곡구 쪽을 쳐다보았다. 곡외(谷

싸)에서 여러 사람이 이곳을 향해 빠르게 쏘아오고 있는 것을 감지한 것이다.

그러나 두 사람은 자리에서 일어서지도 않았고 어떤 동작도 취하지 않은 채 곡구만을 날카롭게 쏘아보았다.

이렇게 짙은 운무 속에서는 동적(動的)인 것보다는 정적(靜的)인 것이 훨씬 덜 위험하고 효과적이라는 사실을 잘 알고 있었기 때문이다.

"무슨 일이에요, 여보? 옥군이 잘못되기라도 한 거예요?"

잠이 깬 로지는 차가운 표정으로 곡구를 쏘아보는 세라와 고구를 번갈아 보다가 어정쩡하게 물었다.

"유모, 언니를 보호해."

세라가 곡구를 쏘아보면서 나직이 말하자 그제야 로지는 심상치 않음을 느끼고 즉시 단옥군 곁으로 다가가 찰싹 붙어 앉으며 마치 어린 아이를 다루듯 토닥였다.

"호호! 옥군, 나 보고 싶었지?"

후우우.

그때 앉아 있는 세라와 고구의 온몸에서 은은한 금광이 뿜어지기 시작하더니 잠시 후에는 두 사람을 눈으로 쳐다보지 못할 정도가 되었고 한순간 금광이 씻은 듯이 사라졌다.

로지는 두 사람이 공력을 극한으로 끌어올렸다는 것을 깨닫고 즉시 자신도 똑같이 공력을 극한까지 끌어올렸다. 그러자 그녀의 몸에서도 금광이 찬란하게 빛나더니 곧 사라졌다.

'마천교가 노리는 사람은 바로 토번국 여왕인 세라였어! 그걸 이제야 깨닫다니 이 바보 같은 놈!'

단옥군은 장작개비처럼 누워서 손가락 하나조차 까딱하지도 못한 채 눈을 부릅뜨고 스스로를 꾸짖었다. 그는 손을 움직일 수만 있다면 당장 자신의 천령개(天靈蓋)를 내려쳐서 자결하고 싶을 만큼 자신이 증오스러웠다.

스스스······.

잠시 후 곡구에서 물이 마른 모래로 스며드는 듯한 미약한 음향이 들리더니 곧이어 운무 속에서 수많은 인영들이 튀어나왔다. 그 수효는 백여 명에 달했다.

그리고 가장 선두에서 쏘아오는 사람을 발견한 세라와 고구는 흠칫 놀라며 낮게 외쳤다.

"수인타 언니!"

"상아!"

가장 선두에서 곡 내로 쏘아 들어가던 수인타와 그녀 뒤에서 전력으로 쏘아들던 우상, 아란타는 전면의 커다란 두 개의 바위 아래에 서 있는 세라와 고구를 발견하고 크게 놀라고 말았다.

"폐하!"

"백부님!"

수인타와 우상은 즉시 그 자리에 멈춰 서며 크게 놀라서 각각 세라와 고구를 부르면서 예를 취했다.

그들의 뒤로 부린과 미당, 운채, 을구, 삼정, 일정, 골본과 도옥, 그리고 안교와 성백 등의 모습이 나타났고 그 뒤로 이십여 명의 장백고수들과 칠십여 명의 취봉고수들이 연달아 모습을 드러냈다.

웬만한 일에는 거의 놀라지도 않고 표정의 변화도 없는 세라와 고구도 이 순간만큼은 아연실색하는 표정을 짓지 않을 수 없었다.

"폐하! 왜 여기에 계십니까?"

세라는 수인타를 언니라고 부르지만 수인타는 세라를 결코 동생으로 대하지 못하고 폐하라고 부르며 어려워했다.

그녀가 일국의 여왕이기도 했지만, 그녀에게서는 취봉단주인 수인타로서도 함부로 대하기 어려운 위엄 같은 것이 은연중에 뿜어졌기 때문이었다.

세라는 대답 대신 차갑게 굳은 얼굴로 고구를 바라보았다. 그리고 입술 사이로 흘러나온 것은 신음 같은 중얼거림이었다.

"사부, 결국 마천교가 노린 것은 나와 수인타 언니의 취봉단, 그리고 장백파였어요."

"음! 그렇군요."

가장 충격받은 사람은 단옥군이었다. 그는 이제야 그동안 궁금하게 여겼지만 아무리 생각해도 풀리지 않던 엉킨 실타래의 실마리가 한순간에 풀리는 것을 느꼈다.

그는 자기 자신이 정말 죽이고 싶도록 미웠다.

자기 한 사람의 앞뒤 분간하지 못한 행동이 이처럼 엄청난 결과를 초래한 것이다.

아니, 이제는 단옥군 하나 죽어버린다고 해결될 일이 아닐 정도로 커져 버렸다.

성질 급한 아란타가 세라 앞으로 나서서 단옥군을 가리키며 우렁우렁하게 말했다.

"우린 옥군이 위험에 빠졌다는 소문을 듣고 저놈을 구하려고 불원천리 달려왔는데 마천교가 우리와 취봉단, 그리고 성녀를 노리다니 그게 도대체 무슨 소린지 속 시원히 말해 보십쇼, 성녀!"

사람들은 자기 좋을 대로 세라를 성녀라고도 폐하라고도 불렀지만 그녀를 어려워하고 존경한다는 점에서는 같았다.

세라는 고개를 들어 운무 때문에 보이지 않는 허공을 올려보며 조용히 입을 열었다.

"우리 모두는 마천교가 파놓은 함정에 빠진 것 같아요."

지상 일 장 위로는 짙은 운무가 두텁게 깔려 있어서 아무것도 보이지 않았다.

하지만 내공이 노화순청의 경지를 넘어선 세라나 고구에겐 운무 따위가 장애가 되지는 못했다.

고구는 세라가 허공을 쏘아보면서 표정이 가볍게 변하는 것을 발견하고 그녀의 시선을 좇다가 그 역시도 안색이 가볍게 변했다.

이곳 절곡은 원래 곡구 쪽만을 제외하곤 높은 절벽이 둥글게 절곡 전체에 둘러쳐져 있는 데다가 호로병처럼 생겨서 아래쪽은 넓고 위로 오를수록 점점 좁아지는 기이한 지형이었다.

그런데 고구는 세라의 시선을 좇아 위를 쳐다보다가 오십여 장 높이의 절벽 꼭대기에 수백 명의 마천고수들이 빙 둘러서 포진해 있는 것을 발견하고 놀란 것이다.

수인타도 세라와 고구가 허공을 보면서 표정이 굳어 있는 것을 보고 자신도 허공을 보다가 똑같은 광경을 발견하고는 얼굴에 긴장된 표정을 떠올렸다.

그러나 그들을 제외한 아란타와 그 밖의 사람들은 아무리 위를 쳐다보려고 해도 운무 때문에 뜻을 이루지 못했다.

세라 등이 위를 보며 안색이 변하는 것을 보면 위에 뭔가 있기는 있는 것 같은데 도무지 뭔지 알 수 없으니 답답한 노릇이었다.

아란타는 다시 울화를 터뜨렸다.

"함정이라니! 우린 여기까지 오면서 마천교 졸개 비슷하게 생긴 것
도 발견하지 못했소! 대체 뭘 보고 함정이라는 것이오? 어서 속 시원히
말 좀 해주시오!"

아란타의 질문에 대한 대답은 전혀 예상하지 못한 곳에서 들려왔다.
허공 높은 곳에서 카랑카랑하면서도 득의에 가득 찬 청년의 음성이 들
려온 것이다.

"핫핫핫! 이제야 모두들 모였군. 과연 너희 오랑캐 족속들은 신의와
의리가 눈물겹단 말씀이야! 겨우 혈살마황 따위 하나를 살리려고 불나
방처럼 사지로 뛰어들다니 말이야!"

수인타는 그 말의 주인을 즉시 알아차리곤 턱을 가늘게 떨며 차가운
신음을 흘렸다.

"음! 청빈 이놈!"

목소리의 주인은 다름 아닌 은검룡 청빈이었다.

마천존의 제자이면서도 취봉단 수하로 들어와 두터운 신임을 쌓아
비봉각주가 된 후 온갖 권모술수와 음모를 꾸몄던 인물이다. 그가 이
제 최후의 계략을 들고 본모습으로 나타난 것이다.

"거두절미하고 본론만 말하겠다! 너희들에겐 두 가지 길이 놓여 있
다! 위대하신 마천존께 무릎을 꿇고 충성을 맹세하느냐, 아니면 이 자
리에서 떼죽음을 당해 이곳을 무덤으로 삼겠느냐 하는 것이다!"

마천교는 현재 무림의 절반 정도를 장악했지만 그 상황에서 더 이상
세력을 넓히지 못하고 있는 상태였다.

아니, 오히려 뒤늦게 무림 곳곳에서 봉기한 무림방파나 문파들이 마
천교에 거세게 반격을 가함으로 인해서 힘들게 장악한 세력마저도 파
도에 모래가 쓸려가듯 야금야금 빼앗기고 있는 실정이어서 마천교의

무림대계는 난관에 봉착한 상태였다.

천하는 드넓고 기인이사는 백사장의 모래알처럼 많다는 옛말이 있는데 과연 그 말이 옳았다.

무림이 무림사 이래 최대의 위기에 직면하자 봉문하고 있던 방파나 문파들이 일제히 출현했고 은거했던 수많은 절정고수들이 쏟아져 나와 무림 도처에서 '마천교 척멸' 을 외쳤다.

간단히 말해서 마천교 대교주인 마천존은 무림을 과소평가했던 것이다.

그는 측천무후가 죽으면 다음 대 당의 황제가 될 신분인 옥룡공자 이명에게 한 가지 제안을 받았었다. 마천교가 이명 자신을 도와주면 무림을 통째로 주겠다는 것이었다.

단, 마천존이 토번국의 여왕인 십절성녀와 취봉단주인 취봉황을 이명에게 데리고 가야 한다는 조건이 붙어 있었다.

데리고 간다는 것은 마천존이 두 사람을 수하로 거둔다는 것을 의미했다.

마천존은 이명에게 그런 제안을 받았을 때만 하더라도 그것에 그리 큰 비중을 두지도, 신경을 쓰지도 않았었다. 그래서 이명 앞에서도 오만방자한 태도까지 보였던 것이다.

굳이 이명의 제안이 아니더라도 그 당시의 마천교는 무림 곳곳에서 승승장구하고 있어서 머지않아 무림 전체를 장악할 것처럼 보였기 때문이다.

그런데 일이 틀어져 버린 것이다.

힘으로 무림을 장악하는, 소위 무림대계(武林大計)는 결코 녹록하지 않게 되었고, 이대로 손을 털고 물러서자니 그동안 공들였던 피와 땀이 아까웠다.

결국 마천존이 선택할 수 있는 방법은 한 가지뿐이었다. 이명의 제안을 받아들이는 것이다. 그리고 그 일이 바로 지금 이 절곡 안에서 시작되려 하고 있었다.

결국 이 일의 배후에는 마천존이 있었다. 그는 천하에 깔려 있는 거미줄 같은 마천교의 정보망을 통해서 무림의 정세를 손바닥을 들여다보듯 훤하게 파악할 수 있었다.

결국 거미줄에 걸려든 인물이 현재 무림을 거칠 것 없이 휘젓고 다니는 혈살마황 단옥군이었다.

그가 소림사를 수십 년간 봉문을 해야 할 정도로 한바탕 발칵 뒤엎은 일이나, 또는 고연의 복수를 하는 과정에서 자신이 장백파 사람이라고 공공연히 떠들어댄 사실로 미루어 천하십종 오황에 이를 정도인 그가 장백파 내에서도 중요한 인물일 것이라는 추측을 가능하게 했다.

그리고 얼마 전까지만 해도 무림을 쥐락펴락하던 취봉단이 장백파의 일개 '대(隊)'인 취봉대로 흡수됐다는 사실은 무림에서도 극비 사항에 속했지만 마천교의 거미줄을 벗어날 수는 없었다.

마천교는 혈살마황이 사용하는 무공이 천축의 천독신공(天督神功)이라고 분석했다.

또한 십절성녀와 동방이절, 즉 세라와 고구, 로지도 같은 천독신공을 사용한다는 사실까지 알게 되어서는, 마천교는 결국 그들이 모두 한 문파 사람이라는 결론을 내리기에 이른 것이다.

결국 마천교는 혈살마황 하나를 미끼로 삼게 되면 취봉황과 십절성녀를 줄줄이 엮을 수 있을 것이라는 가정을 세운 후 음모에 착수했었는데 지금으로 봐선 그 음모가 거의 성공할 수 있을 것 같았다.

무리에서 약간 벗어난 곳에 나란히 서 있는 두 사람이 있다. 골본과 도옥인데 서로 손을 꼭 잡고 있는 모습이 꽤나 다정해 보였다. 골본은 몹시 어색한 표정에 어정쩡한 자세였는데 아마도 도옥과 손을 잡고 있기 때문인 것 같았다.

골본은 얼굴을 붉히면서 자꾸 손을 뿌리치는데도 도옥이 한사코 그의 손을 붙잡았다.

뿌리치면 붙잡고 또 뿌리치면 또 붙잡았다. 그래서 골본은 도옥을 한 번 날카롭게 쏘아보는 것으로 포기하고 말았고 도옥은 혀를 날름 내밀면서 만족한 미소를 지었다.

두어 달 전, 다물이 관군에 의해서 초토화되던 날 밤에 도옥은 고구와 로지에게 버릇없이 굴다가 골본에게 볼기가 떨어져 나갈 정도로 두들겨 맞았었다.

그 이후로 이상하게도 도옥은 골본에게 꼼짝도 못했으며 또한 그에게 마음이 끌리기 시작했다.

사람, 그것도 여자의 심리라는 것은 참으로 묘하고도 기이해서 자신의 볼기를 그토록 심하게 때린 골본을 죽이고 싶도록 증오해야 당연한데도 도옥은 그에게 오히려 기이한 매력을 느끼고 이제는 그의 말이라면 죽는시늉까지도 하는 형편이 돼버렸다.

"저 자식!"

도옥이 청빈의 목소리를 알아듣고 목소리가 들려온 허공을 쏘아보며 앙칼지게 내뱉은 것은 그때였다.

그녀는 예전부터 청빈을 원수 보듯이 미워했는데 이런 상황에서 그의 목소리를 듣게 되자 골본 때문에 억지로 눌러둔 팔팔한 성격이 삽시간에 되살아났다.

휘익!

"목을 늘어뜨리고 기다려라, 이 개자식아!"

순간 도옥이 누가 말릴 사이도 없이 쏜살같이 허공으로 솟구치며 허리의 연검을 풀면서 앙칼지게 외쳤다.

골본은 깜짝 놀라서 순간적으로 급히 팔을 뻗어 도옥을 잡으려 했지만 그의 손 반 장 위로 도옥의 발이 솟구치고 있었다.

"그만둬!"

또한 수인타도 급히 외쳤으나 도옥의 모습은 이미 운무 속으로 사라진 후였다. 그리고 잠시 후 그녀의 날카로운 비명성이 허공 높은 곳에서 터져 나왔다.

"아악!"

"옥아!"

골본이 허공을 우러르며 다급하고 초조한 표정으로 부르짖었다. 극도의 초조함이 그의 얼굴을 가득 뒤덮고 있었다.

획!

사람들이 허공을 주시하고 있을 때 허공에서 운무를 뚫고 하나의 물체가 빠르게 추락했다.

척!

골본이 즉시 두 팔로 그 물체를 받아 안았는데 그것은 머리가 없는 여자의 몸뚱이였다.

그러나 머리가 없어도 골본은 그것이 도옥이라는 것을 한눈에 알아보았다.

"흐으으……."

골본의 원래 못생긴 얼굴이 더욱 보기 싫게 일그러졌고 입술이 뒤틀리며 신음이 새어 나왔다.

도옥의 몸뚱이는 머리를 잃고서도 골본의 두 팔 위에서 펄떡펄떡 움직이고 있었다.

매끄럽게 베어진 목에서는 핏물이 분수처럼 뿜어져서 골본의 상체를 시뻘겋게 적셨지만 그는 그저 넋 나간 얼굴로 도옥의 얼굴이 있던 부위를 쳐다보며 서 있을 뿐이다.

펙!

그때 골본에게서 서너 걸음 떨어진 곳에 허공 중에서 뭔가가 떨어지며 잘 익은 수박이 박살나는 듯한 둔탁한 음향을 냈다.

그것은 도옥의 잘려진 머리였는데, 뺨을 땅바닥에 댄 채 시선을 골본에게 주고 눈을 깜빡거리면서 더듬더듬 말까지 했다.

"아, 아저씨……."

"옥아!"

골본은 도옥의 몸뚱이를 놓고 구르듯이 달려가 도옥의 머리를 집어 들었다.

그가 덜덜 떨리는 두 손으로 도옥의 양뺨을 잡고 들어 올리자 그녀는 눈을 동그랗게 뜨고 골본을 바라보았다.

"나… 아저씨 사랑해… 아, 알지?"

"안다! 알고 있다, 이 녀석아! 죽지 마라. 으허엉~!"

골본은 주먹 같은 눈물을 뚝뚝 흘리면서 악을 썼다.

도옥의 눈꺼풀과 입술과 얼굴의 살이 파들파들 떨리는데 기이하게도 그녀는 환한 미소를 지어 보였다.

아마도 그녀의 짧은 생에서 최초이자 마지막으로 지어보는 환한 미소일 터이다.

"우, 울지… 마… 아저씨……. 나… 기분 좋… 아……."

그리고는 도옥은 눈을 스르르 감았다.

얼굴에는 그녀가 마지막으로 지었던 환하고 순수한 미소가 가득 떠올라 있었다.

"으헝~! 옥아!"

골본은 도옥의 머리를 끌어안고 통곡을 했다.

"푸핫핫핫! 잘 보았느냐? 함부로 날뛰면 그렇게 된다! 그래도 못 믿는 놈이 있다면 얼마든지 올라와 봐라!"

절벽 꼭대기에서 터뜨린 청빈의 웃음소리가 운무를 뚫고 사람들의 고막을 울렸다.

창!

휘익!

"이 개새끼! 도옥을 살려내라!"

순간 누가 말릴 겨를도 없이 골본이 쏜살같이 위로 솟구치며 어깨의 단혼검(斷魂劍)을 뽑으면서 악다구니를 썼다.

"으악!"

투두둑!

그리고 그는 도옥보다 더 빨리 비명을 지르고는 곧장 추락했는데 몸뚱이를 온전히 지니고 있지 못한 모습이었다.

사지는 물론 몸통마저도 여러 토막으로 잘려진 채 중인들 주위로 와르르 쏟아져 내렸다.

몇몇 사람을 제외한 장백 제자들이나 취봉고수들의 얼굴에 경악과 공포가 떠올랐다.

"백부님! 보고만 계실 겁니까?"

아란타가 몸을 덜덜 떨다가 분노를 참지 못하고 고구를 보며 버럭 소리를 질렀다.

고구는 고연의 백부이므로 고구려와 장백파의 가장 웃어른이었으며 고구의 허락으로 아란타는 물론 우태와 우상, 운채도 그를 백부라고 불렀다.

고구는 무거운 표정으로 천천히 허공을 쓸어보았다.

'함정이라면 놈들은 이미 만반의 준비를 해두었을 것이다. 섣불리 움직였다가는 큰 낭패를 당한다.'

그때 청빈의 웃음소리가 다시 들려왔다.

"핫핫핫! 지금부터 일각의 여유를 주겠다! 그때까지 대답이 없다면 불복으로 간주하겠다!"

"저 개새끼를!"

을구가 허공을 쏘아보며 씨근거렸다.

"폐하."

고구가 세라를 쳐다보며 조용히 입을 열었다.

장백파 사람들에겐 고구가 제일 웃어른이지만, 고구에겐 세라가 상전이었으므로 그가 세라의 의중을 묻고 명령에 따르는 것은 지극히 당연한 일이었다.

"으으… 세라야! 나한테 맡기고 여길 빠져나가라!"

손가락 하나조차 움직이지 못하는 처지의 단옥군이 누운 채 분노로 일그러진 얼굴을 들려고 꺼떡대면서 악을 쓰듯이 외쳤다.

"놈들이 공격해 온다면 곡구나 저 위겠지?"

세라는 단옥군의 말을 무시한 채 허공을 보며 입을 열었다. 그녀라고 뾰족한 방법이 있는 게 아니었다. 이런 절체절명의 막다른 궁지에 몰려보기는 그녀로서도 처음이었다.

"그렇겠죠."

세라의 아버지나 다름없는 고구가 그녀의 내심을 모를 리 없다. 그는 그녀와 똑같은 심정이 되어 무의미하게 대답했다.

"방법이 전혀 없어, 흩어지지 말고 뭉친 채 사력을 다해서 싸우는 수밖에는."

동서고금의 숱한 병법(兵法)에 통달한 세라가 그렇게 말하면 그 방법뿐인 것이다.

"그렇겠군요."

고구가 가볍게 고개를 끄덕인다.

모두 세라와 고구의 대화를 들었지만 아무도 다른 의견을 내놓지 못했다.

그만큼 절망적인 상황이었고 이런 상황에서의 세라의 말은 절대적이었다. 물론 세라나 고구, 로지, 그리고 수인타 네 명 정도의 절정고수가 전력으로 힘껏 솟구쳐 오른다면 이 절곡을 벗어나는 것은 어렵지 않다.

그럴 경우 절벽 위에 매복한 마천고수들의 집중공격을 받게 될 것은 자명한 일이지만 당연히 그 공격에서도 네 명의 절정고수는 기껏해야 몇 군데 가벼운 상처를 입는 것으로 무사할 수 있을 것이다.

그러나 그렇게 해서 벗어난들 그들 네 명만 탈출하게 되므로 별다른 의미는 없었다.

이곳에 백여 명이 넘는 수하들을 버려둔 채 자신들만 살아나고 싶은 마음은 네 명 중에서 아무도 갖고 있지 않았다.

"일각이 다 되어갑니다."

누군가 나직이 중얼거리며 중인을 일깨웠다. 그 음성에는 초조함과 절박함이 짙게 배어 있었다.

"대열을 형성하세요. 유모는 언니를 철저히 보호하고."

세라가 사람들을 돌아보며 나직이 말했다.

수인타는 취봉고수들 칠십여 명을 자신과 안교, 성백이 맡는 세 개의 대열로 묶었고 아란타와 우상은 자신들과 각 대주 한 명당 서너 명씩의 장백 제자들을 묶었다.

"……!"

그때 세라의 눈이 약간 커졌다. 그녀는 잠시 허공을 올려다보다가 돌연 다급히 외쳤다.

"화약 냄새예요!"

그 한마디에 모두의 표정과 행동이 그대로 얼어붙었다.

다음 순간 고구와 수인타, 로지도 한발 늦게 화약 냄새를 맡았지만 다른 사람들은 아무도 맡지 못하고 놀란 얼굴로 이리저리 둘러보면서 코만 벌름거렸다.

"어서 피해욧! 모두 큰 바위 밑으로 들어가요!"

세라가 다급히 두 손을 휘저으며 날카롭게 외쳤다.

第 九十一 章　기적(奇績) ■

우르르르!

그 순간 절곡 전체가 거세게 진동하기 시작했다. 서 있던 사람들이 중심을 잡지 못하고 비틀거릴 정도의 진동이었다.

세라는 다급한 중에도 빠르게 주위를 둘러보았다. 고구와 수인타를 제외한 모든 사람들이 갈피를 잡지 못하고 우왕좌왕하고 있는 광경이 쏘는 듯이 시야에 들어왔다.

쿠쿠쿠쿠!

진동과 은은한 폭음이 뒤섞인 음향이 우레음처럼 터지면서 절곡 전체가 마구 흔들렸다.

절곡을 하나의 항아리라고 치고, 그 항아리 안에 세라 일행 백여 명이 들어 있다면, 그것은 마치 거대하기 짝이 없는 거인(巨人)이 두 손으로 항아리를 붙잡고 마구 흔들어대는 것과도 같았다.

세라는 화약에 대해서 잘 알고 있다.

토번국 이십만 강병의 총지휘권을 갖고 있는 그녀가 화약을 모를 리 없다.

'이 정도의 세기라면 족히 십만 근 이상의 화약이다. 절곡 전체를 평지로 만들어 버릴 거야!'

일촉즉발의 순간에 그녀는 만감(萬感)이 교차했고 또한 역설적으로 아무런 생각도 나지 않았다.

'여, 연 오빠!'

왜 그 절박한 순간에 고연이 생각났을까.

꽈꽈꽈꽈꽝!!

엄청난 폭음, 그 폭음에 절반 이상의 사람들 고막이 파열됐다. 그리고 경천동지(驚天動地), 천번지복(天飜地覆)이 뒤를 이었다.

꽈르릉!

콰콰콰아아!

암우(岩雨).

바윗덩이의 소나기였다.

수만 개의 크고 작은 바윗덩이들이 그야말로 허공을 가득 메워서 아예 빈 허공이 보이지 않았다.

그리고 그 위로 하늘이 무너지듯이 절벽이 한꺼번에 붕괴하여 무너져 내리고 있었다.

세라는 크게 당황했다.

남을 걱정할 때가 아니었다. 그녀 자신마저도 자칫하다가는, 아니, 거의 압사(壓死)할 위기에 놓였다.

"으악!"

"끄아악!"

장백고수들과 취봉고수들이 피하려는 시늉조차 내보지 못하고 우왕좌왕하다가 돌덩이에 맞아 처절하게 비명을 지르며 쓰러지고 그 위를 수많은 바윗덩이들이 덮치는 광경이 세라의 시야 속으로 아프게 쏟아져 들어왔다.

또한 고구와 수인타, 아란타, 우상과 미당 등의 대주들이 자신을 돌보지 않고 주위 사람들을 살리려고 그들을 붙잡고 이리 뛰고 저리 뛰며 우왕좌왕하는 광경도 보였다.

미당은 갑자기 허둥거렸다.

폭약이 폭발하기 직전까지 자신의 곁에 있던 운채의 모습이 보이지 않았기 때문이다.

칠 개월 전, 고연이 벼랑에서 떨어졌던 그 숲에서, 장백고수들과 십육나한들의 치열한 혈전 후 복부에 심각한 검상을 입었던 운채를 아란타의 명령으로 미당이 정성껏 치료해 줘서 그녀를 살린 후부터 두 사람 사이에는 그 누구도 예상하지 못했던 사랑이라는 것이 싹텄었다.

두 사람의 나이는 열 살 이상 차이가 났다.

그래서 미당은 운채를 불면 날아갈까 쥐면 꺼질세라 애지중지했었고 운채는 그런 미당을 든든한 큰오빠처럼 따르면서 은밀하게 사랑을 키워왔다.

그리고 두 사람은 한 달 후 보름날에 혼인식을 올리기로 약조까지 해둔 상태였다.

여기까지 오는 동안에도 두 사람은 남들 모르게 틈만 나면 애틋한 사랑을 속삭였고 이제는 떨어질래야 떨어질 수 없는 사이가 돼버렸다.

한순간 미당의 두 눈이 부릅떠졌다.

　삼 장여 떨어진 곳에서 운채가 자신을 향해 쏟아져 내리는 바윗덩이들을 향해 어지럽게 쌍장을 휘두르며 악전고투하는 광경을 발견한 것이다.

　그녀가 지닌 내공은 고작 사십 년 수위에 불과했다. 장풍을 발출하여 수백 근짜리 바위들을 튕겨내는 일은 가능했지만 천 근 이상의 바위들이 쏟아지면 피하기에 급급했다.

　위잉!

　순간 집채만한 바위가 그녀의 뒤쪽에서 무시무시한 속도로 떨어져 내렸다.

　그러나 그녀는 미처 그것을 발견하지 못하고 쌍장을 쏟아내 다른 바위들을 튕겨내기에 바빴다.

　"채야! 피햇!"

　미당은 이것저것 생각할 겨를도 없이 공력을 극한으로 끌어올리며 운채를 향해 재빨리 몸을 날리면서 다급하게 외쳤다.

　그는 제정신이 아니었다. 운채를 구해야 한다는 생각 외에는 아무 생각도 들지 않았다.

　운채는 미당의 외침을 듣고 즉시 뒤돌아보다가 바위를 발견하고 안색이 해쓱하게 급변했다.

　피할 여유가 없었고 그것을 튕겨낼 능력은 더 더욱 없었다. 그녀는 자신을 향해 일 장 높이에서 쏟아져 내리는 거대한 바윗덩이를 망연자실한 얼굴로 바라볼 뿐이었다. 그녀의 두 눈에 절망의 그림자가 자욱하게 깔려들었다.

　꿍!

　바윗덩이가 묵직한 음향을 내며 땅과 충돌했다.

　아니, 정확히 설명하자면 땅에 충돌하기 직전에 한 사람의 어깨와

충돌했다.

미당은 양어깨로 바윗덩이를 떠받치고 있었고 그 앞에 운채가 주저 앉은 채 너무도 놀란 얼굴로 미당의 얼굴을 바라보고 있었다.

"오… 라버님……."

운채의 만면에 떠오른 것은 경악지색, 그녀의 커다랗게 떠진 눈동자에는 미당의 참혹한 모습이 아프게 새겨졌다.

"채야… 어서… 피해라……."

가공할 속도로 하강하는 바윗덩이는 미당의 온몸의 뼈란 뼈를 모조리 바수어 버렸을 뿐만 아니라 머리뼈까지도 박살 냈으며 머리를 목속으로 삼분의 일이나 처박아 넣었다.

미당은 눈알 두 개가 튀어나와 뺨에서 대롱거렸는데 간신히 말을 할 때마다 모조리 부러진 이가 핏물과 함께 꾸역꾸역 흘러나왔고 혀가 한 뼘이나 밀려 나와 턱 아래에서 흐느적거렸다. 물론 발음이 불분명해서 거의 알아들을 수 없었지만 운채는 너무도 똑똑히 알아들었다.

바윗덩이가 운채를 덮치기 직전 미당은 간발의 차이로 온몸으로 바윗덩이와 부딪치며 떨어지는 속도를 줄였다.

그러나 그가 젖 먹던 힘까지 발휘했음에도 불구하고 바윗덩이는 너무 거대했고 강했다.

우직.

그때 두 발이 무릎까지 땅속에 박혀 있던 미당의 두 다리가 수수깡처럼 맥없이 부러져 나갔다.

"악!"

비명은 미당의 입에서가 아니라 그 광경을 목격한 운채의 입에서 날카롭게 터져 나왔다.

“으으… 어, 어서… 피해……. 나는… 더… 못 버틴… 다…….”

우지지.

미당이 말보다 피를 더 쏟아내며 한 자 한 자 겨우 말할 때 그의 온몸에서 뼈들이 무너져 내리는 음향이 터져 나왔다.

“오라버님…….”

“어, 어서… 채야…….”

미당은 두 눈에서 피눈물을 흘리며 재촉했다. 운채가 살아난다면, 그녀가 누군가를 만나 행복하게 살게 된다면, 그것이 나의 사랑이라고 미당의 행동과 표정이 말하고 있었다. 그의 사랑은 죽어가면서까지도 운채를 염려하고 있었다.

우지직.

“채, 채야…….”

미당은 온몸의 뼈가 부서져서 바위와 함께 주저앉으면서도 마지막으로 운채를 불렀다.

“같이 가요!”

그리고 운채는 나비처럼 몸을 날려 부서지는 미당의 몸을 온몸으로 끌어안았다.

쿠웅!

바윗덩이가 거세게 지축을 흔들었다. 그 아래에 죽음으로 사랑한 남녀가 묻혀졌다.

퍼퍼펑!

“폐하! 탈출하십시오!”

고구가 두 팔을 어지럽게 휘둘러 강맹한 장풍을 발출해서 바윗덩이들을 튕겨내면서 세라를 향해 쏘아오는 모습과,

“여보—!”

단옥군을 부둥켜안은 로지가 쏟아지는 바윗덩이 속으로 묻혀져 가는 고구를 보며 처절하게 울부짖는 모습과,

“오라버님! 빨리 은폐물을 찾아서 피해요!”

“수인타! 너부터 피해라, 이 바보야!”

수인타와 아란타처럼 목이 터져라 서로를 염려하는 외침들이 여기저기에서 마구 터져 나왔다.

‘이… 정도일 줄은 몰랐어…….’

세라는 바윗덩이들의 소나기를 보면서 망연자실하고 말았다. 그녀가 예상했던 것보다 더 지독했다.

바윗덩이들의 소나기 위로 빙 둘러쳐진 절벽이 붕괴하여 무너져 내리는 것이 세라의 시야로 쏟아져 들어왔다.

그것은 바윗덩이들과 흙더미였는데 그게 덮치면 아무도 살아남지 못할 것이다.

마천교가 절곡에 미리 엄청난 양의 화약을 매설했다는 사실을 몰랐던 것이 첫 번째 실수였고, 화약의 폭발 이후 닥쳐올 결과를 과소평가한 것이 두 번째 실수였다.

콰우우우!

마침내 수만 개의 바윗덩이들과 흙더미가 하늘이 무너지듯 절곡을 덮쳤다.

세라는 공력을 극한으로 끌어올려 호신막을 펼쳤다.

투투퉁!

바윗덩이들이 마구 호신막에 부딪쳐서 튕겨져 나갔다.

그러나 호신막으로 버티는 것에는 한계가 있었다.

그리고 세라가 목숨이 끊어질 때까지 호신막을 펼친다고 해도 그 위로 계속 쌓이는 바윗덩이와 흙더미까지 감당할 수는 없는 노릇이었다.

'아… 연 오빠…….'

세라가 참담한 심정이 되었을 때 그녀는 자신도 모르게 입속으로 고연의 이름을 불렀다.

그녀가 내심으로 부른 '연 오빠' 라는 이름의 여운이 채 사라지기도 전에 기이한 일이 벌어졌다.

후우우우…….

금광(金光), 중천에 뜬 태양이 온 누리에 찬란하고도 따사로운 양광(陽光)을 고루 뿌려주듯이 갑자기 어디선가 찬란한 금광이 절곡 안으로 가득 쏟아졌다.

콰콰아아!

그러더니 금광이 수많은 바윗덩이들과 흙더미를 한순간에 한쪽 방향으로 날려 버렸다.

태풍이라면 모든 것을 날려 버릴 테고 돌풍이라면 사물을 휘감아서 허공으로 솟구치게 만들겠지만, 금광은 그저 조용한 가운데 바윗덩이들과 흙더미만 날려 버린 것이다.

그 광경은 마치 신기루(蜃氣樓)나 착각처럼 순식간에 벌어졌고 끝나 버렸다.

누가 보더라도 그것은 죽음 직전에 나타난 착각이었고 환시(幻視)였다.

어쩌면 죽어서 헛것을 보고 있는 것인지도 몰랐다. 게다가 지금 벌어지고 있는 것은 오직 신만이 행할 수 있는 일이었다.

말 그대로 그것은 기적(奇蹟)이었다.

쿠쿠쿠쿵쿵!

쏟아지던 바윗덩이들과 흙더미는 삽시간에 곡구 쪽으로 날려가 그
곳을 완전히 메워 버렸다.

그리고 어느새 찬란한 금광이 절곡을, 그리고 사람들을 고루 비추고
있었다.

세라는 멍한 얼굴로 곡구 쪽을 바라보았다.

꿈이나 착각이려니 생각해서인지 별로 놀라지도 않았다.

그녀는 눈을 깜빡이며 잠시 동안 그렇게 있었다.

생각이 멈춰 버린 표정이었다.

그녀의 얼굴이 금광에 물들어 있었다.

"폐하! 괜찮으십니까?"

잠시 후 근처에 있던 고구가 세라에게 급히 쏘아오며 외쳤다.

"글쎄… 잘 모르겠어. 어떻게 된 거지? 사부도 나랑 같은 꿈을 꾸고
있는 건가?"

"꿈이 아닙니다, 폐하!"

고구는 환한 미소를 지었다. 이어서 자신의 머리 위 허공을 가리켰다.

"폐하! 저길 보십시오!"

세라와 모든 사람들이 고개를 들고 고구가 가리키고 있는 방향을 바
라보았다.

모든 사람들의 머리 위, 지상에서 육십여 장 높이의 허공 중에는 금
광을 뿜어내고 있는 하나의 거대한 물체가 떠 있었다.

"이상하게 생긴 새네? 다리가 셋씩이나 되는 데다 엄청 커……."

세라가 눈이 부신 듯 눈을 가늘게 뜨고 금빛 물체를 보며 놀라듯 중
얼거렸다.

"오오! 삼족오다!"

장백 제자 중에 누군가 목이 메는 듯한 소리로 외쳤다.

찬란한 금광을 뿜어내고 있는 물체는 바로 삼족오였다. 번갯불 같은 눈빛과 단단하고 긴 부리, 머리에서 등으로 이어지는 멋진 갈기, 천하를 덮을 듯 활짝 펼쳐진 두 날개, 그리고 허공을 굳건히 딛고 있는 세 개의 금빛 다리.

고구려, 아니, 한민족(韓民族)만의 전설의 새인 삼족오였다.

고구와 로지, 세라를 비롯한 모든 사람들은 삼족오를 바라보며 경이로운 표정을 얼굴에 가득 떠올렸다.

그런 그들의 얼굴에 삼족오가 뿜어내는 금광이 눈부시게 비춰지고 있었다.

그들 모두는 삼족오가 방금 전의 기적을 일으켰을 것이라는 사실을 추호도 의심하지 않았다.

스스스…….

그때 삼족오의 모습이 점차 사라져 갔다.

"삼족오가 사라진다!"

누군가 안타깝게 소리치는 중에도 삼족오의 모습과 금광은 빠르게 사라져 갔다.

삼족오의 모습이 완전히 사라진 그곳에 한 사람이 옷자락을 가볍게 날리면서 우뚝 서 있는 모습이 보였고, 모든 사람들의 시선이 그에게 집중됐다.

천신의 강림, 허공 중의 사람은 그런 모습으로 뭇사람들의 시선을 한 몸에 받으며 우뚝 서 있었다.

"연 오빠……?"

세라는 그 사람을 보며 마치 방금 전에 헤어졌다가 다시 만난 사람을 보는 듯한 표정으로 중얼거렸다.

냉철하기 짝이 없는 그녀조차도 지금 눈앞에 벌어지고 있는 광경이 결코 현실이라고 믿어지지 않았다.

아니, 현실일 수가 없었다.

돌무더기에 깔려서 생매장되기 직전에 모두 살아났으며 죽었으리라고 믿었던 사람이 마치 천신처럼 허공 중에 둥둥 떠 있는데 이것을 어찌 현실이라고 하겠는가.

허공 중에 우뚝 서 있는 사람은 바로 고연이었다. 그는 아래를 굽어보며 착잡한 표정을 짓고 있었다.

'한발 늦었어. 모두 살릴 수 있었는데……'

그는 천천히 절곡 바닥을 쓸어보는데 그의 시야에 죽은 사람들의 처참한 모습이 하나씩 들어왔다.

슷.

고연이 스르르 깃털처럼 하강하여 절곡 바닥에 내려설 때까지 단 한 사람 고구를 제외한 모든 사람들은 얼굴에 조금 전에 지었던 절망적인 표정과 방금 전부터 짓기 시작한 꿈을 꾸는 듯 몽연한 표정을 겹쳐서 떠올린 채 고연을 망연히 쳐다보았다.

"연아!"

고구가 고연에게 다가오며 탄성 같은 외침을 터뜨리는데 그의 얼굴에는 극도의 불신과 반가움이 뒤섞여 있었다.

"아버님."

고연은 고구 앞에 무릎을 꿇고 공손히 절을 올렸다. 일 년여 전에 낙성보에서, 고구가 백부라는 사실을 알게 된 후 고연은 그를 아버지로 모시기로 했었다.

“살아 있었구나…….”

고구는 떨리는 손으로 고연을 일으키며 목이 콱 메어서 그 말밖에 하지 못하고 눈물만 흘렸다. 그러나 그것만으로도 족했다. 그 말속에 하고 싶은 수만 마디 의미가 모두 담겨 있지 않은가.

사람들이 점차 현실로 돌아오고 있었고 절망에서 희망으로 돌아서고 있었다.

그들은 자신들의 살을 꼬집어보기도 하고 눈을 끔뻑거리기도 하면서 이 꿈 같은 현실을 받아들이느라 애를 썼다.

“뭐야, 사부? 연 오빠 맞는 거야?”

세라가 여전히 믿지 못하겠다는 얼굴로 고연에게 다가왔다.

“잘 있었느냐, 세라야?”

고구가 대답하기 전에 고연이 세라를 보며 미소 지었다.

“죽은 게 아니었어요?”

세라는 서서히 현실로 돌아오고 있었다.

“하하! 이렇게 살아 있잖느냐.”

고연은 껄껄 웃었다.

죽은 사람들에 대한 죄책감을 털어서 날려 버리는 듯 왠지 허황한 웃음이었다.

“믿을 수가 없어요… 어떻게…….”

세라는 고연 앞에 바짝 다가서서 두 손으로 그의 뺨을 만지며 살갗과 따스한 체온을 확인하면서도 그의 생존이 믿어지지 않았다.

“연아… 정말 우리 연이가 맞느냐?”

로지는 펑펑 눈물을 흘리면서 비틀거리며 다가와 고연의 어깨며 등을 쓰다듬었다.

마치 만지면 고연의 모습이 순식간에 퍽 하고 사라져 버릴 것처럼 조심스러운 손길이었다.

"어머님……."

고구를 부친으로 모시기로 했으니 고구의 부인을 어머니라 부르는 것은 당연했다.

하지만 고연이 로지를 '어머니' 라고 부르는 것은 지금이 처음이었고 로지도 처음 듣는 것이었다. 그래서 로지는 방금 전보다 열 배 이상 더 감격하여 몸을 떨면서 눈물과 콧물을 쏟아냈다.

"연아! 흑흑! 엉엉~! 연아!"

로지는 고연을 부둥켜안고, 아니, 고연 품에 안겨서 몸부림치면서 대성통곡을 했다.

아란타, 수인타, 우상, 부린, 을구, 삼정, 일선 등은 고연을 보며 얼굴에 경악지색을 가득 떠올렸다가 더없는 감격의 표정으로 바뀌더니 폭포수처럼 눈물을 흘려댔다.

고연은 뜨거운 눈빛으로 아란타를 쳐다보았다.

"아란타."

"도… 련님!"

아란타 가슴속의 고연은 종주보다는 도련님으로 더 깊이 새겨져 있다.

혈육보다 더 진하고 우정보다 더 깊은 관계로, 고연과 아란타의 관계야말로 두 사람의 인생에서 가장 진하고 긴밀할 것이다.

고연은 다시 수인타를 보았다.

"수인타."

"도련님……."

수인타는 고연이라는 사실을 확인한 순간부터 온몸을 와들와들 떨고 있었다. 그녀만큼 고연에 대해서 많은 것을 가슴속에 묻고 있는 사람도 없을 터이다.

열두 살 어린 고연을 수행하고 요동성에서 남경의 태학으로 떠났으며, 그곳에서 삼 년 동안 조석으로 고연을 수발하며 그의 그림자처럼 함께 살았었다.

그 후 남경성이 당과 신라의 연합군에 의해서 함락되고 쫓기는 중에 추격해 오는 당군으로부터 고연을 살리려고 자신이 당군을 유인하여 도망친 것이 고연과의 오랜 이별의 시작이 되었었다.

기나긴, 그리고 파란만장한 육 년 세월이었다. 그리고 고연이 죽은 것이나 고예가 그토록 기구한 기녀 생활을 하다가 결국은 발목이 잘리는 불행을 겪게 된 것이 수인타 자신 때문이라고 여겨왔었다.

또한 모든 사람들도 그렇게 생각했기 때문에 그녀는 지난 일곱 달 동안 죽음보다 못한 지옥 같은 세월을 보냈었다.

그러나 고연이 살아서 돌아왔다. 그 사실은 수인타의 가슴을 짓누르고 있던 두 개의 커다란 죄책감 중에서 하나를 덜어내 주었다.

고연은 하고 싶은 말을 가슴에 묻고 천천히 부린과 을구와 삼정, 일선 등을 부드러운 얼굴로 한 명씩 살펴보았다.

고연의 시선을 받은 사람들은 누구 할 것 없이 벼락을 맞은 듯 몸을 떨며 눈물을 주체하지 못했다.

"뭐야? 날 잊은 거야? 다들 아는 체하면서 왜 나만 모른 체하는 거지?"

그때 우상이 손등으로 눈물을 닦으면서 고연 앞으로 나섰다.

"낭자는……."

고연은 의아한 표정을 지었다.

딱!

우상은 발끝으로 고연의 정강이를 가볍게 걸어찼다.

"바보! 낭자는 무슨 얼어죽을!"

쏘는 듯 앙칼진 목소리에 거침없는 말투, 후리후리한 키에 늘씬한 몸매, 서글서글한 눈매와 오똑한 콧날, 상큼 눈썹을 치뜨고 있는 칼날 같은 표정. 그제야 고연은 그녀가 누군지 알아보았다.

"너… 상아로군!"

"역시 바보잖아! 이제야 알아보다니!"

"어맛?"

덥석!

"하하하! 오랜만이다, 상아! 많이 컸구나!"

고연이 환하게 웃으면서 우상의 양어깨를 잡고 들어 올리자 우상은 깜짝 놀라 역시 눈을 흘겼다.

"숙녀더러 많이 컸구나가 뭐야?"

"그럼 뭐라고 하지?"

우상의 눈초리가 더욱 새초롬해졌다.

"그걸 내 입으로 꼭 말해야 돼?"

잠시 고민하는 듯하던 고연이 미소를 지으며 말했다.

"상아! 보지 못한 사이에 많이 예뻐졌구나! 나는 널 보는 순간 눈이 멀어버리는 줄 알았다!"

"여, 연 오빠… 부끄럽게 그런 말을……."

우상은 얼굴이 홍시처럼 새빨개지고 고개를 푹 숙이면서 부끄러워 어쩔 줄 몰라 했다.

고연이 그녀를 내려놓자 그녀는 고개를 푹 숙인 채 몸을 돌리고도 얼굴이 화끈거리고 가슴이 콩콩 뛰는 것을 억누르지 못했다.

그때 그녀의 등 뒤에서 고연과 세라가 작게 속삭이는 소리가 들려왔다.

"세라야, 시키는 대로 하긴 했지만 눈이 멀 정도는 아닌데?"

"쉿! 상아가 들어요. 하지만 여자는 누구라도 예쁘다고 칭찬하면 좋아한다니까요!"

우상은 이제 분노 때문에 얼굴이 새빨개졌고 심장이 미친 듯이 뛰었다.

"종주를 뵈옵니다!"

그때 아란타 이하 모든 장백 제자들과 취봉고수들이 그 자리에 깊숙이 부복하며 우렁차게 외쳤다. 취봉대도 장백파 휘하이므로 부복하는 것은 당연했다.

취봉단 수봉각주인 금혼군 성백은 부복한 자세에서 조심스럽게 고개를 들어 고연을 보며 감탄을 금치 못했다.

'과연⋯ 천신지개(天神之槪)로구나! 한 번도 본 적이 없는 나조차도 저분의 기개에 압도되다니⋯⋯.'

고연은 치밀어 오르는 감격을 겨우 억제하며 천신처럼 늠름한 모습으로 조용히 입을 열었다.

"장백파는 영원하다."

그러자 아란타 이하 모든 제자들이 부복한 채 우렁차게 외쳤다.

"장백파와 종주는 영원하시다!"

모두의 눈에서는 눈물이, 가슴에서는 감동이 흘렀다.

문득, 고연의 시선이 한쪽으로 향하더니 고정되었다.

그의 시선이 멈춘 곳은 커다란 바위 아래였는데 단옥군이 반듯하게 눕혀져 있었다.

단옥군은 나무토막처럼 뻣뻣하게 누운 채 고연을 보며 하염없이 눈물을 흘리고 있었는데 얼굴은 거의 실성한 사람의 표정이었다.

"옥군, 이 꼴이 뭐냐?"

고연이 단옥군 곁에 다가와 그를 굽어보면서 온화하게 말했다. 그의 눈에는 단옥군을 그의 영원한 종이며 맹신자로 만들어 버린 자상하고 따스하며 신비로운 눈빛이 가득 일렁였다.

"조, 종주……."

이 자리에 잔혹하기로 소문난 혈살마황은 더 이상 없었다. 그저 눈물 많은 여리고 수줍음 많은 단옥군이 있을 뿐이었다. 그는 눈물과 콧물이 범벅되어 온 얼굴 근육을 파들파들 떨어댔다.

스으.

고연은 손가락 하나 움직이지 않고 서 있는데 눕혀져 있던 단옥군의 몸이 누운 자세 그대로 둥실 허공으로 떠오르더니 고연과 마주 보는 자세로 스르르 세워졌다.

단옥군은 엄청난 격동에 휘말려 있는 상태였으므로 자신에게 무슨 일이 벌어지고 있는지도 인식하지 못했다.

스스스…….

고연의 몸에서 은은한 금광이 안개처럼 뿜어지더니 두 걸음 앞에 마주 서 있는 단옥군의 몸을 휘감고 더러는 그의 몸속으로 스며들었다.

사람들은 그 광경을 마치 꿈을 꾸는 듯한 표정으로 지켜볼 뿐 아무도 입을 열지 못했다.

"이리 오너라, 옥군."

고연의 몸에서 뿜어지던 금광이 멈춘 후 그가 단옥군을 응시하며 부드럽게 미소 지으면서 입을 열었다.

"종주……."

단옥군은 망설임없이 고연에게 걸어왔다.

세라와 고구, 로지는 눈을 커다랗게 뜨며 놀랐다.

단옥군은 엄청난 중상을 입은 상태에서 죽기 직전에 고구가 겨우 목숨만 살려놓기는 했지만 손가락 하나 움직이지 못하는 식물인간이나 다름없는 상태였다. 그런데 멀쩡하게 걷다니 놀라지 않을 재간이 없었다.

사람들은 방금 전 고연의 몸에서 뿜어진 은은한 금광이 단옥군을 순식간에 치료했다는 사실을 곧 깨달았지만 그것을 쉽사리 믿지는 못했다.

게다가 고연의 진기가 무형으로 발출되어 단옥군의 내상과 외상을 완벽하게 치료했을 뿐만 아니라 내공을 오히려 상승시켜 주었다는 사실은 더 더욱 알지 못했다.

슥.

"고생했구나, 옥군."

고연은 손을 뻗어 단옥군의 양어깨를 잡고 그를 가만히 당겨서 부드럽게 가슴에 안았다.

"종주……."

단옥군은 고연의 가슴에 얼굴을 묻고 격렬하게 몸을 떨면서 그저 울기만 했다.

이 순간 그에게 입이 백 개가 있은들 무슨 소용이 있으랴. 그저 복받쳐 흐르는 눈물 속에 그가 하고 싶은 말들이 모조리 녹아 있는 것을.

고연은 한동안 단옥군을 품에 안고 있었고, 단옥군은 일생 중에서 가장 행복한 순간을 맞이했으며, 사람들은 눈시울을 적시면서 그 광경을 지켜보았다.

세라와 고구, 로지 등은 고연에게 직접 묻지 않아도 그가 굉장한 기연(奇緣)을 얻었다는 것을 알 수 있었다.

第 九 十 二 章　춘약(春藥) ■

춘약(春藥)

“마천존이 결국 일을 벌인 모양입니다.”

닷새 만에 돌아온 이명이 한비를 불러놓고 평소와는 달리 어딘가 우울한 듯 무거운 어조로 말문을 열었다.

“저도 소문을 듣고 알았습니다. 그런데 혈살마황이 취봉황은 물론이고 장백파 사람들에다가 십절성녀하고도 친분이 깊은 줄은 몰랐습니다. 그들 모두가 소문을 듣고 한달음에 달려갈 정도이니…….”

이명과 한비는 이명의 거처 내실의 탁자에 마주 앉아서 대화를 나누고 있었다.

이명이 무림에서의 옥룡공자라는 신분 외에 진짜 신분인 ‘태자’라는 것을 알고 있는 사람들 중에서 그와 마주 앉을 수 있는 사람은 한비나 마천존 정도였다.

“사부님 생각은 어떠십니까?”

“함정입니다.”

한비는 잘라 말했다.

“아무래도 그렇겠죠? 제 생각도 그렇습니다.”

“마천존은 십절성녀와 취봉황, 장백파를 회유하고 설득하는 일에 별다른 노력을 기울이지 않을 것입니다. 죽이는 쪽이 나중을 위해서라도 나을 테니까요.”

이명은 차 한 모금으로 입술을 적신 후에 물었다.

“마천존이 그들을 죽일 수 있을까요?”

“제 생각으론, 어려울 것입니다. 상대가 천하십종 이성인 십절성녀에다가 사절의 두 명인 동방이절, 오황인 취봉황이니까요. 죽이더라도 마천교는 많은 희생을 치르겠지요.”

“제 생각은 조금 달라요. 지난번 마천존을 만났을 때 그자의 무위가 이미 화경에 이르렀다는 사실을 감지했어요.”

“화경!”

한비는 전혀 뜻밖의 말에 적잖이 놀라는 표정을 떠올렸다.

마천존은 천하십종 육존의 한 명이다.

그가 마천교를 개파하고 무림을 장악하려는 야심찬 대계를 개시했다면 예전보다 강해졌을 것이라고 예상은 했지만 화경에 도달했을 것이라곤 상상조차 하지 않았었다.

그러나 이명의 안목이 잘못됐다고는 생각할 수 없었다. 그의 안목은 한비가 알고 있는 어느 누구보다도 탁월했으므로.

한비는 잠시 후에 진중히 입을 열었다.

“그렇게 보셨다면 그자가 태자님의 적수가 되겠군요.”

“그럴 겁니다.”

이명이 천하십종의 팔룡이 된 것은 그가 오래전에 우연히 팔룡 중에 한 명을 죽인 적이 있어서이지 그의 진짜 실력이 팔룡 수준인 것은 아니었다.

그가 마음만 먹었다면 천하십종의 '일천' 까지는 몰라도 '이성' 정도는 무난했을 것이다.

그는 예전에 고연과 비무를 했을 때에도 자신의 본실력을 절반조차 발휘하지 않았고 팔룡 정도의 수준으로만 싸웠었다.

만약 본실력을 십분 발휘했었다면 고연은 이명의 일 초조차도 막아 내지 못했을 것이다.

그 당시에 이명이 약간 독한 마음을 먹었다면 고연은 결코 살아남지 못했을 것이다.

이명은 열다섯 살에 한비를 사부로 맞이하여 일 년 만에 그의 무공을 모조리 터득했었다. 그러고도 이명은 무공에 대한 욕심을 누를 길이 없어서 측천무후에게 부탁하여 황궁에서 비전되어 내려오던 황궁 무학을 익히게 되는 행운을 잡았었다.

심오하기가 측량조차 할 수 없는 황궁 무공마저도 그는 뛰어난 자질과 오성으로 이 년 만에 완벽하게 터득해 버렸다. 그리고 그때부터 그는 꾸준히 정진을 게을리 하지 않았다.

그리고 그는 무공이 화경에 이르렀다고 말한 마천존이 자신의 적수가 될 것이라고 말할 정도의 수준이 된 것이다.

"그런데… 안색이 좋지 않으시군요."

한비가 이명의 얼굴을 보며 조심스럽게 입을 열었다.

"마천존이 함정에 몰아넣은 사람들 때문입니다. 그들을 죽여서는 안 되는데……."

이명은 쓸쓸한 표정으로 말끝을 흐렸다.

한비는 의아한 표정을 지었다. 그가 알기로는 이명은 그들과 아무런 연관이 없었다.

"그들은 내 친구와 가까운 사람들입니다."

'친구!'

한비는 크게 놀라서 내심으로 낮게 외쳤다. 그가 아는 한 천하에 짝을 찾기 어려울 정도의 풍운아이며 천재이고 자존심 강한 이명에겐 친구가 한 명도 없었다.

자신의 친구가 될 만한 자격을 갖춘 사람이 없다고 이명 스스로 판단한 것을 한비도 잘 알고 있었기 때문이다.

"태자님께 친구 분이 계셨습니까?"

이명의 눈가에 쓸쓸함이 스쳐 갔다.

"그런데 반년쯤 전에 죽었습니다."

"아! 유감이군요. 어떤 분이었습니까, 친구 분은?"

슥.

이명은 더욱 쓸쓸한 표정을 짓더니 일어서서 창으로 걸어가더니 창을 열고 묵묵히 창밖을 내다보았다.

한비는 이명의 얼굴에 그리움과 안타까움이 엷게 깔리는 것을 발견하고 또다시 가볍게 놀랐다.

이명은 내심을 겉으로 드러내는 것에 매우 인색한 사람이었다. 그런데 지금은 죽은 친구를 생각하면서 여과없이 우울한 표정을 드러내고 있으니 한비를 놀라게 하기에 충분했다.

이명은 창밖을 내다보며 고즈넉이 말문을 열었다.

"그 친구를 보면서 나는 내가 초라하다는 사실과 수양과 덕망이 부족하다는 것과 매사에 공평무사하지 못하다는 사실을 처음으로 깨달았습니다. 그 친구와 비교하면 나는 모든 것이 부족한 사람이었죠. 나는 친구로서가 아니라 그를 스승처럼 존경했었습니다. 그런 그가 죽었다는 말을 들었을 때 나는… 세상에 대해서, 살아 있다는 것에 대해서 환멸마저도 느꼈습니다."

"……."

한비는 할 말을 잃었다. 그 친구가 대체 누구기에 이명이 이토록 자신을 폄하하고, 게다가 그의 죽음으로 인해서 세상에 환멸까지 느꼈단 말인가.

이윽고 이명의 입술 사이로 한 사람의 이름이 흘러나왔다.

"그 친구는 고구려 사람인데 고연이라고 합니다."

'아!'

한비는 너무도 놀란 나머지 하마터면 입 밖으로 탄성을 터뜨릴 뻔했다.

이명이 고연과 친구였다니, 꿈에서조차 상상하지 못할 일이었다. 그러나 한비는 내심을 겉으로 드러내지 않으려고 모진 애를 쓰면서 무겁게 고개를 끄덕였다.

"그렇군요."

고연 정도라면 이명의 친구가 되고도 남음이 있었을 것이다. 한비는 이날까지 살아오면서 단 두 사람에게만 감탄을 했었다.

바로 고연과 이명이었다.

하지만 감탄의 근원은 두 사람 각각 달랐다. 고연에겐 지혜로움과 순수함과 정의로움 같은 것들에 감탄했었고, 이명에겐 완벽함과 냉철한 지성과 원대한 야망에 감탄했었다.

‘어떻게 이런 일이……!’

한비는 어이없는 심정이 되었다.

이명은 고연을 그토록 좋아하고 존경했다면서 그의 아내인 유화를 사랑한다는 명목으로 그녀에게 유폐나 다름없는 생활을 강요하고 있지 않은가.

‘모르는 것일 게다, 유화가 고연의 아내라는 사실을…….’

만약 그 사실을 알았더라면 이명은 결코 유화에게 사랑을 강요하지도, 그녀를 유폐시키지도 않았을 것이다.

최소한 한비가 아는 이명은 그런 사람이었다. 고연이 죽어버린 지금은 다르겠지만.

"십절성녀는 고 형이 아끼던 여동생이었지요. 나는 고 형과 십절성녀, 아마 이름이 세라라고 했을 겁니다. 그들과 술을 마신 적이 있었어요. 한데 내 기억으로는 그날 마신 술이 내 길지 않은 일생 중에서 제일 맛있었던 것 같아요. 아마도 그 자리에 고 형이 있어서 그랬을 겁니다. 그 친구와 함께 있으면 무엇을 하든 재미있고 유익했으니까요. 게다가 아무리 악인이더라도 그 친구와 하루만 함께 있으면 개과천선하지 않고는 배기지 못할 겁니다."

‘헛헛! 그랬을 거야!’

이명의 얼굴에 떠오른 쓸쓸함이 좀 더 짙어졌다.

"나중에… 고 형이 죽었다는 소문을 듣고 그가 장백파의 종주였다는 사실을 알게 되었어요. 그리고 그가 마천교의 음모 때문에 죽었다는 사실도. 그런데 나는 내 야심을 이루려고 고 형의 원수인 마천존와 손을 잡으려 하고 있군요."

그 말에 한비는 한 가지 사실을 깨달았다.

‘마천존은 결코 무림을 갖지 못하겠군.’

왜냐하면 이명이 방금 한 말에는, 자신이 야망을 다 이룬 후에는, 아니, 야망을 이루기 전이라도 마천존이 쓸모가 없어지면 죽여 없애겠다는 뜻이었으므로.

이른바 토사구팽이다.

“십절성녀와 장백파 사람들이 죽는다면… 하아! 나로서도 고 형에게 죄를 짓게 되는 겁니다. 내가 십절성녀와 취봉황을 설득해서 데려오라고 한 말을 마천존이 그런 식으로 받아들일 줄은…….”

이명은 마천존의 속셈을 모르지 않았을 것이다. 그 정도를 모를 사람이 아니다. 알고도 그렇게 말했을 것이다.

그에겐 우정보다 야망이 더 중요하니까. 야망을 위해서는 그 무엇이라도 대가로 치를 수 있는 사람이므로.

그러나 한비에겐 새로운 고민이 생겼다. 이명에게 유화가 고연의 아내라는 사실을 밝히느냐 마느냐는 것이었다.

그는 잠시 생각하다가 결국 밝히지 않는 쪽으로 결론을 내렸다. 여러 가지 이유가 있었지만 그중에서도 가장 큰 이유는 역시 유화를 위하는 마음이 컸기 때문이다.

유화가 목숨보다 더 사랑하는 고연은 이미 죽었다. 그것은 돌이킬 수 없는 사실이다.

그러나 죽은 사람은 죽은 사람이고, 산 사람은 살아야 하며 또한 행복해야 한다는 것이 한비의 생각이었다.

유화에게 가장 잘 어울리는 남자는 고연이었다. 유화에게 어울리는 남자는 고연 같은 영웅이어야만 한다.

한비는 이명을 영웅이라 생각하고, 또 그렇게 믿었다.

만약 유화가 이명과 맺어진다면, 그래서 오랫동안 잃었던 웃음과 행복을 다시 찾을 수만 있다면 고연은 지하에서나마 기뻐할 것이다, 라는 것이 또한 한비의 판단이었다. 그러나 그는 아직 유화를 잘 모르고 있었다.

저녁 식사를 한 후부터 유화는 줄곧 운공을 하고 있었다. 이상한 기운이 몸 전체로 빠르게 퍼지는 것을 느꼈기 때문이다.

지난 육 년여 동안 꾸준히 장백천급을, 그중에서도 천원심법을 중점적으로 연공한 그녀의 현재 내공 수위는 일 갑자 반, 게다가 파천검법이나 천풍권도 수준급이었다.

웬만한 상대와 맞닥뜨리게 된다고 해도 제 한 몸 정도는 지킬 수 있을 수준이었다.

유화의 이마에 땀방울이 송골송골 맺혀졌고 안색은 해쓱했다. 그로 미루어 그녀가 몹시 힘들어한다는 것을 알 수 있었다.

"하아……."

한 시진여에 걸친 긴 운공을 마친 유화는 길게 한숨을 토해냈다. 그녀는 일 갑자 반, 구십 년의 지고한 내공으로도 결국 이상한 기운이 온몸으로 퍼지는 것을 막거나 몸 밖으로 배출시키지 못했다.

아직은 그 기운이 무엇인지 정확하게 알지 못했지만 좋은 기운이 아닌 것만은 분명했다.

생전 처음 느끼는 기운이었으며, 그것은 마치 욕조의 뜨거운 물속에 들어가 있는 것처럼 온몸이 뜨거웠고 목이 탔으며 살이 아픈 것 같으면서도 저릿저릿한 묘하고도 기분이 나쁜 느낌이었다.

"보약?"

"네… 아가씨께서 거절하실까 봐 저더러 몰래 아가씨 국에 보약을 넣으라고 시키셨어요."

아무래도 이상하다는 생각을 떨치지 못한 유화의 부름을 받고 달려온 하녀는 조심스럽게 사실을 털어놓았다.

"그 사람이 너에게 직접 시켰느냐?"

이명은 그런 식으로 일을 처리하지 않는다.

유화는 자신과 어머님에게 제공되는 요리의 재료들이 중원천지에서 가장 귀하고 신선한 것들이며, 우림원에 상주하는 명의(名醫)의 처방에 따라 유화와 어머님이 먹을 요리에는 각각 보약이 첨가된다는 사실을 언젠가 주방장에게 넌지시 들은 적이 있었다.

"아닙니다."

하녀는 사르토가 시킨 일이라고 밝히고 싶지 않았다. 자칫하다간 그와 은밀하게 즐기는 정사가 드러날 수도 있을 것이고 그것 때문에 다시는 그와의 불타는 정사를 즐기지 못하게 될 것을 염려했기 때문이다.

"누가 시켰느냐?"

하녀 뒤에 우뚝 서 있던 자삼이 눈을 부라리며 낮게 호통을 쳤다. 그는 이미 뭔가 심상치 않음을 직감했기 때문에 목소리에 한기가 짙게 깔려 있었다.

하녀는 등 뒤에서 들려온 호통에 화들짝 놀라더니 제풀에 풀썩 무릎을 꿇고는 눈물을 줄줄 흘리며 털어놓았다.

"흑흑! 이 대인의 측근인 사르토라는 사람이… 소녀에게 시켰습니다. 이 대인께서 특별히 지시하신 일이라면서요. 아가씨께는 전혀 해가 되지 않는다고 말했습니다……."

결국 정사의 유혹은 공포를 이기지 못했다.

유화는 사르토라는 이름을 처음 들었다. 그녀는 이명에게 관심이 없었기 때문에 그가 누구를 데려오든 그가 무슨 일을 하든 조금도 신경 쓰지 않았었다.

그러나 유화와 어머님의 안전에 한순간도 긴장을 늦추지 않고 있는 자삼은 달랐다. 그는 하녀의 말에 사르토라는 인물이 누군지 즉시 알아차렸다.

"그자는 서돌궐인인데 부인으로 보이는 서돌궐 여자와 함께 이곳 우림원에서 생활하고 있습니다. 이명의 사제이며 측근이라고 알고 있습니다만."

자삼은 유화에게 공손히 보고한 후에 찬바람이 일도록 몸을 돌려 방문 쪽으로 걸어가며 말을 이었다.

"제가 이명에게 따지겠습니다."

"그만두세요, 자삼."

자삼은 유화를 돌아보며 뭔가 말할 듯하다가 고개를 숙이고 한쪽 옆에 시립했다.

"알겠습니다."

"맙소사! 소저께선 춘약(春藥)에 중독되셨습니다!"

우림원의 명의는 유화의 맥을 짚다가 크게 놀라더니 이윽고 떨리는 손을 떼며 탄성과도 같은 말을 꺼냈다.

유화는 크게 놀랐다. 수레에 실어도 몇십 대 분량은 될 만한 방대한 책을 읽은 그녀가 춘약이 뭔지 모를 리 없다.

"어찌 되신 일입니까? 소인은 결코 이런 처방을 내린 적이 없거늘!"

명의는 흰 수염을 가늘게 떨면서 전전긍긍했다. 유화에게 약을 쓸 수 있는 유일한 사람으로서 당연한 반응이었다.

그는 우림원에서 유화와 어머님의 건강을 전담한 이후 한 달에 황금 백 근이라는 꿈도 꾸지 못할 어마어마한 녹봉을 받아왔다. 대신 처음 우림원에 왔을 때 이명이 했던 말을 좌우명처럼 머리 위에 인 채 지내야만 했다.

"유화 아가씨와 어머님께서 만약 감기라도 걸리는 날엔 너의 목을 베리라!"

유화가 춘약에 중독되었으니 명의의 목이 날아가는 것은 물론이고 까딱하다가는 삼족이 몰살당할 수도 있는 일이었다.

명의는 황급히 바닥에 무릎을 꿇고 몸을 떨면서 진땀을 흘리며 머리를 조아렸다.

"마, 말씀해 주십시오, 소저! 소인이 처방한 요리 이외의 것을 드셨습니까? 아니면 누가 해코지를 한 것입니까?"

유화는 정신이 아득해졌다. 명의의 말은 들리지 않고 귓가에 모기 소리 같은 소리만 앵앵거렸다.

"해… 약을 만들 수 있나요?"

그녀는 한참 만에야 겨우 입술을 뗐다. 지금으로선 무엇보다도 그게 제일 중요했다.

"용서하십시오… 춘약이란 원래 해약이 없습니다. 아아… 이를 어쩌면 좋습니까? 태자님께서 아시면 소인은… 소인은……."

명의는 눈물 콧물 흘리느라 제정신이 아니었다. 그는 유화의 안위보다 자신과 가족의 생명을 더 걱정했다.

"춘약은… 하오배들이나 색마들이 즐겨 사용하는 파렴치한 약인데… 아니, 약이라고 할 수도 없습니다. 하온데, 해약은 없고 오직 나, 남자와 성교… 를 해야지만 나을 수 있습니다……."

유화의 머릿속이 하얘졌다.

"아니면… 죽게 되나요?"

어제 고연의 의형이라는 중년인 한비를 만났을 때, 그녀는 그에게서 뭔가 불길한 예감을 감지해 냈었다. 그는 유화를 품에 안고 부드럽게 등을 토닥여 주었지만 그가 울고 있으며 몸이 가늘게 떨리고 있음을 유화는 분명히 느꼈었다.

그래서 '연 대가에게 무슨 일이 생긴 것이 분명해' 라고 직감했었다. 한비는 고연에 대해서 아무것도 말해 주지 않았지만 유화는 그것을 느낄 수 있었다.

천재지변이 일어나기 전에 짐승들이 먼저 느낌으로 알아내듯이, 하늘에 먹구름이 뒤덮이면 곧 천둥 번개와 소나기가 퍼부을 것을 당연하게 예견하듯이, 그녀는 고연에게 일어났을 미지의 불행을 감지할 수 있었다.

그러나 한비에게 무슨 일이 있었느냐고 묻지 못했다. 자신의 느낌이 적중할까 봐 겁이 났기 때문이었다.

"춘약은 원래… 여자에게 색기(色氣)를 일으키게 하여 먼저 남자를 원하게 만드는 것일 뿐… 남자와 성교를 하지 않으면 몹시 괴로워하다가 시간이 지나면 자연히 소멸되는데… 지금 소저께서 중독되신 춘약은 아주 더럽고 강한 종류입니다. 오직 남자와 동침을 해야만 나을 수 있는… 아니면 소저께선 돌아가시게 됩니다. 아아… 제발 살려주십시오. 이 사실을 태자님께서 아시게 되면 저는… 제 가족들은……."

유화는 이명이 자신에게 이런 비열한 방법을 쓰지 않았을 것이라고 생각했다.

그를 손톱만큼도 마음에 담아두고 있지 않지만, 그녀가 아는 이명은 그럴 사람이 아니었다.

사르토라는 자, 그가 무슨 악심을 먹고 이랬는지… 아니, 지금은 그게 중요한 때가 아니다.

"가세요. 나는 이 사실을 함구할 테니 의원께서도 함구하세요."

유화의 조용한 말에 명의는 수없이 고맙다는 말을 되풀이하면서 역시 수없이 절을 하고는 비틀거리면서 방을 나갔다.

어두컴컴한 방에 혼자 남은 유화는 앉아 있는 바닥이 자꾸 아래로 꺼져 내려가는 절망감을 느껴야 했다.

第 九 十 三 章　**조화(造化)** ■

조화(造化)

무너져 내린 절곡 위는 꽤 너른 평지였는데 지금 두 무리가 마주 보는 상태로 대치해 있었다.

천신처럼 우뚝 서 있는 고연의 좌우에는 고구와 로지, 세라, 단옥군이 서 있고 그 뒤에는 아란타 등 대주급들이 늘어섰으며 그 뒤에는 살아남은 칠십여 명의 장백 제자들과 취봉고수들이 위풍당당하게 도열해 있었다.

고연의 전면 십여 장 거리에는 은검룡 청빈을 위시해서 삼백여 명의 마천고수들이 역시 즐비하게 늘어서 있었다.

고연 쪽 진영은 여유만만하고 사기가 충천해 있는 데 반해 마천교 쪽은 마치 초상집처럼 침울한 분위기였다.

조금 전에 절곡이 붕괴하는 절체절명의 상황에서 고연이 보여준 신적인 기적이 마천고수들의 기를 완전히 꺾어놓았던 것이다.

그 믿어지지 않는 광경을 두 눈으로 뻔히 보고서도 싸우자고 덤비는 자가 있다면 정신병자이거나 죽으려고 환장한 사람뿐일 것이다.

게다가 고연 옆에는 천하십종의 이성인 십절성녀 세라와 사절의 두 명인 동방이절 고구와 로지, 오황의 두 명인 혈살마황과 취봉황, 그리고 당장에라도 산을 무너뜨리고 바다를 뒤엎을 듯한 기세인 칠십여 장백고수들이 도열해 있다.

청빈의 진짜 실력이 팔룡인 은검룡을 훨씬 능가하는 것이며, 장백파에 비해서 수적으로 세 배가 넘는 삼백여 마천고수라고 하지만 싸움은 결코 숫자로만 하는 것이 아니다.

청빈은 위압된 표정으로 고연을 쳐다보았다.

그의 눈에 비친 고연의 모습은 '천신(天神)'이라고밖에는 설명할 수 없었다.

일부러 자신의 기도를 뿜어내지도 않고 있지만, 혼자서 수백 명의 마천고수들을 능히 압도하고도 남을 듯한 기이한 기운을 흘려내고 있는 인물.

눈처럼 흰 고구려식 복장을 했고 어깨에는 한 자루 금검을 메었으며 검자루에는 금빛의 삼족오가 새겨져 있었다. 또한 그의 몸에서는 광채 같은 것은 뿜어지지 않았는데, 다만 쳐다보는 사람을 위압하고도 남을 기이한 기운만이 파도처럼 흘러나왔다.

그때 허공 중에서 쩌렁쩌렁한 외침이 울려 퍼졌다.

"마황현신(魔皇現身)! 천하앙복(天下仰伏)!"

그러자 청빈을 비롯한 삼백여 마천고수들의 만면에 환한 기색이 가득 떠올랐다.

이어서 그들은 한쪽 방향을 향해 일제히 부복하며 더할 수 없이 공손한 예를 취했다.

순간 하늘 전체가 흑광으로 뒤덮였다. 암흑이 된 것이 아니라 마치 흑색의 거대하며 빛나는 투명막이 하늘을 덮고 있는 듯한 장중한 광경이었다.

그리고 하늘 꼭대기에서 강림하듯 하나의 흑영이 온몸에서 눈부신 흑광을 뿜어내면서 수직으로 서서히 하강했다.

흑영은 마천존이었다.

그는 신법의 최고봉인 능공허보(凌空虛步)를 발휘하여 지상에서 오장 높이에서 마치 허공에 보이지 않는 계단이 있는 듯 천천히 여유있게 걸어서 내려왔다.

마천존은 준수한 청년의 용모와 칠흑처럼 검은 흑포를 입은 모습으로 우뚝 섰다.

그러나 그의 두 발은 지상에서 두 자 정도 허공에 둥둥 떠 있는 상태였다.

스슷.

그리고 언제 나타났는지, 아니면 처음부터 그곳에 있었는지 흑의를 입고 흑색 피풍의를 두른 두 인물이 마천존의 좌우에 역시 허공에 떠 있는 상태로 공손히 시립하고 있었다.

그들은 다름 아닌 마천교의 천, 지, 인 세 명의 마교주 중 천교주(天教主)와 지교주(地教主)였다.

마천존은 으스스한 마소(魔笑)를 입가에 짓고 있었다.

그의 현재 외모가 준수한 청년의 용모라 할지라도 그렇게 미소 짓는 모습은 정말 아수라(阿修羅)가 인간 세상을 발 아래 두고 흡족해하는 것 같았다.

"후후, 거치적거리는 것들은 모조리 쓸어버린다."

마천존은 역시 입을 벌리지 않고 중얼거렸는데 듣는 사람의 고막이 아니라 심장을 웅웅 울렸다.

순간 마천존은 약간 놀라는 표정을 지으며 눈을 크게 뜨고 전면에 서 있는 고연을 쏘아보았다.

"고연!"

마천존은 부지중 자신도 모르게 신음 같은 한마디를 입 밖으로 흘려냈다.

그것은 이미 죽은 지 일곱 달이나 지난 사자(死者)의 이름이기도 했다.

"이봐! 너는 오정산에서의 그 어린 놈이 맞느냐?"

마천존이 고연을 보며 약간은 어이없다는 듯한 얼굴로 물었다.

"그렇다! 이제 보니 너는 동굴 속에서 불쌍한 여자들의 음기를 게걸스럽게 빨아먹던 그 흡혈마귀로군!"

고연은 굳은 표정으로 마천존을 주시하며 말했다. 평소의 그였다면 방금처럼 함부로 말하지 않았겠지만, 지금의 그는 활화산처럼 터져 나오려는 분노를 겨우 억제하고 있었으므로 당연히 말이 곱게 나갈 리가 없었다.

고연은 마천존에게 받아야 할 빚이 많았다. 오정산 동굴에서 여자들을 구하다가 그에게 중상을 입어 죽을 고비를 넘기며 석 달 만에 겨우 살아났었다.

또한 반림을 구하는 과정에서 음모를 꾸며서 고연이 숱한 위험과 고생을 치르게 했었다.

마천존은 고연의 말에 얼굴뿐만 아니라 목덜미까지 붉어지도록 모욕과 분노를 느꼈다. 마천교 수천 고수들의 절대자이자 무림을 파국과 공포로 몰아넣고 있는 대마황인 자신이 그런 말을 들었으니 당연했다.

"도련님, 저자를 제가 죽이도록 허락해 주세요."

그때 고연 뒤에 아란타와 나란히 서 있던 수인타가 마천존을 무섭게 쏘아보며 고연에게 말했다.

그녀의 음성에는 누를 길 없는 원한이 사무쳐 있었다. 게다가 마치 동네 강아지 한 마리를 잡겠다고 나서는 듯한 말투였다.

마천존에 대한 원한이라면 수인타보다 깊은 사람이 없을 것이니 그녀가 살기등등한 것은 당연했다.

"수인타, 내게 양보해. 대신 네 몫까지 쳐서 저자를 응징해 주지."

수인타는 분노를 간신히 억누르며 고개를 숙였다.

"그럼… 부탁해요."

두 사람의 대화를 듣던 마천존은 어이없다는 표정을 지었다가 웃음을 터뜨리고 말았다.

"핫핫핫! 보지 못한 사이에 재롱이 많이 늘었구나. 놈!"

고연은 긴말이 필요없다고 판단했다.

스읏―

마천존의 얼굴에 아직 웃음이 남아 있을 때 고연이 일직선으로 마천존을 향해 바람처럼 쏘아갔는데, 좌우의 세라와 고구, 로지, 단옥군도 함께 나란히 쏘아갔다.

마천존의 얼굴에서 채 웃음이 사라지기도 전에 고연은 오십여 장 거리를 순식간에 날아 넘어 십여 장까지 쇄도하고 있었다.

세라는 전신 공력으로 고연을 뒤쫓았지만 고연에게서 오 장가량 뒤처졌으며 삼 장 뒤에 고구와 로지가 나란히, 그 뒤 일 장쯤에 단옥군이 바람처럼 쏘아갔다.

그리고 아란타와 수인타를 비롯한 칠십여 장백고수들이 일제히 뒤를 따라 마천고수들을 향해 날아갔다.

바야흐로 장백파와 마천교의 대혈전이 시작된 것이다.

"고구려여! 영원하라!"

"장백의 이름으로!"

장백고수들은 질서정연하게 쏘아가면서 우렁차게 외쳤다.

그 외침이 천지를 뒤흔들어 깊이 잠들어 있던 고구려 영령들을 깨웠다.

차차차차창!

거대한 두 물결이 부딪쳤다.

고구려의 혼과 장백의 정신으로 무장한 장백고수들과 천하를 마도천하로 만들려는 마졸들의 싸움이다.

장백고수들 대부분은 과거 고구려군이었기 때문에 싸움에 있어서는 단연 백전노장들이었다.

게다가 기꺼이 목숨을 바치겠다는 숭고한 정신이 있었다.

그러므로 마천고수들은 결코 장백고수들의 상대가 될 수 없었다.

채채채채챙!

천하제일의 강군인 고구려군이 오합지졸 당군을 휩쓸 듯이 장백고수들은 마천고수들을 무차별로 짓밟았다.

"으악!"

"크아악!"

장백고수들은 단독으로 싸우지 않았다. 다섯 명, 열 명, 스무 명씩 조를 형성하여 시시각각 변화무쌍한 진을 펼치면서 마천고수들을 무찔러 갔다.

아란타와 미당이 가르친 고구려군 전투 방식이었다.

오늘 바로 이곳에, 동명성제와 광개토대왕과 연개소문과 고중현, 그리고 모든 고구려 전사들의 영혼이 부활하여 장백고수들의 머리 위에 부어졌다.

마천고수들도 강했다.

그들은 무공으로는 장백고수들과 팽팽했다.

다만 취봉고수들이 약간 열세였고 한 번도 대규모 전투를 치러보지 못했기 때문에 우왕좌왕하다가 죽어갔다.

"아악!"

"흐아악!"

장백고수들은 마천고수와 싸우면서 취봉고수들을 보호해야 하는 이중고를 치러야 했다.

아란타는 결정을 내려야만 했다.

그는 요동의 맹룡 고중현 대모달의 오른팔이었다. 그 말은 풍부한 전투 경험이 있다는 뜻이다.

결국 그는 결단을 내리고 지축을 뒤흔드는 외침을 터뜨렸다.

"취봉대는 흩어지지 말고 모여서 원진을 이루어 싸우라―!"

"장백고수들은 오십두 개 대열을 만들어 각개 분전하라―!!"

아란타의 눈을 예리했고 결정은 정확했다.

그때부터 마천고수들은 이각을 버티지 못하고 곳곳에서 무너지며 지리멸렬하기 시작했다.

"뭘 하느냐? 빨리 화살을 다오!"

그중에서도 우상이 제일 분주했다.

그녀는 하나의 높은 바위에 우뚝 올라서서 활을 쏘아댔다.

벌써 스무 발의 화살을 쏘아댔고, 스무 명의 마천고수가 화살에 꽂혀서 거꾸러졌다.

우상 옆에는 한 명의 장백고수가 그녀에게 화살을 대주느라 정신이 없었다.

타앙!

격전장의 아무리 먼 곳이라도 우상의 사정권 안에 들었다.

그녀는 빠르게 격전장을 살피다가 장백고수나 취봉고수가 불리하다고 판단되는 곳으로 화살을 날렸다.

그때마다 어김없이 마천고수가 머리통이나 목에 화살을 쑤셔 박히며 나뒹굴었다.

우상의 두 눈에서는 서릿발 같은 한광이 줄줄이 뿜어졌다.

그녀는 마치 차곡차곡 쌓였던 한을 모조리 다 풀어내려는 것 같았다.

쐐애액!

우상이 쏘아낸 화살은 가히 번갯불 같았다.

"아핫핫핫핫! 맛이 어떠냐 되놈들아!"

우상은 통쾌한 웃음을 터뜨리며 쉬지 않고 화살을 쏘아댔다.

마침내 마천고수들이 뿔뿔이 흩어지며 도주하기 시작했다.

그러나 그들은 멀리 달아나지 못했다.

도망치다가 뒤통수에 우상이 쏘아낸 화살이 꽂혀서 거꾸러졌다.

우상의 활 솜씨는 고구려의 솜씨, 바로 신궁이었다.

"건방진 놈! 감히!"

청빈이 폭갈을 터뜨리며 어깨의 검을 뽑는 것과 동시에 고연을 마주쳐 나갔다.

"네놈 상대는 나다!"

뒤늦게 출발한 수인타가 아란타 등을 십여 장 뒤로 뚝 떼어놓으면서 앞으로 쏘아가며 날카롭게 외쳤다.

후우…….

고연은 자신을 향해 덮쳐 오는 청빈을 향해 왼손을 슬쩍 내밀었다가 가볍게 어깨 뒤로 던지는 시늉을 하였다. 단지 그뿐이었다. 그의 왼손에서는 어떠한 암경이나 내공도 발출되지 않았다.

휘릭!

"으헛!"

그러나 덮쳐 오던 청빈은 고연이 발출한 보이지 않는 암경에 온몸이 꽁꽁 묶여져서 고연의 머리 위를 날아 넘어서 곧장 수인타를 향해 날아갔다.

그의 그런 행동은 그의 의지와는 전혀 상관없는 것이었다.

수인타는 자신을 향해 기우뚱한 자세로 날아오는 청빈을 잡아먹을 듯이 쏘아보면서 공력을 끌어올려 강맹한 쌍장을 발출했다.

위이잉!

남조국 왕실의 비전무학인 취봉신공(翠鳳神功)이 수인타의 쌍장에서 이 갑자 반의 내공을 싣고 무시무시하게 회오리치면서 뿜어졌다.

그러자 청빈의 얼굴에 극도의 경악지색과 절망감이 뒤섞여서 가득 떠올랐다.

뻑!

그리고는 비명도 없었다.

비명조차 지를 새가 없었기 때문이다.

청빈은 전면으로부터 쇄도한 취봉신공을 얼굴에 적중당했는데, 그 순간 그의 머리통은 흔적도 없이 가루가 되어 허공으로 흩어져 버렸다.

머리통을 잃은 청빈의 오른손은 어깨에서 검을 뽑던 나머지 동작을 취하고 있었고, 그의 몸뚱이는 쏘아가던 속도에 의해 저 혼자 허공을 날아갔다.

고연은 속도를 줄이지 않고 마천존을 향해 곧장 쏘아갔다.

슉! 슉!

고연이 오 장쯤 더 쏘아갔을 때 마천존 좌우에 있던 천교주와 지교주가 화살처럼 고연을 향해 마주쳐 쏘아갔다.

"네놈들 상대는 우리다!"

고구와 로지가 너무나 오랜만에 해보는 싸움이라서 너무도 기뻐하며 흰 이를 드러내고 웃으며 합창을 했다. 그러나 두 사람의 기쁨은 즉시 사라졌다.

"둘 중 하나는 빠져! 난 지금 당장 저놈들을 죽이지 못하면 미쳐 버릴 테니까!"

두 사람 바로 등 뒤에서 냉랭한 음성이 들려왔기 때문에.

두 사람이 동시에 고개를 돌려 뒤돌아보는 순간 그들의 동공 속으로 싸늘한 표정의 세라의 얼굴이 쏘아져 들어왔다.

로지는 아무 말도 하지 않았다. 고구를 한 번 쳐다보는 것으로서 즉각 그의 양보를 받아냈으므로.

고구가 쓴웃음을 지으며 쏘아가는 기세를 빌어서 옆쪽으로 방향을 바꾸자 즉시 세라가 그 자리를 채웠고 두 여자는 마천교 천교주와 지교주를 향해 마주쳐 갔다.

"연 오빠! 그놈들은 우리 거라니까요!"

세라는 고연이 쏘아오는 천지교주를 향해 부딪칠 듯이 곧장 쏘아가자 급히 외쳤다.

천지교주 두 명도 흠칫 놀랐다. 자신들이 예상했던 것보다 고연이 몇 배나 더 빨리 쏘아와서 이미 코앞까지 쇄도했기 때문이다. 그들은 공격을 발출하지도 않은 상황이라서 고연이 손가락만 뻗어도 당하고 말 위기의 순간이었다.

스스스……

그러나 그 순간 고연의 모습이 반투명하게 흐릿해지더니 그대로 천지교주 두 명의 몸을 통과해 버렸다. 그것은 마치 빛이 유리를 투과(透過)하는 것 같은 광경이었다.

천지교주는 흠칫하며 즉시 자신들의 몸을 살펴보았지만 아무런 상처도 흔적도 없었다. 그리고 그들은 고연이 자신들을 투과한 뒤 여전히 마천존을 향해 쏘아가고 있는 것을 발견하곤 귀신에게 홀린 듯한 표정을 지었다.

그러나 천지교주는 계속 놀라고 있을 수 없었다. 세라와 로지가 이미 오 장 앞까지 접근하고 있었기 때문이다.

두 명의 교주는 무기를 지니지 않았는데 천교주가 세라를 향해, 지교주가 로지를 향해 쏘아가면서 동시에 쌍장을 뻗어냈다.

쿠우우!

그들은 이미 전신 공력을 극한으로 끌어올리고 있었기 때문에 네 개의 손바닥을 통해서 무극천마공의 무시무시한 위력이 쏟아져 나왔다.

피부에 살짝 스치기만 해도 몸을 한 줌의 혈수로 녹여 버리는 두 개의 번쩍이는 흑강(黑罡)이 맹렬하게 소용돌이치면서 세라와 로지를 향해 허공을 가르며 뿜어져 갔다.

그것은 강기(罡氣)였다.

공력을 도검이나 손바닥을 통해서 그대로 발출하는 것보다 상승의 수법으로서 원래는 호신강기나 호신막으로 사용되는데, 그것을 공격으로 전환시킨 초절정의 수법이었다.

그래서 강기는 거의 무엇이든 박살 내고 관통시킨다. 장풍이나 장공, 검기는 상대가 되지 않는다.

천, 지, 인 세 명의 교주는 마천존의 제자들이라서 그에게 무극천마공을 전수받았지만 마천존에 비하면 삼성 정도의 수준이었다. 하지만 그 정도로도 그들은 천하십종 오황과 맞먹는 수준이었다.

세라와 로지는 서로의 얼굴을 마주 보며 씨익 의미있는 미소를 지었다. 그 미소에는 가소롭다는 의미도 담겨져 있었다.

"천독대신장(天督大神掌)─!"

후오오!

세라와 로지가 동시에 낭랑하게 외치면서 쌍장을 쭉 뻗자 그녀들의 손바닥에서 유리처럼 투명하며 한아름 정도 굵기인 원통형 빛의 기둥이 쭈욱 뿜어졌다.

고구가 천축에 불경을 구하러 갔다가 우연히 기연을 얻어 배운 천독신공의 최고봉 천독대신장으로서 그 역시 강기의 일종이었다.

꽈르릉!

네 줄기 강기가 정면으로 부딪치며 고막을 찢을 듯한 굉음을 터뜨렸다.

퍽! 퍽!

다음 순간 천지교주가 발출했던 흑강은 씻은 듯이 사라져 버리고 세라와 로지가 발출한 투명한 원통형의 빛 기둥이 그대로 그들 둘의 상체 한복판을 관통하면서 빛 기둥이 닿았던 부위가 순식간에 녹아서 사라져 버렸다.

그리고 정말 믿을 수 없게도, 천, 지 두 명의 교주는 허공 중에 멈춘 채 어이없다는 표정으로 자신들의 몸을 내려다보았다.

방금 전에 그들의 가슴 부위를 투과한 원통형의 빛 기둥만큼의 몸이 사라진, 즉 가슴과 복부가 동그랗게 뻥 뚫려 있는 광경을 굽어보며 두 사람은 웃는 것인지 우는 것인지 모를 괴이쩍은 표정을 짓다가 아래로 추락하는 도중에 숨이 끊어졌다.

"너무 싱겁군요, 폐하. 한 방에 즉사하다니. 쯧쯧."

로지는 허공 중에 멈춰 선 채 아쉬운 듯 혀를 찼다.

"아쉬워할 거 없어, 유모."

"폐하께 무슨 좋은 생각이라도……."

"저기 화풀이 상대들이 무더기로 있잖아."

세라가 바라보는 곳에는 마천고수 삼백여 명이 모여 서 있었다. 그런데 그들을 향해 고구가 가장 앞장서고 그 뒤를 단옥군과 수인타, 아란타, 부린 등 장백고수들이 떼지어 쏘아가고 있었다. 그 광경은 마치 먹이를 발견한 이리 떼 같았다.

"어서 가요, 폐하! 지체하다가는 우리들 몫이 남아 있지 않겠어요!"

로지의 말은 이미 십여 장 밖에서 들려왔다.

세라는 잘근 입술을 깨물면서 쏘아갔다.

"이제 여왕이고 뭐고 눈에 안 보인다 이거지?"

'저놈!'

마천존은 고연이 자신을 향해 계속 쏘아오는 것을 발견하고는 두 눈을 부릅떠야만 했다.

그제야 그는 방금 전에 고연이 보여준 간단한 두어 가지 수법을 보고는 그가 예전 오정산의 동굴에서 만났던 어린 애송이가 아니라는 사실을 절감했다.

그는 천천히 다리를 어깨 넓이로 벌리고 자신의 모든 공력을 끌어올렸다.

"무극마천장(無極魔天掌)―!"

쿠오오오옷!

이어서 그는 십성(十成) 공력으로 여태껏 한 번도 전개해 보지 않았던 강맹하기 짝이 없는 무극천마공의 마지막 절초 무극마천장을 쌍장으로 맹렬히 발출했다.

휘유우!

고연은 쏘아가는 것을 멈추지 않은 채 팔성(八成)의 내공으로 천화신력을 발출했다.

신시에서 나온 뒤 최초로 시전하는 천화신력이었다. 그의 오른손 손바닥에서 무지개 같은 흐릿한 기운이 일직선으로 쏘아져 나갔다. 보기에는 그리 강할 것 같지 않은 기운이었다.

쿠콰쾅!

뒤이어 엄청난 폭음이 터졌다. 두 사람의 경천동지할 싸움이 시작되자마자 그 여파에 주위에서 싸우던 수십 명의 마천고수들과 장백고수들이 가랑잎처럼 날아갔다.

콰아아아!

두 줄기의 초극적인 강기가 정면으로 격돌하자 집채만한 바윗덩이들 수십 개가 허공으로 먼지처럼 떠올랐다가 소나기처럼 사방으로 쏟아졌다.

마천존은 이날까지 사십여 년 동안 무림을 종횡하면서 이 정도의 강한 반탄력을 경험해 보기는 처음이었다.

그가 발출한 무극마천장이 고연이 발출한 천화신력과 부딪치는 순간 오히려 반탄력으로 되돌아와서 그를 오 장여나 뒤로 튕겨 날아가게 한 것이다.

두 팔이 부러질 듯이 아팠으며 어깨뼈가 탈골된 듯한 고통이 수반됐다.

뿐만 아니라 기혈이 심하게 들끓었고 입에서는 피가 꾸역꾸역 흘러나왔다. 예상 밖이 아니라 아예 마천존으로서는 눈곱만큼도 예상하지 못했던 결과였다.

그러나 마천존은 전면의 고연을 보다가 너무 놀라서 고통이 순식간에 달아나 버렸다.

고연이 마천존 자신의 전면 오 장 거리, 하나의 바위 위에 아무 일도 없다는 듯이 우뚝 서 있는 것을 발견했기 때문이다.

'이런… 우라질!'

마천존은 욕설이 저절로 튀어나오려는 것을 간신히 억눌렀다.

삼 년 전에는 단지 손가락 하나만으로도 죽일 수 있었던 어린 놈이 이제 화경의 경지에 들어선 자신보다 더 강해져서 나타난 사실을 어떻게 인정할 수 있겠는가.

무지하면 용감하다고 했다.

그는 고연이 자신보다 강하다는 사실을 인정하기보다는 자신이 아직 최고의 공격을 전개하지 않았기 때문에 열세에 처했다고 잘못 판단했다.

물론 그는 공력도 초식을 아직 최고조로 사용하지 않았다. 하지만 당연히 고연도 그럴 것이라는 사실을 짐작했어야만 했다. 무지한 자들은 늘 자기 자신만 생각하는데, 마천존이 그랬다.

이즈음 세라와 고구, 로지는 싸움을 멈춘 상태였다. 그들이 슬쩍 손바닥만 뒤집어도 마천고수들이 우르르 떼죽음을 당했기 때문에 너무 시시해서 곧 흥미를 잃어버린 탓도 있지만, 고연과 마천존의 두 번 다시 볼 수 없는 희대의 결전을 보기 위해서라는 이유가 더 컸다.

세 사람은 눈도 깜빡이지 않고 고연과 마천존을 주시하고 있었는데 손 안에는 땀이 흥건한 상태였다.

'으드득! 죽여 버린다!'

마천존은 눈에서 무시무시한 마광을 뿜으면서 고연을 쏘아보며 천천히 전신 공력을 끌어올리기 시작했다. 이번에는 십성이 아닌 십이성, 아니, 극한공력을 끌어올렸다.

후우우우…….

그의 전신에 공력이 가득 충만해지자 온몸이 은은한 묵광(墨光)으로 빛나더니 이어서 온몸에서 먹빛 기운, 즉 묵기(墨氣)가 파도처럼 와르르 뿜어져 나와 그를 중심으로 일 장 둘레에서 원을 형성한 채 느릿하게 회전하기 시작했다.

고오오오…….

회전은 점차 빨라져서 끝내는 더 이상 회전하지 않는 것처럼 보였고 단지 마천존을 중심으로 일 장과 이 장, 삼 장 거리에 세 개의 커다란 소용돌이의 고리, 즉 묵환(墨環)이 형성되었으며 복판의 마천존의 전신은 마치 묵옥(墨玉)처럼 투명한 모습으로 변했다.

그것은 아무리 평범하게 보더라도 결코 인간이 만들어낼 수 있는 광경이 아니었다.

쩌저저적!

마천존과 세 개의 묵환에서 사면팔방으로 수십 가닥의 가느다란 검은 번갯불 같은 것들이 구불구불하게 뿜어졌는데, 그것은 다름 아닌 극마기(極魔氣)였다.

그 광경을 보고 있던 세라와 고구, 로지의 얼굴에 극도의 긴장감이 감돌았다.

그들 세 사람은 마천존이 자신들보다 최소한 두세 단계는 상급이라는 사실에 내심으로 적잖이 놀라면서 인정했다.

그래서 세 사람은 반사적으로 고연을 걱정했다. 그들은 고연이 놀라운 기연을 얻어 예전보다 엄청 고강해진 것을 눈으로 똑똑히 목격했었지만 지금 마천존의 기세를 보고 있노라니 고연에 대한 걱정이 앞서는 것을 어쩌지 못했다.

문득 마천존의 입가에 흐릿한 미소가 떠오르며 득의한 중얼거림이 흘러나왔다.

"크크크… 곧 무림 황제가 되실 분의 신위(神威)를 직접 경험하게 될 테니 네놈이 이승에서 누리는 마지막 행운이다."

고연은 내공을 끌어올리지도 않고 거창한 동작이나 변화를 취하지도 않은 채 바위 위에 조용히 서 있었다.

그는 공격을 펼치기 위해서 번거롭게 공력을 끌어올려야 할 필요가 없었다.

그가 공격을 펼치면서 얼마의 공력을 사용해야겠다고 마음만 먹으면 그대로 행해졌다.

구백 년 전 장백파의 신옥이 이루었던, 이른바 조화경(造化境)의 경지인 것이다.

마천존은 '화경'이고 고연은 '조화경'이다. 글자로 보자면 '조(造)'가 있고 없고의 차이일 뿐이다.

또한 범인들이 보자면 화경이나 조화경은 같다고 볼 수 있다. 어차피 범인들의 눈에는 둘 다 '신의 경지'이기 때문이다.

하나 무림사에 전무후무할 경천동지의 대사건, 화경과 조화경의 싸움이 벌어진다면 얘기가 많이 다르다.

화경은 이루고자 하는 것의 극치(極致), 즉 극상(極上)이며 무상(無上)을 뜻함이고, 그 위로 더 이상 이룰 수 없으며 그 위에 아무것도 없음을 이름이다.

그림을 그리는 화가의 그림 실력이 화경에 이르렀을 때 그가 호랑이를 그리면 그림 속에서 산 호랑이가 튀어나올 것이고, 폭포를 그리면 폭포가 화폭 밖으로 쏟아져 흘러나올 것이다.

무도(武道)의 길을 걷는 무인이 화경에 이르렀다면 무극자(武極者)가 됐다는 뜻이며, 검이든 도든 내공으로든 적수가 없을 터이다. 이미 무도를 완성했기 때문이다.

그 어떤 형태의 무공이라도 '무(武)'의 한도 내에서는 말 그대로 무적인 셈이다.

그러나 조화경은 화경과 차원이 다르다.

'조화'란 삼라만상을 낳고 자라게도, 소멸하게도 하는 대자연의 영원불멸(永遠不滅)한 능력이다.

대자연 그 자체이며, 무(無)에서 유(有)를, 죽음에서 생명을 만들어내기도 하고 천지간의 초자연적인 현상을 창조하기도 한다.

그러므로 고연이 그저 우뚝 서 있는 것만으로도 거기에 자연이, 만물이, 창조와 소멸이 서 있는 것이나 다름없는 것이다.

그러니 화경에 이른 마천존이나 조화경에 이른 고연에겐 천하십종 따위가 별 의미가 없는 것이 당연했다.

마천존이 굳이 이름을 알리려고 애쓰지 않은 이유도 바로 거기에 있었다.

천하십종은 무도를 지향하는 한낱 인간들의 서열일 뿐이어서 천하십종의 서열로서 거의 신의 반열에 오른 마천존이나 고연을 평가할 순 없는 일이다.

굳이 논하자면, 아직 한 번도 등장해 본 적이 없는 천하십종의 일천, 즉 '천(天)'의 자리를 놓고 신인(神人)들이 격돌을 한다면 모를까.

과우우우!

한순간 마천존의 몸을 둘러싸고 있던 세 개의 묵환이 쭉 펴지면서 고연을 향해 뿜어져 갔다.

뿜어져 가면서 그것들은 조각조각 나뉘더니 마침내 수십 자루의 검, 즉 강기검(罡氣劍)이 되었다가 그물처럼 쫙 펼쳐져서 완전히 허공을 뒤덮으며 천라지망검(天羅之網劍)이 되어 고연이 피할 수 있는 모든 각도와 방향을 차단한 채 소나기처럼 쏟아져 갔다.

새카만 강기검 수십 자루가 허공을 뒤덮고 쏘아가는 광경은 가히 장관이었다.

세라와 고구, 로지의 얼굴 가득 경악을 넘어선 극도의 감탄지색이 떠올랐다.

고오오오!

수십 자루의 강기검들은 고연의 이 장 거리까지 쇄도하여 무시무시하게 쏟아져 내렸다.

강기검은 검기와는 차원이 달라서 어떤 호신막이나 호신강기라도 뚫을 수 있다.

단 한 자루의 강기검을 만들어내도 무림에서 독보적인 존재로 활약할 수 있을 텐데 무려 수십 자루나 만들어낸 마천존의 신위는 가히 짐작할 수조차 없었다.

이런 상황에서는 아무리 조화경에 이른 고연이라고 해도 그 자리에서 갑자기 연기처럼 퍽 사라지지 않는 한 도저히 피할 수 없을 것 같았다.

최소한 마천존의 생각은 그랬다.

"……!"

순간 고연이 고슴도치가 되어 쓰러질 것이라고 확신하던 마천존은 두 눈을 있는 힘껏 부릅떠야만 했다.

그의 얼굴에 가득 떠오른 것은 극도의 불신, 찢어질 듯이 부릅떠진 두 눈에 차 있는 것은 경악, 그리고 찢어질 듯이 벌어진 입은 다물어질 줄 몰랐다.

고연을 향해 물샐틈없이 쏟아지던 수십 자루의 강기검들이 고연의 일 장 거리에서 모조리 정지해 버린 것이다.

천지의 운행이 정지하고 시간이 멈추었으며 공간이 그대로 얼어붙은 듯 보는 사람으로 하여금 불신과 착각과 경악을 불러일으키게 하기에 충분한 광경이었다.

"설마……."

마천존은 경악하는 얼굴로 신음처럼 중얼거렸다.

"저놈이 조화경에 도달했다는 말인가……."

그렇게 말하면서도 그는 믿지 않았다. 아니, 믿지 못했다. 조화경에 도달했다면 인간이 아니라 신이기 때문이다.

신이 어찌하여 인세에 있다는 말인가. 신이라면 마땅히 우화등선(羽化登仙)해야 하는 것이다.

그리고 마천존은 또 보았다. 옷자락을 가벼이 펄럭이며 서 있는 고연의 오른쪽 어깨에 날개를 접고 앉아 있는 한 마리 금빛 삼족오를, 그리고 고연의 입가에 떠올라 있는 마치 불존(佛尊)의 그것과도 같은 신비한 미소를.

세라도, 고구도, 로지도 보았다. 고연의 어깨에 올라앉아 있는 삼족오와 고연의 미소를.

푸드득!

구구구…….

삼족오가 날아올라 하늘로 솟구쳤다.

마천존은 아직도 정신을 차리지 못한 얼굴을 하고 아주 잠깐 눈으로 삼족오를 좇다가 이상한 기분이 들어서 앞을 보다가 소스라치게 놀라고 말았다.

마천존쯤 되는 인물이 소스라치게 놀란다는 것은 쉽지 않은 일이다. 하나 어느새 그의 반 장 앞에 고연이 우뚝 서 있는 것을 발견했다면 마천존 아니라 염라대왕이라도 놀라고 말 일이었다.

그러나 마천존도 결코 녹록하지 않았다. 그는 발출했던 강기검의 내공을 순간적으로 거두어들였다가 거의 동시에 쌍장을 벼락같이 고연을 향해 뿜어냈다.

설명은 길었지만 그것은 마천존이 코앞에 서 있는 고연을 발견하자마자 쌍장을 발출한 것이나 다름없을 정도로 기쾌한 반응이었다.

게다가 찰나지간에 거두어들인 전신 공력을 고스란히 발출했으므로 쌍장의 기세는 그야말로 산을 허물고 바다를 뒤엎을 정도로 가공할 수밖에 없었다.

게다가 고연이 기껏 반 장 앞에 서 있었고 쌍장의 속도가 전광석화 같았음에야 이번에야말로 마천존은 고연의 몸뚱이가 산산조각날 것이라고 믿어 의심하지 않았다.

그러나 마천존은 또 한 가지를 봐야 했다.

츠으으―

방금 자신이 발출한 투명한 묵광의 기둥 한복판을 뚫고 새끼손가락 굵기의 백색 광채가 자신을 향해 섬광처럼 쏘아져 오는 것을.

그리고 백색 광채의 시작점에 고연이 오른손 중지를 마천존 자신을 향해 곧게 뻗고 있는 것도 발견했다.

'저것은 극음지기…….'

그것이 마천존이 이승에서 마지막으로 본 것이고 또한 떠올린 생각이었다.

퍼어―

백색 광채, 즉 광린이 마천존의 미간 한복판을 정확하게 꿰뚫고 뒤통수로 시원하게 쭉 빠져나갔다.

광린은 삼 년 전 고연이 오정산의 어느 은밀한 동굴 안에서 여자들의 순음정액을 흡취하던 마천존과 싸우는 과정에서 그에게 얻었던 기연 아닌 기연이었다.

게다가 그 순음정액은 원래 마천존이 흡취하여 무극천마공을 완성하려던 것이었으니, 따지자면 그는 원래 자신의 것이었다가 고연에게 뺏겼던 광린을 되돌려 받으면서 이승을 하직하고 마는 기구한 운명이 되고 말았다.

마천존의 뒤통수에서 핏물이 쭉 뿜어지다가 그대로 고드름처럼 얼어붙었다.

꽝!

그는 극도로 어이없다는 표정을 지으면서 손가락으로 고연을 가리키면서 뭐라고 말하려다가 고연을 가리킨 자세 그대로 얼음으로 변하더니 다음 순간 마치 몸속에서 폭약이 폭발한 것처럼 온몸이 산산조각 나고 말았다.

고연은 천천히 오른손을 들어올려 쳐다보았다.

그의 오른손 중지는 더 이상 백옥처럼 흰색이 아니고 원래의 살색을 되찾았다.

원래 그는 신옥의 진전을 이어받아 조화경에 이르렀을 때 손가락에서 순음정액을 능히 배출시킬 수 있었다.

하지만 나중에 마천존을 만나면 돌려주려고 남겨두었다가 방금 원래의 주인에게 돌려준 것이다.

아니, 원래의 주인은 그때 동굴 속에 쓰러져 있던 이십여 명의 여자들일 것이다.

그녀들 몸에서 채음한 순음정액이므로.

고연은 우뚝 서서 천천히 주위를 둘러보았다. 그의 몸에서는 광채도 나지 않았고 휘광도 발출되지 않는 그저 평범한 신태였지만 멀찌감치에서 경악지색을 떠올리고 있는 세라와 고구, 로지, 단옥군 등 장백고수들의 눈에는 천신처럼 보였다.

그 즈음 싸움은 끝나 있었다. 물론 장백파의 압승이었다. 성난 단옥군과 수인타, 아란타, 우상 등 장백고수들에게 마천고수들은 그야말로 오합지졸이나 다름없었다.

"소자는 지금 급히 갈 곳이 있으니 아버님께선 모두를 이끌고 장백
파로 가십시오."

고연이 고구를 향해 공손히 말하자 세라가 즉시 물었다.

"혼자 어디 가는데요?"

"아내에게."

"아!"

세라와 중인들이 크게 놀랄 때 고연의 모습은 이미 하늘로 아스라이
사라지고 있었다.

第 九 十 四 章　절개(節槪) ■

절개(節槪)

“언니! 무슨 일이에요?”

백가상은 방으로 들어서다가 뚝 멈춰 서고 두 눈을 커다랗게 뜨며 놀라고 말았다.

그녀의 시선은 침상에 반듯한 자세로 누워 있는 유화의 얼굴에 고정되었다.

“아무것도… 아니에요.”

유화는 백가상을 맞이하려고 상체를 일으키려 하면서 말하는데 말이 목구멍 안에서 맴돌며 달뜬 숨소리만 흘러나와서 백가상이 겨우 말 뜻을 알아들을 정도였다.

“아니, 일어나지 마세요.”

백가상은 얼른 달려가서 일어나려는 유화를 급히 눕혔다.

“어머! 세상에 이 땀 좀 봐.”

백가상은 유화의 얼굴이 땀으로 뒤덮여 있는 것을 보고 크게 놀라 수건으로 땀을 닦다가 더욱 놀라고 말았다.

유화의 얼굴이 불덩이처럼 뜨거웠기 때문이다.

아니, 얼굴만이 아니었다. 백가상이 확인해 보자 유화의 온몸이 펄펄 끓고 있었다.

"대체 어떻게 된 거예요? 어디가 아픈 거죠? 의원에겐 보였나요?"

"……."

백가상은 유화가 대답하지 않자 즉시 방문으로 달려갔다.

"잠깐만 기다려요! 내가 곧 의원을 데려오겠어요!"

"안 돼요."

유화가 급히 갈라진 소리를 냈다.

"왜 그래요?"

백가상은 방을 나가려다가 돌아보며 의아한 표정을 지었다.

"하아아… 의… 원은 안 돼요. 그리고 소용없어요……."

유화의 목소리가 더 갈라져 나왔고 목소리라기보다는 거친 숨소리에 가까웠다.

백가상은 잠시 망설이다가 다시 유화 곁으로 다가가 침상 옆에 의자를 끌어다가 그녀의 머리맡에 앉았다.

유화가 자신을 무엇 때문에 제지하는지 그녀로선 알 수 없었지만 사정이 있겠거니 여기고 묻지 않았다.

"감기인가요?"

"하아……."

유화는 뭐라고 말하려는 듯 입을 달싹거렸지만 말이 되어 입 밖으로 나오지는 않았다.

“아무에게도… 알리지… 말아요…….”

백가상이 잔뜩 걱정스럽게 유화를 바라보고 있을 때 유화는 한참 만에 겨우 그 말만 하고 스르르 눈을 감았다.

백가상은 그녀가 혼절한 것인지 잠을 자는 것인지 알 수 없어서 초조했으나 어쩔 도리가 없었다.

그녀가 할 수 있는 일이라고는 그저 차가운 물에 적신 수건을 유화의 이마에 얹어주어 열을 내려주거나 침상가에 앉아서 걱정스럽게 지켜보는 일뿐이었다.

백가상이 우림원에 와서 언니인 백아려와 함께 생활하게 된 것은 벌써 두어 달이 지났다.

그녀는 고연이 죽었다는 소문을 듣고는 수소문 끝에 장백파 사람들이 머물던 황하 복판의 섬 선중도에 있는 선인문까지 찾아가서 그의 죽음을 확인한 후에야 그 자리에서 졸도했었다.

되짚어보면 고연과 백가상의 만남 자체가 우여곡절이었다. 백가상은 언니인 백아려 때문에 흑살막에 옥룡공자를 잡아달라고 청부를 했었다.

그래서 흑쌍살은 고연을 옥룡공자로 오인하여 요서의 대청산에서 약초를 채집하고 있던 그를 비열한 방법으로 납치해 왔었다.

그런 고연을 백가상이 구해주었고 백가상을 죽이려는 혈사련 고수들로부터 다시 고연이 그녀를 구해주었다.

그리고 백가상은 부친인 낙성보주 낙성검군 백세욱으로부터 고연이 장백파 종주라는 사실을 알게 되었다.

이후 고연이 낙성보에서 기거하며 두 사람은 매우 가까운 사이가 되었다.

그리고 얼마 후 백아려를 위해서 이명과 결투를 하게 된 고연이 낙성보를 출발할 때 두 사람은 깊은 입맞춤을 나눴고, 또한 백가상은 고연이 비무대로 올라가려고 할 때 그에게 전음입밀로 '사랑해요'라고 자신의 진심을 고백했었다.

그런 그녀에게 고연의 죽음은 너무나 큰 충격이었다. 혼절했다가 깨어난 그녀는 자살해서 고연의 뒤를 따르려고 했으나 장백파 사람들에게 제지당하고 말았었다.

좌절한 그녀는 낙성보로 돌아가지도 않고 오랫동안 무림을 방황하다가 우림원에 와서 백아려와 함께 지내는 중에 어느 정도 안정을 되찾고 그대로 눌러앉아 버린 것이었다.

백아려는 현재의 생활에 몹시 만족하고 있었다. 이명이 유화만을 사랑하고 있다는 사실을 잘 알고 있으면서도 그저 그의 곁에 머물 수 있다는 것과 이명이 아주 가끔 육체적인 욕정을 풀기 위해 자신을 찾아와 주는 것만으로도 감사했다.

유화를 만난 사람은 남자든 여자든 성별을 떠나서 누구든 그녀를 싫어하는 경우는 여태 단 한 차례도 없었다.

유화는 여자로서는 완벽함 그 자체였으므로 남자들은 이성으로서 정신없이 끌렸고, 여자들은 같은 동성이면서도 유화에게 한없는 존경심과 성결함을 느끼고는 자신을 낮추면서까지 유화와 친해지고 가까워지려고 애썼다.

그런 점에서 백아려도 예외는 아니었다.

백아려는 이명이 유화를 일편단심 사모하고 있는 것을 조금도 질투하지 않았다. 아니, 질투할 수가 없었다.

그녀가 유화와 대화를 해본 결과 유화는 오직 헤어진 남편만을 생각하면서 수절하며 기다리고 있는데 이명이 혼자 짝사랑하면서 그녀를 붙잡고 있다는 사실을 알게 되었기 때문이다.

백아려는 틈만 나면 유화의 거처로 쫓아가서 시간을 보냈으므로 언니에게 놀러 와 머물게 된 백가상도 유화의 거처를 찾게 되어 그녀의 고매함과 완벽함에 매료된 것은 불문가지(不問可知).

솔직히 말하자면 백가상은 유화 때문에 우림원을 떠나지 못하고 있는 중이었다.

아니, 고연의 죽음 때문에 받았던 엄청난 충격이 유화를 만난 이후 많이 완화되고 있음을 스스로 깨닫고 있었기 때문이다.

그러나 백가상도 백아려도, 그리고 이명조차도 유화가 고연의 아내라는 사실은 꿈에서조차 모르고 있었다.

"아!"

대야의 물을 버리고 새 물을 떠서 방으로 돌아온 백가상은 침상에 유화가 누워 있지 않은 것을 발견하고 깜짝 놀랐다.

"그렇게 아픈 사람이 이 밤중에 어딜 간 걸까?"

백가상은 대야를 침상 아래에 내려놓고 서둘러 유화를 찾으러 방을 나섰다.

"사형께 드릴 좋은 선물이 있습니다."

이명이 중요한 일로 고심을 하고 있는데 사르토가 찾아와서 불쑥 말하며 의미있는 미소를 슬며시 지어 보였다.

"뭔가?"

이명은 사부인 한비의 부탁으로 받아들인 사르토가 비록 성격은 난

폭하고 급하지만 아직까지 시킨 일은 실수없이 잘 처리하고 있었고, 또한 어찌 됐든 사제라는 입장 때문에 측근에 두게 된 것을 후회한 적은 없었다.

"잠시 함께 가시지요."

사르토는 넌지시 종용했다.

그는 부친이 오정산 산채의 서돌궐 백성들을 이끌고 이주한 토곡혼(청해)을 한비가 이명의 부친 이설에게 부탁하여 얻어냈다는 사실을 알고 있었다.

그리고 이명이 곧 그 누구도 이룩하지 못한 거대한 대제국의 황제에 즉위할 것이라는 사실을 한비로부터도 들었다.

그는 부친 시타르탄 밑에서 기껏해야 수천 명에 이르는 군사들의 대장군 노릇을 하는 것에 진작부터 신물이 나 있던 터였는데 이명의 측근으로 발탁되어 드넓은 대륙을 누비면서 비로소 안계(眼界)를 넓히게 되자 자신이 서돌궐의 대장군이었던 것은 동네 골목대장에 불과했다는 사실을 뼈저리게 깨달을 수 있었다.

그래서 그는 다시 부친에게 돌아가 골목대장 노릇이나 하다가 부친이 죽으면 코딱지만한 영토를 물려받아 발율국의 왕이 될 생각은 손톱만큼도 없었다.

발율국의 왕보다는 대제국 황제의 왼팔이 되는 편이 훨씬 더 자신의 야망에 부합된다고 판단한 사르토가 이명에게 목숨 바쳐 충성을 다하는 것은 당연한 일이었다.

"들어가시지요."

사르토가 안내하여 공손히 방문까지 열어준 곳은 다름 아닌 이명의 침실이었다.

"선물은 바로 저겁니다."

사르토는 다소 의기양양한 표정으로 침상을 가리켰고, 침상에는 유화가 누워 있었다.

"……!"

순간 이명의 온몸이 얼어붙었다.

그의 얼굴에는 그가 생애에서 최초로 지어 보이는 경악지색이 가득 떠올랐다.

그는 눈을 부릅뜨고 유화를 쏘아보면서 너무도 엄청난 이 상황을 이해하려고 애썼다.

유화의 얼굴에서는 땀이 비 오듯 흘렀고 온몸이 사시나무 떨듯이 가늘게 떨리고 있었으며 열이 펄펄 끓고 있었다.

'춘약!'

이명은 유화에게 가까이 다가가지도 만져 보지도 않고 그녀를 보는 순간 그녀가 춘약에 중독됐다는 사실을 단번에 직감했다.

그는 자신의 욕정을 채우려고 수많은 여자들을 유린했었지만 단 한 번도 춘약이라는 더러운 방법을 사용한 적이 없었다. 오히려 춘약을 사용하는 자들을 죽이고 싶도록 경멸했다.

"하하하! 소제가 어렸을 때부터 좀 눈치가 빠르다는 소리를 들었습니다! 소제는 이곳에 와서 얼마 지나지 않아 사형께서 저 여자를 몹시 사랑하면서도 손에 넣지 못하시는 걸 짐작하고는 줄곧 마음 아파했었습니다!"

이명은 눈도 깜빡이지 않고 유화를 쏘아보는데 어금니는 악다물려 있었고 움켜쥔 두 주먹은 부들부들 떨렸다.

사르토는 이명의 그런 모습이 너무 감격하거나 흥분해서인 줄 착각하고 더욱 신이 나서 언성을 높였다.

"하하! 어떻습니까, 사형? 정말 간단하지 않습니까? 사형께서는 그저 눈 딱 감고 시식만 하시면 됩니다! 자고로 옛말에도 요리와 여자는 식기 전에 먹어야 한다고……."

그러나 그는 말끝을 흐렸다. 이명이 자신을 향해 왼팔을 뻗는 것을 보았기 때문이다.

후우우…….

"엇?"

이명의 손에서 항거할 수 없는 접인신공(接引神功)이 흘러나와 사르토의 몸을 감싸더니 빠르고도 강하게 끌어당겼다.

콱!

"큭!"

이명은 끌려오는 사르토의 목을 왼손을 갈고리처럼 만들어 거침없이 움켜잡았다.

사르토는 목이 잡혔을 뿐인데 숨을 쉴 수가 없을 뿐만 아니라 온몸의 내공이 순식간에 사라지는 것을 느꼈다.

이명이 사르토의 목을 통해 자신의 내공을 주입시켜서 그의 전신 혈도를 제압해 버린 것이었다.

이명이 팔을 쭉 뻗어 천천히 들어 올리자 사르토는 두 발바닥이 바닥에서 떠오르며 사지를 버둥거리면서 간신히 신음을 흘렸다.

"끄으으… 사형… 대체 왜……."

"사르토는 어디에 있느냐?"

"태자님을 뵈러 간다고 나갔어요."

　방으로 들어선 한비의 물음에 율리아(栗利阿)는 창밖을 내다보고 있다가 급히 돌아서서 공손히 대답했다.

　파르마의 부친 타클라와 율리아의 부친 물란은 같은 신분인 서돌궐의 샤드로서 절친한 친구 사이였다.

　또한 남매 간인 사르토와 미라는 파르마, 율리아와 친형제처럼 허물없이 어린 시절을 보냈었다.

　율리아는 동돌궐에 붙잡혀 있다가 고연에게 구해져서 오정산의 산채로 오게 된 후 불운하게도 사르토의 육체의 노예가 돼버렸었다.

　사르토는 오직 파르마만을 사랑하면서도 파르마와 체구나 용모가 비슷한 율리아를 파르마 대용으로 짓밟으면서 나름대로의 욕구를 충족시켜 왔었다.

　삼 년의 세월이 흐르는 동안 율리아는 사르토를 진심으로 사랑하게 되었다.

　하지만 사르토는 여전히 그녀의 몸뚱이만 탐닉했다. 그러면서도 자신이 어딜 가든 그녀를 데리고 다녔다. 율리아는 사르토의 애완동물이었고 또 하수구나 다름없었다.

　"태자님을?"

　"무슨 좋은 일이 있나 봐요. 자기가 태자님의 숙원을 들어주게 됐다며 태자님이 자길 은인으로 여기게 될 거랬어요."

　율리아의 말이 무얼 뜻하는지는 알 수 없었지만 한비는 왠지 불안한 느낌이 드는 것을 떨쳐 버릴 수가 없었다.

　그는 원래 사르토가 마음에 썩 들어서 제자로 거둔 것이 아니었다. 한비의 또 다른 신분인 절대검신이라는 사실을 알게 된 사르토가 자신을 제자로 거두어달라고 반 협박에다가 통사정을 했기 때문에 어쩔 수가 없었다.

그렇다고 무조건 협박에만 굴해서 사르토를 제자로 거둘 무책임한 한비는 아니었다.

그에게서 뛰어난 무공 자질을 발견하지 못했다면 무슨 일이 있어도 제자로 거두지 않았을 것이다.

“아저씨, 적적하시면 제가 술이라도 대접…….”

평소 한비를 좋아하고 잘 따르던 율리아가 예쁘게 미소 지으면서 말하고 있는데 한비는 서둘러 방을 나가 버렸다.

“무슨 짓을 한 것이냐?”

사르토는 언제나 조용하기만 하던 이명이 지금처럼 무서운 표정을 짓는 것을 처음 보았다.

그래서 그는 지금 자신이 처한 상황이 꿈도 아니고 착각도 아니라는 사실을 깨닫는 데에 잠시의 시간이 필요했다. 이명의 목소리에는 살기가 짙게 배어 있었다.

“끄으… 소제는… 오직 사형을 위해서… 저 계집을…….”

“아가리를 찢어놓기 전에 닥치지 못하겠느냐! 감히 누구에게 계집이라는 것이냐!”

이명의 일갈은 차라리 서릿발이었다.

같은 남자라 하더라도 여성관은 능히 다를 수 있는 법이다. 사르토에게 사랑이란 지배해야 할 그 무엇이라면, 이명에겐 사랑이란 감동으로 그녀의 몸과 정신 속에 녹아드는 것이라고 할 수 있다.

하나 사르토 같은 남자는 삼생이 아니라 십생을 살아도 이명의 여성관을 결코 이해하지 못할 것이다.

“끄윽… 끄으… 잘못했습니다……. 뭔지는 모르지만… 용서하십시오…….”

사르토는 이대로 잠시가 지나면 자신의 숨이 끊어지리라는 사실을 예감했다.

왜 죽어야 하는지 이유도 모르는 채 죽을 수는 없었다.

아니, 이유를 알고 죽든 모르고 죽든 어쨌든 이대로 죽을 수는 없는 노릇이었다.

그래도 그는 결코 반항하지 않고 용서만을 구했다.

“이놈, 사르토! 네놈이 결국!”

그때 두 사람 뒤에서 한비의 벼락같은 호통이 터졌다.

이명은 냉엄한 얼굴로 한비를 쏘아보았다.

“결국… 이라는 말은, 이놈이 무엇 때문에 유화 소저에게 이런 짓을 했는지 사부님도 알고 계시다는 뜻입니까?”

한비의 기억으로는, 제자 같지 않은 제자가 사부 같지 않은 사부인 자신을 저토록 분노에 가득 찬 표정으로 쳐다보며 살얼음 같은 목소리로 말한 적이 한 번도 없었다.

“태자님…….”

한비는 쉽사리 사실을 털어놓을 수 없었다.

이명이 진실을 알게 되면 유화에게서 손을 뗄지도 모른다는 우려에서였다.

유화처럼 완벽한 여자는 역시 이명처럼 완벽한 사내를 남편으로 얻어야만 한다는 것이 한비의 판단이었다.

“사부님이라고 해도 용서하지 않겠습니다. 대체 무엇입니까, 두 사람은 알고 있는데 나만 모르고 있는 것이?”

용서하지 않겠다는 말은 죽일 수도 있다는 뜻이다. 이명이 굳이 말로 설명하지 않아도 한비는 그것을 이명의 이글거리는 눈빛에서 느낄 수 있었다.

"그녀는……."

한비의 복잡하게 일렁이는 눈빛의 끝이 침상에서 열에 들떠 앓고 있는 유화의 얼굴에 닿았다.

유화와의 첫 만남에서,

한비는 고연에 대해서 입도 뻥끗하지 않았음에도 그에게서 고연의 흔적과 체취를 금세 알아냈을 정도로 유화의 고연에 대한 사랑은 인세에는 결코 없을 지순(至純)한 것이었다.

그녀는 고연이 죽었다고 해서 결코 절개를 꺾지 않으리라. 단 한 사람, 그녀를 꺾고 취할 수 있는 사내는 천하에 이명뿐이다.

그런데 그마저도 유화에게 향한 마음을 접게 된다면, 유화는 혼자서 괴로워하다가… 슬퍼하다가… 그 시름 때문에 병을 얻어 죽게 될 것이라는 사실을, 한비는 손바닥을 들여다보듯이 예감하고 있어서 말을 못하고 있는 것이다.

그러나 그는 아직 유화에 대해서도, 이명에 대해서도 잘 모르고 있었다.

"고연의 아내입니다."

그러나 한비는 결국 그 사실을 털어놓고 말았다.

순간 이명의 얼굴에 더할 수 없는 경악이 떠올랐다. 눈이 찢어질 듯이 커졌고, 이 천하에 짝을 찾을 수 없을 정도로 뛰어난 영웅이 입까지 쩍 벌리면서 놀라고 있었다.

"지금… 뭐라고 말했소?"

　사부에게 의무적으로 하던 경어도 이 순간만큼은 ‘했소’로 격하됐다. 그러나 한비에게는 그런 게 중요하지 않았다.

　“설마 사부가 고 형을 안다는 게요?”

　한비의 대답은 간단했다.

　“그는 저의 의제입니다.”

　그리고 무덤 속 같은 침묵이 흘렀다.

　그 무엇으로도, 그 어떤 일로도 놀라움을 얼굴에 떠올려 본 적이 없던 이명이었다.

　아니, 이날까지 한 번도 놀라움이니 경악 같은 것과 거리가 멀었던 그는, 바로 지금 얼굴 가득 떠올라 있는 경악지색을 감추려고도 삭이려고도 하지 않은 채 한비를 쳐다보았다.

　이명의 놀라움은 한비가 예상했던 것 이상이었다. 한비의 냉철함은 이런 상황일수록 더욱 빛을 발했다.

　이제는 수습을 해야 할 때다. 어떤 희생을 치르더라도, 그리고 지금은 뭔가 작지도 않지만 크지도 않은, 이명의 경악을 상쇄시켜 줄 만한 크기의 희생양이 필요했다.

　한비의 시선이 얼굴이 홍당무처럼 시뻘겋게 변한 사르토에게 고정되었다.

　그는 사르토를 쳐다보는 순간 그를 희생양으로 정했다. 한비에게 있어서 사르토라는 존재는, 고연이나 유화에 비하면 발가락에 긴 때 같은 존재일 뿐이었다.

　그리고 한비의 입에서 튀어나오는 엄한 꾸중.

　“이놈아! 네놈이 아무리 연 아우를 증오했기로서니 그의 아내를 이런 식으로 능멸하느냐!”

"끄으으……."

변명의 여지가 없는 사르토는, 그래도 무슨 말인가 해야 했지만 이명의 거센 손아귀 안에서 인후(咽喉)가 찰싹 밀착되어 있어서 숨조차 쉬지 못하는 상태였다.

그는 금방이라도 뽑혀져 나올 듯 튀어나온 두 눈만 끔뻑거리며 이명을 쳐다보려고 무진 애를 쓰다가 간신히 이명의 얼굴을 쳐다볼 수 있게 되었다.

하나 그는 이명의 두 눈에서 쏟아져 나오는 새파란 살광을 보지 말았어야 했다.

으직!

이명이 왼손에 힘을 주자 사르토의 목이 수수깡처럼 간단하게 부러져 나갔다.

그래도 이명은 분이 풀리지 않았다.

그는 자신의 손 위에서 뼈가 부러져 흔들거리는 사르토의 얼굴을 무섭게 쏘아보았다.

사르토의 두 눈은 튀어나와 뺨에서 대롱거렸고 혀는 뱀처럼 길게 꾸물꾸물 기어 나오고 있었다.

화아악!

이명의 왼팔이 붉게 물드는가 싶더니 사르토의 온몸이 하얗고 파란 불길에 휩싸였다가 순식간에 타버려 재가 되어 바닥으로 부스스 흩어져 떨어졌다.

이명이 극양지공을 뿜어내서 사르토를 태워 버린 것이다.

한비는 그 광경을 보며 소리없이 가슴을 쓸어 내렸다. 이것으로 일단 이명의 분노가 한풀 꺾인 것으로 판단했다.

이젠 이명이 유화를 포기하지 못하도록 해야 하는 일이 남았다. 그 길만이 형으로서 먼저 간 사랑하는 아우를 위하는 것이라고 한비는 굳게 믿었다.

이명은 지난 사흘 동안 물 한 모금도 마시지 않고 잠도 자지 않으면서 꼬박 유화의 곁을 지켰다.

그런 이명을 보면서 한비는 그가 유화를 사랑하는 마음이 자신이 짐작했던 것보다 훨씬 더 높고 깊다는 것을 깨닫게 되었다. 그래서 결코 그가 유화를 버리는 일 따위는 벌어지지 않을 것이라고 판단하여 어느 정도 안심이 됐다.

한비가 이명을 보면서 감탄했다면, 이명은 유화를 보면서 감탄을 거듭하고 있었다. 자신이 선택한 여자의 인내심과 절개에 존경심마저도 느껴졌다.

유화는 춘약에 중독된 지 사흘 하고도 반나절이 지났지만 그녀가 한 행동이라곤 침상에 가만히 누워 있는 것일 뿐 사내를 요구하기는커녕 그 어떤 행동도 취하지 않았다.

춘약에 중독되면 대개, 아니, 모든 여자가 뜨겁게 흥분된 몸을 주체하지 못하고 길어야 반나절 안에 온몸을 비꼬면서 간절하게 사내의 음경을 갈구하게 된다.

제아무리 정신력이 강해도 육체가 따라주지 않기 때문이다. 춘약의 중독을 해독하는 방법은 오직 사내와의 본능적인 성교로 인한 양기(陽氣)의 주입만이 있을 뿐 그 어떤 방법도 무용하다.

그것은 순결한 숫처녀도 수백 차례 성교를 경험한 무르익은 여자의 구분이 없었다.

입술을 깨물고 별별 짓을 다 해봐도 백무소용이다. 몸이라는 것은 거짓말을 하지 않기 때문이다.

유두는 더 이상 커질 수 없을 만큼 딱딱하게 커지고, 옥문에서는 주체할 수 없는 애액이 흐르며, 동공은 풀어지고 몸 전체에서 뜨거운 열기가 뿜어지며 피부가 붉게 충혈된다.

춘약에 중독되면 기절도 할 수 없다. 사내를, 사내의 음경이 옥문에 삽입되는 것만을 처절하게 갈구하다가 그것이 이루어지지 않으면 온몸의 피가 마르고 기력이 고갈되고 음기가 완전히 바닥이 나면서 그때 비로소 죽게 되는 것이다.

이명이 춘약에 대해서 모를 리 없다.

아니, 너무나 잘 알고 있다. 그는 지금 이 순간 유화가 파도처럼 밀려드는 욕정과 처절한 사투를 벌이고 있음을 눈으로 보듯이 잘 알고 있었다.

그녀는 두 눈을 꼭 감았고 입술을 약하게 깨문 모습인데, 두 주먹을 꼭 쥔 채 가슴에 얹고 있었다.

그리고는 몸을 학질에 걸린 사람처럼 가늘게 떨어댔다. 겉으로 봐서는 춘약에 중독됐다는 사실을 조금도 식별할 수 없었고 단지 감기에 걸린 듯한 모습일 뿐이었다.

사내 이명이 손만 뻗으면 닿을 수 있는 바로 옆에 앉아 있는데도 그녀는 눈조차 뜨지 않았고 뜨거운 숨소리 한 번 내쉬지 않았으며 그저 바짝 타서 갈라진 입술을 약하게 깨문 정도로 극도의 욕정과 외로운 싸움을 벌이고 있었다.

그런 유화에게 이명은 사랑하는 여자에게가 아니라 같은 인간으로서 감탄을 넘어선 존경을 금치 못하고 있는 것이다.

그러면서도 동시에 참담함을 맛보며 앉아 있는 이명이었다. 그는 직접 춘약에 중독되지 않았을 뿐이지 내심으로는 유화와 거의 같은 수준의 고통과 싸우고 있었다.

아니, 차라리 갈등이라고 해야 마땅할 보이지 않는 괴물과 정말 힘겨운 싸움을 벌이는 중이었다.

역시 손만 뻗으면 취할 수 있는 평생의 염원인 한 여자를 앞에 두고서.

고연은 죽었다.

그리고 이명 자신이 사랑하는 여자는 자신의 단 하나뿐인 친구 고연의 아내다.

초야조차도 치르지 못한 채 장장 육 년 동안 고연만을 기다리던 여자였다.

어쩌면 지극히 간단할 수도 있는 해결 방법이 있었다. 고연이 죽었다는 사실을 유화에게 말해 버리는 것이다.

그리고 자신이 고연의 친구였다고 슬쩍 부언하는 것이다. 그것도 아주 절친했던 친구라고.

유화는 필경 절망할 것이다. 그리고 그녀 앞에는 오직 두 가지 선택만이 놓이게 될 것이다.

오랜 기다림을 끝내는 것, 즉 고연을 포기하고 새 삶을 찾는 방법과 절개를 지켜 고연을 따라 자결하는 방법이 그것일 터이다.

만약 유화가 후자를 선택하지 않을 것이라는 확신만 이명에게 있었더라면 그는 고민할 것도 없이 이미 사흘 전에 그녀에게 고연의 죽음을 말했을 것이다.

그녀가 후자를 선택하지 않고 전자를 선택한다면, 그녀에게 새 삶을,

인간으로서 누릴 수 있는 가장 높은 곳의 부귀영화와 명예를 주게 될
사람은 당연히 이명이 될 것이다.

"연 아우를 위해서라도, 태자님께서 제수씨를 취해주십시오. 제수씨는 꼭
행복해야 할 여자입니다."

한비는 그렇게 이명에게 간곡히 부탁했었다.
'고 형을 위해서가 아니다! 고 형을 위할 정도로 지금의 나는 여유롭
지 않아! 나를 위해서, 그리고 유화를 위해서 그녀를 아내로 맞이해야
만 하는 것이다!'
그것이 이명의 진심이었다.
그리고 그는 결국 사흘 내내 무던히도 고심하던 것에 대해서 지금
막 결정을 내리고 말았다. 더 이상 지체하다가는 유화가 죽을 것 같았
기 때문이다.
"나는 그대의 남편을 아오. 나와는 친구였소."
사흘 동안 굳게 닫혀 있는 이명의 입이 열리면서 약간 쉰 듯 가라앉
은 음성이 흘러나왔다.
그는 내 말을 믿으라고, 믿어야 한다고는 결코 강조하지 않았다. 모
든 사람들이 다 알고 있듯이 유화도 이명이 거짓말을 하지 않는 사람
이라는 것을 알고 있을 테니까.
유화 얼굴에는 표정의 변화가 없었다. 몸속의 수분이 말랐는지 땀도
더 이상 흐르지 않았다.
그녀는 입술을 깨문 채 눈을 꼭 감고 있을 뿐 어떤 반응도 보이지 않
았다.

그리고 이명은 결정적인 말을 이었다.

"고 형은 죽었소, 반년 전에."

그 말을 하면서 이명은 유화에게서 시선을 떼지 않았다. 그녀의 속눈썹 하나라도 떨리는 것을 놓치지 않으려는 의지였다.

부르르…….

그 순간 유화의 가녀린 몸이 세찬 바람에 문풍지 울리듯이 떨렸다. 그 떨림은 여태까지 욕정을 이겨내느라 몸을 떨던 것과는 확연히 다른 종류였다.

그 직후 죽을 때까지라도 절대 떠질 것 같지 않던 그녀의 눈이 가늘게 떨리면서 천천히 떠졌다.

"그분이 돌아가신 것을 직접 보았나요?"

사흘 반나절 동안, 그리고 지금 이 순간에도 춘약 중독 때문에 극심한 고통을 겪고 있으며 죽어가고 있는 여자의 음성이라고는 추호도 여길 수 없는 차분하고 조용한 물음이 그녀의 메마르고 갈라진 입술 사이에서 흘러나왔다.

그녀의 그런 완벽함 때문에, 그런 차분함과 자기 절제 때문에 이명은 더욱 괴로우면서도 한시바삐 그녀를 그 수렁에서 건져 내야겠다는 결심을 다잡았다.

"직접 보지 못했소. 하나 고 형이 죽은 것은 분명하오."

이명의 음성은 단호할 수밖에 없었다.

그는 고연이 죽었다는 소문을 듣는 즉시 수백 명의 수하들을 모조리 풀어 사실을 확인하라고 명령했고 그 결과는 명백한 고연의 죽음으로 돌아왔었다.

그리고 지난 칠 개월간 고연의 모습과 행적은 무림 어느 곳에서도 발견되지 않았었다.

또한 사흘 전에 한비가 이명에게 고연이 자신의 의제이며 유화가 제수씨라고 밝히면서 고연이 분명히 죽었음을 재차 확인해 주기까지 했다.

고연이 벼랑에서 추락한 직후 고연의 죽음을 가장 가까이에서 확인한 사람 중에 한 명이 한비였으므로, 그랬기에 이명이 고연의 죽음을 확신하는 것은 당연했다.

사실 알려지지 않았지만 이명은 대황문(大皇門)이라는 사조직(私組織)을 갖고 있었다.

문파 고수의 수효는 삼백여 명 정도로 중소 규모지만 그들은 하나같이 일류급 이상의 황궁 고수(皇宮高手)들로서 군관(軍官)이나 무술 교두(武術敎頭)들이었다.

문파명을 대황문이라고 지은 이유는 자신이 장차 대제국을 건설하여 '대황제(大皇帝)'에 즉위할 것이라는 야망을 품고 있었기 때문이고 문주(門主)는 당연히 이명 그였다.

대황문의 고수들은 당의 황궁 고수이기 전에 대황문 사람이었고 이명 개인의 친위 조직(親衛組織)인 동시에 그림자 같은 수족들이었다. 이명의 말 한마디에 목숨을 초개처럼 내던질 만큼 충성심으로 똘똘 뭉쳐진 고수들이기도 했다.

"연 대가의 시신을, 그분의 몸에서 영혼이 떠났음을 누군가 직접 확인하지 않은 이상 저는 그분의 죽음을 믿지 않겠어요."

그런데 유화의 입에서 흘러나온 말은 전혀 예상 밖이어서 이명은 흠칫 표정이 굳어졌다.

"유화 소저……."

이명은 부지중 자신도 모르게 어이없는 중얼거림을 흘려냈다. 고연이 죽었다는데도 고집을 부리는 그녀가 가련했고 또 원망스럽다는 생각마저 들었다.

스르—

그때 방문이 열리며 여태껏 방문 밖에 서서 방 안의 얘기를 듣고 있었던 한비가 조용히 실내로 들어와 이명에게 공손히 허리를 굽히고 나서 침상가로 다가왔다.

한비는 물끄러미 유화를 굽어보았다.

그의 눈에는 애잔함이 가득했다. 그러나 애잔함은 곧 단호함으로 변했다.

"제수씨, 연 아우는 죽었소. 두 번 다시 기억하고 싶지 않은 그 광경을 나는 두 눈으로 똑똑히 목격했소."

유화는 고개를 돌려 한비를 돌아보지는 않았지만 목소리만 듣고도 그가 누군지 알았다.

한비의 말에 유화의 몸이 조금 전보다 더욱 세차게 바르르 떨렸다. 그녀는 두 주먹을 꼭 쥔 채 가슴에 얹고 팔을 바들바들 떨어댔다.

그런 모습은 이명이나 한비 모두에게 견디기 힘든 고문이나 다름없었다.

몸을 지지고 찢는 고문이 아니라 마음을 조각내고 동정심과 애정에 생채기를 내는, 육체적인 고문보다 더 아픈 고문이었다.

하나 한비는 독해야만 했다. 지금 잠시 독한 마음을 먹고 한차례 가슴이 찢어질 듯이 아프기만 하면 사랑하는 연 아우의 아내를 평생 행복하게 만들어줄 수 있기 때문이다.

"연 아우가 죽을 당시 나는 그 자리에 있었소."

그는 거짓말을 했다.

그 당시 그는 고연이 벼랑에서 추락한 직후에 현장에 도착했다가 십절성녀 세라에게 발각되어 분루를 감추며 그 자리를 떠나야만 했었다.

"나중에 알게 된 사실이지만 연 아우는 네 살배기 어린아이를 구하려다가 악인들의 음모에 빠진 거였소. 그는 여러 차례에 걸쳐서 극심한 중상을 입고도 수많은 추적자들에게 쫓겨 결국 소림사 십팔나한의 집중 공격을 받고 온몸이 피투성이가 되었소."

한비는 흐르는 눈물을 주체할 수 없었다. 고연이 죽은 후 지난 반년 동안 더욱 거칠고 주름에 골이 깊게 패이게 된 그의 뺨 위로 굵은 눈물이 흘러내렸다.

지금 그가 하고 있는 말은 그가 나중에 다른 사람들로부터 듣게 된 사실이었지만 그는 울지 않고는 고연이 죽었다는 사실을 입 밖으로 꺼낼 수가 없었다.

"내가 도착했을 때 연 아우는 온몸이 한 군데도 성한 데가 없는 만신창이 몸으로 벼랑가에 서 있었소. 그리고 그는 하늘을 우러러보면서 너무도 허망하게 중얼거렸소. 그가 한 말은… '허헛! 유화… 이제는 정말 그대를 못 보게 되는구려' 였소. 나는… 미친 듯이 연 아우에게 달려갔지만… 간발의 차이로 연 아우는 십팔나한의 장풍에 적중되어 천 길 낭떠러지의 허공으로 높이 튕겨져 나갔소. 착각이었는지 모르겠지만 그때 허공 중에 떠 있는 연 아우의 얼굴에 아주 평온한 표정이 떠오른 것 같았소. 그리고 그게… 끝이었소. 그 이후 나는 두 번 다시 연 아우를… 보지 못했소. 낭떠러지 아래까지 내려가 봤지만… 날카로운 바위들과 거친 급류만 흐르고 있었을 뿐 어디에서도 연 아우의 시신을 찾지 못했소. 나는… 나는……."

한비는 몸을 부들부들 떨면서 말을 끝까지 잇지 못하고 침상가에 주저앉으며 통곡했다.

"어헝! 내 잘못이오! 그전에 두어 차례 연 아우를 살릴 기회가 있었는데… 내가 너무 방만했소! 그래서 연 아우를 제대로 돌보지 못했소……. 끄어헝! 내가 죽일 놈이오, 제수씨!"

한비는 바닥에 머리를 쿵쿵 짓찧으면서 통곡을 멈추지 않았다. 그는 유화에 대해서만큼은 이명을 도울 생각이 추호도 없었다. 다만 유화만을 위해서 그녀를 이명에게 보내려는 것이다.

그는 그가 알고 있는 진실을 거짓이라는 수단으로 말했지만 그의 마음은 그 진실 때문에 통곡했다.

이명은 울어본 적이 없는 사람이다.

그래서 이런 상황에서조차도 눈물은커녕 눈에 물기조차 서리지 않았다.

그런 그가 반듯하게 누운 유화의 눈에서 샘물처럼 눈물이 흐르는 것을 보고는 가슴이 뭉클해지면서 눈가가 뜨뜻해졌다.

그 어떤 일로도 끄떡하지 않는 이명이지만, 오직 유화 한 사람만이 그를 울리기도 웃기기도 할 수 있었다.

"그러시던가요? 연 대가께서… 절 못 보게 될 것이라고."

유화는 맑게 울면서 고요히 중얼거렸다.

누군가를 통해서 고연에 대한 첫 소식을 듣게 된 것이 그의 죽음을 알리는 소식이었다.

"크흐흑! 그렇소! 요동성에서 열다섯 살에 혼인하여 아무것도 준 것 없이 어린 아내의 귓등에 며느리밥풀꽃 한 송이만 꽂아주고는 그나마도 실수를 했었다고 두고두고 후회하면서… 나중에 아내를 만나면… 죽을 때까지 한시도 떨어지지 않겠다고 언제나 입버릇처럼 말했었소……. 크흐흑! 술이 취하면 장안성이 있는 서쪽의 밤하늘을 망연히 바라보다가 '유화, 보고 싶소. 조금만 기다리시오'라며 실성한 사람처럼 중얼거리던 그였는데……."

한비는 또 말을 제대로 잇지 못했다. 오정산 산채에서 고연은 정말 그랬었다.

오죽하면 한비나 시타르탄이 고연과 술만 마시면 고연의 슬픔을 달래느라 진땀을 흘렸을 정도였겠는가.

이명은 이제야 비로소 알게 되었다. 왜 유화가 그토록 며느리밥풀꽃에만 집착했었는지를…….

유화가 원하기만 하면 이명은 그녀에게 천하를 송두리째 줄 수도 있고 오래지 않아 더 큰 천하도 줄 수 있다. 아니, 이명 자신의 목숨마저도 선뜻 바칠 수 있었다.

그런데 이 바보천치 같은 여자는 하잘것없는 꽃 한 송이를 받고는 육 년 세월 동안 그 추억만 부여안고 살아온 것이다.

그깟 꽃 한 송이에 추억이 담겨 있다면 얼마나 있다고…….

이명의 눈에도 물기가 고였다.

그러나 그는 고연 때문에 슬픈 것이 아니라 유화가 불쌍해서 우는 것이다.

자신이 목숨처럼 사랑하는 여인 때문에 우는 것이다.

"후후, 항상 옳으신 연 대가께서 이번에는 틀렸군요."

유화는 눈으로는 울고 입으로는 엷게 미소 지으면서 속삭이듯 중얼거렸다.

마치 그녀의 시선이 닿은 허공 어딘가에 고연의 모습이 보이기라도 하는 듯.

"우린 더 이상 못 보지 않아요. 생과 사가 무에 그리 중요한가요?"

유화의 입가에 떠올랐던 미소가 그윽하게 변했다. 이명과 한비는 그 미소의 의미를 알지 못했다. 그런 미소의 의미를 알 수 있는 사람은 오직 고연뿐일 것이다.

"흐윽!"

갑자기 유화가 몸을 세차게 떨면서 온몸을 뻣뻣하게 경직시켰다. 있는 힘껏 깨문 입술이 툭 터지면서 새빨간 피가 턱을 타고 흘러내렸다.

"유화 소저!"

"제수씨!"

이명과 한비가 급히 유화에게 달려들면서 동시에 다급히 외쳤다.

그 순간 춘약의 고통이 막바지에 이르렀다는 것과 이제 시간이 거의 없다는 사실을 두 사람은 동시에 깨달았다.

지금 즉시 손을 쓰지 않는다면, 남자와, 아니, 이명과 몸을 섞지 않으면 유화는 반 시진쯤 후에 기력이 고갈되어 죽고 말 것이다.

그때 한비가 결정적인 말을 입 밖으로 꺼냈다.

"제수씨! 나는 사 년 동안 연 아우와 함께 생활했었소! 그는 평소 내게 부탁했었소! 만약 자기에게 무슨 일이 생기면 제수씨를 찾아내어 훌륭한 남자와 짝을 맺어주라고 말이오! 정말이오! 내 말을 믿으시오! 제수씨가 연 아우를 잊는 것은 절대 절개를 꺾는 것이 아니오! 오히려 지하에 있는 연 아우의 소원을 들어주는 것이오! 제발… 연 아우와 제수씨 모두를 위해서 현명한 결정을 내려주시오!"

한비의 마지막 거짓말이었다.

아니, 진실이었다.

그는 자신이 죽기 직전의 고연을 만날 수만 있었다면 고연이 분명히 그렇게 부탁했을 것이라고 믿고 싶었다.

그리고 한비는 유화의 불행을 이 자리에서 단칼에 끊어버리고 이후 그녀가 죽을 때까지 행복해질 수만 있다면 악마하고도 거래를 할 준비가 되어 있었다.

그런 거짓말을 하면서 그는 어쩌면 자신이 악마가 되어 있는지도 모른다는 생각을 아주 잠깐 했다.

유화는 처절한 고통과 싸우면서도 입 밖으로 신음조차 흘려내지 않았다.

잠시가 지나 고통이 한풀 꺾이자 그녀는 터져서 피가 흐르는 입술 사이로 들릴 듯 말 듯 한숨을 길게 토해낸 뒤 눈을 감고 조용히 입을 열었다.

"연 대가께서 돌아가신 것이 분명하다면 저로서도 이제 결심을 해야겠군요. 두 분께선 잠시 나갔다가 오시겠어요?"

"……!"

이명은 자신의 귀를 의심할 정도로 놀랐다. 유화의 말은 누가 들어도 이제 고연을 잊고 새 삶을 찾겠다는 뜻이 아닌가.

이명이 믿어지지 않는다는 표정으로 한비를 쳐다보자 그는 너무도 기뻐하는 표정을 짓고 있다가 이명에게 미미하게 고개를 끄덕여 보이더니 즉시 일어서며 나가자는 시늉을 해 보이고는 먼저 문 쪽으로 빠르게 걸어갔다.

이명은 잠시 물끄러미 유화를 굽어보는데 그의 가슴속에서는 만감이 교차했다.

유화는 눈을 감고 두 손을 가슴 위에 포개어 얹고 있는데 여태까지와는 달리 매우 평온한 표정이었다.

그런 표정은 이명의 마음속에 조금이나마 남아 있던 미심쩍은 기분을 일소시키기에 충분했다.

이명은 유화가 고연을 정리하고 다른 남자, 즉 이명 자신을 받아들일 마음의 준비가 필요할 것이라고 생각했다.

"곧 오겠소."

이명은 곧 자신의 여자가 될 유화를 굽어보면서 부드러운 미소를 지으며 말했다.

"당신의 친절은 언제나 마음속으로 고마워하고 있어요."

이명이 방문 쪽으로 걸어가는데 등 뒤에서 유화의 나직한 음성이 들려왔다.

그는 걸음을 멈추고 돌아보며 방금 전보다 더 따스하고 부드러운 미소를 지어 보였다.

"그러지 않아도 되오. 앞으로 그대는 그보다 더한 친절과 사랑에 익숙해져야 할 게요. 나는 그대를 죽지 않을 만큼 행복하게 해줄 자신이 있소."

이명은 아주 흡족한 기분으로 방을 나갔다. 하늘이 유난히도 청명하고 높았는데 사흘 전에 방으로 들어가기 전에 보았던 하늘과는 전혀 다른 하늘이었다.

'아아! 이제 됐어! 마치 천하를 얻은 것 같은 기분이로군!'

유화는 눈을 뜨고 천장을 응시했다. 그녀의 눈빛이 그 어느 때보다도 맑았다.

"나 고연은 살아서도 죽어서도 그대 유화의 남자입니다."

육 년 전, 요동성에서 혼례 직후에 정원을 나란히 거닐다가 고연이 했던 말을 떠올리고는 아스라한 미소를 머금었다.

"우린 반드시 만나게 될 거예요."

고연의 말에 유화는 그렇게 화답했었다.

그녀는 한비의 말을 믿지 않았다. 아니, 어느 것은 믿고 어느 것은 믿지 않았다.

말은 한비가 했어도 믿고 안 믿고는 그녀의 몫이다. 그녀는 한비의 말을 가려서 들었다.

'잠시만 기다려요, 연 대가. 곧 당신께 가겠어요.'

유화는 조급했다. 그러나 서둘러서는 안 된다. 육 년 만에 만나게 되는 남편이었다.

이승이든 저승이든 사랑하는 정인과의 만남을 앞둔 여인의 가슴은 이다지도 수줍게 들뜨나 보다.

예쁜 모습을 보여야 하는 것이다.

그녀는 누운 채 한 손으로 머리카락을 매만지고 옷매무새를 단정히 했다.

살아생전의 모습이 저승까지 이어진다면 그녀는 최대한 예뻐야 할 터이다.

그녀는 마음이 들떠 있었다. 육 년 전, 요동성에서 고연과 혼례를 올릴 때도, 그가 자신의 귓등에 며느리밥풀꽃을 꽂아주었을 때도 이런 설레는 마음이었다.

정말이지, 참으로 오랜만에 느껴보는 설렘이고 가슴 벅참이었다.

문득 그녀는 여태 꼭 쥐고 있던 왼 주먹을 천천히 들어올려 조심스럽게 폈다.

그녀의 손 안에는 원앙패가 쥐어져 있었다.

애초에 두 개를 만들어 하나는 고연에게 주고 하나는 그녀가 늘 품속에 간직하고 있었던 원앙패였다.

원앙은 하나가 죽으면 나머지 하나도 시름시름 앓다가 곧 뒤따라서 죽는다고 했다.

유화는 마치 고연을 보듯이 원앙패를 바라보며 함초롬히 미소를 지었다.

"그리워요, 당신."

이윽고 그녀는 반듯하게 누운 자세에서 사르르 눈을 감고 천원심법의 구결을 역(逆)으로 외우기 시작했다.

심법구결을 역으로 외운다는 것은 스스로 주화입마에 들겠다는 자살 행위나 다름없는 짓.

그렇게 하게 되면 즉시 온몸의 기혈이 뒤틀리고 전신혈맥들이 뒤엉키면서 조각조각 끊어질 것이며 끝내는 아주 빠르게 죽음에 이르게 될 것이다.

그 시각은 길어야 일각 정도.

'일각 후에는 연 대가를 만날 수 있을 거예요. 잠시만 기다리세요. 내 남편… 내 사랑……'

유화의 입가에 오직 고연 앞에서만 떠올릴 수 있는 행복하며 아름다운 미소가 머금어졌다.

第 九 十 五 章　부부(夫婦)　■

부부(夫婦)

"잘됐습니다. 경하드립니다, 태자님."

이명과 한비는 말없이 정원을 나란히 거닐고 있는데 침묵을 깨고 한비가 공손히 말했다.

"고마워요. 사부님 공이 큽니다."

한비로선 이명이 지금처럼 흡족하며 들떠 있는 듯한 표정을 짓고 있는 것을 예전에는 한 번도 본 적이 없었다.

확실히 이명은 몹시 들떠 있었다. 얼굴에는 결코 감출 수 없는 웃음과 행복이 가득 떠올라 있었고 발걸음은 아주 가벼웠다.

한비가 아닌 그 누가 보더라도 그가 몹시 행복해하고 있음을 한눈에 알 수 있었다.

그래서 이명이 얼마나 유화를 사랑하고 있는지, 한비 자신이 거짓말까지 해가면서 유화를 이명에게 밀어준 것이 얼마나 잘한 일인지 열

번, 스무 번 곱씹어 자찬(自讚)하게 했다.

이명은 지금 꿈을 꾸는 것만 같았다.

'유화 소저를 얻다니… 아아! 이렇게 기쁠 수가……'

금방이라도 훨훨 날아오를 것만 같았고 체통도 잊은 채 소리를 내어 웃고 싶었고 아무나 부둥켜안고 자신이 천하제일의 여자를 얻게 됐다고 자랑하고 싶었다.

그러나…

불현듯 가슴 밑바닥으로부터 스멀대며 천천히 일어서고 있는 이 기분은 뭔가?

그것은 맑은 찻잔 속 바닥에 찻잎 찌꺼기 하나가 가라앉아 있는 것을 발견했을 때 그윽하던 차 맛이 씻은 듯이 사라지면서 느껴지는 께름칙한 기분 같은 묘한 것이었다.

손가락을 넣어 찻잎 찌꺼기를 건져 내야 할 텐데 그렇게 되면 차를 마시지 못하게 된다.

그대로 마시자니 찻잎 찌꺼기가 영 신경 쓰였다. 어쩌면 마시다가 입으로 흘러들지도 모른다.

"허헛! 제가 뭐 한 게 있습니까? 그런데 태자님께선 유화 소저와 혼인하시면 어디에서 머무실 예정……."

한비는 겸손한 표정으로 말을 하면서 이명을 쳐다보다가 말을 멈췄다.

이명의 얼굴이 딱딱하게 굳어 있는 것을 발견한 때문이다. 아니, 뭔가 일이 크게 잘못된 것을 깨달은 사람의 표정이 그의 얼굴 가득 떠올라 있었기 때문이다.

순간 한비는 가슴이 철렁 내려앉았다.

"우린 더 이상 못 보지 않아요. 생과 사가 무에 그리 중요한가요?"

조금 전 유화가 흘리듯이 한 말이 지금 이명의 고막을 쿵쿵 울리면서 머릿속을 가득 채웠다.
"생과 사……."
이명은 망연자실한 표정으로 중얼거렸다.
찻잎 찌꺼기는 그것이었다. 고연이 죽기 직전에 했다는 말, 이제 더 이상 유화를 볼 수 없다고…….
생과 사가 그리 중요하지 않다면, 유화가 죽어서라도 고연을 만나러 가겠다는 뜻이 아니고 무어겠는가.
한비는 이명의 얼굴을 보다가 며칠 전에 유화를 처음 만났을 때 그녀가 했던 말이 번갯불처럼 뇌리에 쑤셔 박히면서 그의 다향(茶香) 그윽하던 찻잔 바닥에서도 찻잎 하나가 가라앉아 있는 것을 뒤늦게 발견했다.

"왜 사람들은 삶을 꼭 이승에만 국한시키는지 모르겠군요. 그분과 함께 있을 수만 있다면 저승인들 내세인들 무슨 상관이 있겠어요? 중요한 것은 함께 있다는 사실이지요."

"이런 맙소사!"
우지끈!
한비가 이명이 깨닫고 있는 것을 깨달았을 때 이명은 이미 유화가 있는 방의 문을 부수며 쏘아 들어가면서 처절하게 외치고 있었다.

"유화!"

그러나 이명은 그 자리에 얼어붙어 버렸다. 그는 경악에 경악을 거듭하는 표정으로 침상을 노려보고 있었다.

"아아……."

뒤따라 달려 들어온 한비는 이명 옆에 서서 침상을 쳐다보며 온몸을 떨면서 전율해야만 했다.

유화는 두 사람이 방을 나갈 때처럼 침상에 반듯한 자세로 누워 있었는데 얼굴은 두 사람이 나갈 때와 달라져 있었다.

그녀의 두 눈에서는 핏물이 흐르고 있었다.

이명에게는 핏물로 보였고 한비에겐 눈물로 보였다. 그러나 임을 만나려고 이승을 떠나는 유화에겐 기쁨의 눈물이었다.

그녀의 코에서도 피가 흘렀고 입에서도 피가 흘렀으며, 두 귀에서도 피가 흘렀다.

즉, 온몸의 모든 구멍인 칠공(七孔)에서 사혈(死血)을 흘리고 있는 것이다.

그런 모습은 오직 한 가지 경우에만 가능했다. '주화입마' 였고 그 끝에 죽음이 있을 경우에만.

털썩!

"흐으으… 제수씨……."

한비는 두 다리에 힘이 풀려서 비틀거리다가 그대로 주저앉으며 신음 같은 울음소리를 냈다.

"안 돼!"

순간 이명이 오장육부를 토해내듯이 처절하게 외치면서 유화에게 엎어지듯이 달려갔다.

귀재이며 천하에서 가장 높은 신분이고 더 이상 부러울 것이 없는 이 청년은 이 순간 자제력을 잃고 유화 앞에서 미친 듯이 울부짖을 수밖에 없었다.

이명은 유화의 맥을 짚어보고는 곧 안색이 새하얗게 변했다. 유화의 체내 모든 기능이 거의 정지해 있었다. 그리고 그녀의 영혼이 몸을 막 떠나려는 중이었다.

"이러면 안 되잖소? 어떻게 내게 이럴 수 있소? 아니, 그대를… 더 이상 괴롭히지 않고 그냥 놔둘 테니 제발 죽지 마시오! 이대로 떠나지 마시오! 이러면… 내가 그대를 죽인 꼴이 아니겠소?"

단 한 번도 울어본 적이 없는 이명의 두 눈에서 소나기처럼 눈물이 쏟아졌고 입에서는 거의 절규에 가까운 외침이 터져 나왔다.

"크흐흑! 죽지 마시오! 날 도대체 얼마나 나쁜 놈으로 만들려고 이러시오? 아니오! 내가 나쁜 놈이어도 괜찮소! 죽지만 마시오! 제발… 그대가 불쌍해서… 그대가 가련해서 그걸 지켜보는 내가 오히려 숨이 끊어질 것 같았는데… 이대로 죽으면 그대가… 그대가 너무 가련하지 않소! 눈을 떠보시오! 어서 눈을 뜨고 일어나시오!"

이명은 허공을 향해서도 절규했다. 이미 죽은 고연에게 안타까운 애원을 퍼부었다.

"고 형! 제발 유화를 데려가지 마시오! 부탁이오! 약속하겠소! 고 형 아내를 절대 괴롭히지 않겠소! 아아! 그녀를 사랑한다면… 제발 데려가지 마시오, 고 형!"

"아……."

그때 유화의 입술 사이로 미약한 신음이 새어 나왔다.

"유화!"

이명은 기쁨의 탄성을 터뜨리며 급히 유화의 맥을 다시 짚어보고는
곧 절망적인 표정이 되었다.

그녀는 주화입마의 끝 단계에 접어들어서 전혀 손을 쓸 수 없는 상
황이었다. 두 눈 뻔히 뜨고 그녀의 숨이 끊어지길 기다리는 수밖에 없
었다.

"아……."

그때 다시 유화가 조금 전보다 약간 크고 거의 탄성에 가까운 신음
을 토해냈다. 그리고 눈까지 떴다. 눈빛은 곧 죽을 사람답지 않게 빛나
고 있었다.

"그분이… 오셨어요……."

피눈물을 흘리던 눈이 떠지고 그 눈에 핏물이 그렁그렁 고여서 그녀
는 해맑은 눈빛을 발하며 한숨처럼 기쁨으로 말했다.

그녀의 말을 이명은 다른 뜻으로 받아들였다. 그는 억울하다는 듯,
유화가 가련하다는 듯, 이대로는 절대로 그녀를 놓아주지 못하겠다는
듯 울부짖었다.

"벌써 고 형이 보이는 것이오? 그가 거기에 있소? 왜 왔느냐고 그대
를 꾸짖지는 않소? 내 말을 전해주시오! 그대를 다시 이승으로 보내주
라고 내가 빌고 있다고 전해주시오!"

이명은 정말 무릎까지 꿇었다.

어린 시절 부친 이설 앞에서만 바닥에 대었던 무릎을 사랑하는 여인
을 위해서 바닥에 댔다.

다시 유화의 입술이 벌어지면서 핏물이 줄줄 흐르며 여린 한숨이 흘
러나왔다.

"아… 어쩌면 운명은 이리도 가혹한지……. 그분이 오셨는데… 나

는… 가야 하다니……."

이명은 그녀가 죽기 직전이라서 헛것을 보는 것이라고 여겼다. 그러나 그의 생각이 착각이었다는 것이 곧 드러났다. 진정한 연인은, 사랑은 무엇이든 공유하며 공감하는 것이다.

"유화―!"

그 순간 쩌렁쩌렁한 외침이 들려왔다. 이명과 한비에겐 생생하게 들렸고 유화에겐 꿈결처럼 들려왔다.

이명과 한비는 크게 놀라서 팅기듯이 벌떡 일어서며 허공을 두리번거렸다.

두 사람의 얼굴에는 자신들이 방금 환청(幻聽)을 들은 것이 아닌가 하는 표정이 역력했다.

"유화! 어디에 있소? 내가 왔소!"

우림원의 모든 전각이 들썩였다.

세 사람이 있는 방 전체가 천둥처럼 웅웅 울렸고 고막이 파열될 것만 같았다.

"이것은 뭔가……?"

이명은 망연자실한 표정으로 부서진 방문을 쳐다보았다.

그러나 한비는 아직 정신을 차리지 못했다. 방금 들린 것이 천둥 소리라고만 여겼지 사람의 소리, 그것도 고연의 외침일 것이라곤 추호도 생각하지 못했다.

그리고 다음 순간 방문 바깥에 한 사람이 나타나 우뚝 섰다. 바로 고연이었다.

이명과 한비의 시선이 고연에게 집중됐다.

두 사람은 분명히 고연을 보고 있으면서도 그것이 고연이라고 믿지 않는 듯한 표정이었다.

절대 고연일 리가 없었으므로.

마치 천신 같은 모습의 고연의 시선이 침상 위 유화의 얼굴에 고정되더니 가볍게 흠칫 몸을 떨었다.

"유화……."

얼마나 부르고 싶었던 이름이며 보고 싶던 사람인가.

그제야 이명과 한비는 어느 정도 정신을 차릴 수 있었고 고연의 모습이 제대로 망막에 각인되었다.

"고… 형!"

"연 아우……."

이명과 한비는 고연을 보며 자신들이 무슨 말을 하는지도 모르는 듯한 표정을 지었다.

"여, 연 아우… 정말 자넨가?"

한비는 비틀거리면서 고연에게 다가가며 꿈을 꾸는 듯한 얼굴로 중얼거렸다.

그러나 고연은 이명과 한비의 말을 듣지 못했다. 그의 시선은 침상 위에 누워 있는 유화에게 못 박혀 있었다. 칠공에서 새빨간 피를 흘리고 있는 그녀의 얼굴에.

"유화……."

얼굴 가득 사랑과 감동이 파도처럼 번지는 고연은 그렇게 말하면서 미끄러지듯이 침상가로 다가왔다.

"연 대가……."

두 눈과 코와 입과 두 귀에서 피를 흘리는 처참한 모습의 유화 얼굴에 믿을 수 없게도 환한 웃음이 꽃이 피어나듯 떠올랐다.

　이명으로서는 단 한 번도 본 적이 없고, 고연에겐 결코 잊혀지지 않은 아내의 육 년 전 그 웃음이 유리창에 입김이 서리듯 아스라이 피어올랐다.

　너무도 수줍게 다시 만날 것을 약속하면서 고연을 바라보았던 그토록 아름답던 두 눈동자에 핏물이 가득 고여 고연을 보려고 눈동자를 굴리는 유화였다.

　그러나 사랑하는 임의 모습은 눈에 가득 찬 핏물 때문에 제대로 보이지 않고 피 범벅이 되어 투영됐다.

　"사랑해요……."

　그 얼마나 하고 싶었던 말이련가.

　지난 육 년 동안 그녀가 억만 번도 더 입속으로 되뇌이면서 연습했던 말이 아닌가.

　임을 뵈오면 말하리라.

　사랑한다고…….

　그 말부터 하리라.

　사랑한다고…….

　보고 싶었다는 말보다도, 나의 그리움과 외로움과 추억과 기다림을 하나로 묶은 그 말부터 하고야 말리라.

　사랑한다고…….

　그 말이면 임은 다 아시리라. 내 마음을 아시리라. 나의 괴로웠던 과거는 모르셔야 하지만 나의 사랑만은 꼭 아시리라.

　이루 형언하기 어려운 감동이 고연의 가슴으로 머리로 온몸으로 파도처럼 끼쳐져 왔다.

　유화를 굽어보는 고연의 눈에서 굵은 눈물이 후드득 떨어졌다. 여기까지 오는 데에 너무나 오랜 세월이 걸렸다.

여기 자신 앞에서 미소를 지으며 죽어가고 있는 어린 아내를 만나기 위해 언제나 마음은 어두운 창공과 험난한 가시밭을 헤매며 그녀를 그리워했었다.

그래서 살아 있었어도 살아 있는 게 아니었고, 마음대로 죽을 수도 없었다. 아내를 만나기 전에는.

그리고 마침내 두 사람은 이렇게 만났다. 그러나 운명은 끝까지 자비롭지 않았다.

"유화……."

고연은 유화의 머리맡에 앉아서 가늘게 떨리는 두 팔을 뻗어 유화의 상체를 안았다. 그는 유화를 보는 순간 그녀의 현재 상태를 단번에 간파했다.

이미 사신(死神)이 그녀를 지배하기 시작해서 고연으로서도 어쩔 방법이 없었다.

"아… 행복해요……."

유화는 고연의 품에 안겨 그의 어깨에 뺨을 댄 채 그를 바라보며 정말로 행복한 듯 미소를 가득 떠올렸다.

고연을 바라보는 눈과 행복을 말하는 입에서 핏물이 계속 흘러내렸다.

유화를 품에 안은 고연의 몸이 가늘게 떨렸다. 그가 흘린 눈물이 유화의 얼굴 위로 떨어져 내렸다.

"울… 지… 말… 아요……."

"유화……."

유화는 고연의 얼굴을 만지려는 듯 바들바들 떨리는 손을 들어올리면서, 또 입에서 줄줄 피를 흘리면서도 미소를 지으려고 애쓰며 간신히 더듬거렸다.

"유화… 사랑하는 내 아내……."

고연은 그 말밖에 할 수가 없었다.

아내가 죽어가고 있다.

목숨보다 더 사랑한 아내가 자신의 품에 안긴 채 죽어가고 있는 것이다. 그리고는 울지 말라고 한다.

고연은 그녀의 손을 잡아 자신의 뺨에 대어주었다.

그는 자신의 뺨과 유화의 손바닥 사이에 하나의 납작한 물체가 있는 것을 깨달았다.

그것은 원앙패였다.

고연은 자신의 목에서 원앙패를 벗겨냈다.

두 개의 원앙패를 하나로 포개고 그 위에 자신의 손과 유화의 손을 덮었다.

마침내 두 사람은 만났다.

고연은, 그녀의 몸속에서 생명이, 그녀의 가슴속에서 영혼이 빠져나가고 있는 것을 그녀의 손바닥으로부터 전해지는 가느다란 떨림으로 감지했다.

이명은 어금니를 악문 채 그 광경을 지켜보았다.

이명보다 더 늦게 겨우 정신을 수습한 한비는 죄책감에 휩싸인 표정으로 고연을 쳐다보았다. 그의 얼굴에는 '내가 대체 무슨 짓을 한 것인가?' 라고 쓰여 있었다.

툭—

그때 유화의 손이 아래로 힘없이 떨어졌다.

"유화!"

고연은 눈을 부릅뜨며 처절하게 외쳤다.

그러나 유화의 눈은 감겨져 있었고 입가에는 행복한 미소가 머금어 진 채 더 이상 숨을 쉬지 않았다.

그녀는 그토록 그리워하던 남편을 이승에 남겨두고 그 곁에 '사랑해 요', '행복해요', '울지 말아요' 라는 마지막 세 마디를 남겨둔 채 안타 깝게 저승의 문턱을 넘어갔다.

그리고는 끝이었다.

기적 따윈 일어나지 않았다.

유화는 끝으로 고연의 얼굴을 보고 그의 음성을 들었으며 그의 뺨을 만지는 기구한 마지막 행복을 누렸다.

그녀의 얼굴에는 일부러 지을래야 지을 수 없을 듯한 행복한 미소가 새겨져 있었다.

그녀는 그것을 고연에게 사랑의 정표로 남기고 떠났다.

고연은 유화의 가슴에 얼굴을 묻고 이를 악물고서 온몸을 떨며 소리 죽여 오열했다.

"끄으으… 끅끅……."

이명은 몸을 사시나무 떨듯이 부르르 떨면서 고연의 등에 시선을 고 정시킨 채 쥐어짜듯이 중얼거렸다. 그의 시선은 고연의 등을 관통하여 유화를 보고 있는 듯했다.

"주, 죽었어… 유화가……."

한비는 머릿속이 흙탕물처럼 어지러웠다.

죽었던 고연이 살아서 나타났다.

그리고 그의 아내 유화가 방금 죽었다.

그는 유화에게 고연이 죽었다고, 죽으면서 이런 저런 말을 했었고 어떤 표정을 짓더라고 생생하게 거짓말을 했었는데 고연이 나타났고 유화는 죽었다.

"죽었어……."

이명은 고연 품에 안긴 채 눈을 꼭 감고 있는 유화를 보면서 같은 말을 되풀이했다.

고연은 아무 말도 들리지 않는 듯, 유화가 죽은 것을 모르는 듯 그윽한 표정으로 유화의 뺨을 부드럽게 어루만지고 있었다.

이윽고 고연은 고개를 숙여 자신의 두툼한 입술로 유화의 아름다운 입술을 덮었다.

아직 따스한 체온이 남아 있는 유화의 입술은 촉촉했고 또 부드러웠다.

육 년 전 요동성 정원에서 느꼈던 그 감미로운 입술 그대로였다. 그러나 지금의 고연은 육 년 전 그때처럼 수줍음과 환희에 떨면서 입맞춤을 할 수는 없었다.

고연의 입술을 통해서 그가 신옥으로부터 물려받은 내단의 기운이 천화신력의 고매한 방법으로 유화의 입술로 전해졌다. 그리고 고연의 깊은 사랑과 간절한 염원이 그것에 보태졌다.

이명과 한비는 고연이 암암리에 유화에게 진기를 주입시키고 있다는 사실을 눈치채지 못했다. 다만, 그가 이승을 떠나는 유화에게 마지막 작별의 입맞춤을 하는 것쯤으로 여기며 눈물을 흘리면서 착잡한 심정으로 지켜보았다.

고연은 입맞춤을 하며 꼭 감긴 유화의 눈 사이로 뻗어 나온 가늘고 섬연한 속눈썹을 응시했다.

'절대… 절대 이대로 그대를 보낼 수는 없소!'

그의 소리없는 몸부림은 차라리 절규였다.

슥—

이윽고 고연이 입술을 떼자 이명이 뭔가 말하려는 듯했지만 말을 제대로 잇지 못하고 눈물만 흘렸다.

"자네……."

이명의 충격이야 고연에게 비하겠는가마는, 그 역시 세상이 종말을 고하고 자신의 생이 낭떠러지 아래로 끝없이 추락하는 절망과 슬픔을 느꼈다.

"내 아내는 왜 죽었나?"

그때 유화 가슴에 얼굴을 묻은 고연의 조용히 중얼거리는 음성이 이명과 한비의 고막을 두드렸다.

"……."

두 사람은 대답하지 못했다.

입이 얼어붙은 것처럼, 사고가 마비된 것처럼 아무 말도 하지 못했다. 아니, 두 사람도 유화가 무엇 때문에 죽었는지 잠시 망각한 듯한 표정이었다.

고연은 다시 묻지 않고 여전히 유화의 가슴에 얼굴을 묻고 있었고 그렇게 잠시의 질식할 듯한 침묵이 흘러갔다.

한비가 이명을 쳐다보았다.

이미 충분히 시간을 흘렀고 고연은 자신이 한 질문에 대한 대답을 들을 권리가 있었다. 한비의 시선에는 자기가 대답해도 되겠느냐는 뜻이 담겨 있었다.

"내게 사르토라는 사제가 있었는데… 그놈이 유화 소저에게 지독한 춘약을 썼네."

이윽고 이명이 갈라지고 약간은 쉰 듯한 음성으로 나직하게 입을 열었다.

그는 아무것도 숨길 것도, 숨기고 싶지도 않은 듯했다.

"사르토는 자네에게 원한이 있었다고 하더군. 나는 유화 소저를 사랑했었네, 진심으로. 사르토는 자네에 대한 원한과 나에 대한 과잉 충성을 한데 묶어서 그런 일을 저질렀던 거였지. 그놈은 춘약에 중독된 유화 소저를 이곳 내 침실로 옮겨놓고 날 불렀네."

고연은 꼼짝도 하지 않았다. 마치 유화의 품에 얼굴을 묻고 그대로 죽은 것처럼 보였다.

"물론 나는 사르토를 죽였네. 그리고 사흘 내내 유화 소저가 누워 있는 침상 옆에 앉아서 갈등했네. 만약 유화 소저가 자네의 부인이라고 사부님이 말해 주지 않았더라면… 나는… 그녀를 범하고 살렸을 걸세."

한비는 놀란 얼굴로 이명을 쳐다보았다. 그의 생각은 완전히 빗나갔다.

그는 그 반대로 생각했던 것이다.

결국 모든 것이 어긋나 버렸다. 어디에서부터 어긋나기 시작했는지는 누구도 알 수 없었지만, 그 어긋남의 끝에 유화의 죽음이 있었다.

슥—

고연은 유화를 안고 묵직하게 일어섰다.

저벅저벅—

이어서 유화의 얼굴을 자신의 어깨에 기대게 하고는 천천히 방문을 향해 걸어갔다.

뚝.

그리고 걸음을 멈추고는 가슴 저 밑바닥에 깔려 있던 말을 꺼내듯이 조용히 말했다.

“너는 내 아내를 만나지 말았어야 했다.”

“고 형…….”

이명의 말은 고연의 다음 말에 의해서 끊어졌다.

“이 대가는 곧 돌려받게 될 것이다.”

고연은 그 말을 남기고 밖으로 나갔다.

이명과 한비는 똑같이 온몸에 소름이 좍 돋는 것을 느꼈다. 그들은 고연의 신위를 아직 모르고 있으므로 그를 자신들의 하수(下手)라고 여겨서 공포심 따위를 느끼지는 않았다.

다만 고연의 저주와도 같은 말에 소름이 끼쳤던 것이다.

어머니는 혼인을 하고 자식을 낳아 기르면서 자신을 깡그리 잃어버리기 마련인데다가 나이 마흔을 넘기면 자신의 이름조차도 기억에서 가물거린다.

그저 어머니라는 이름만을 부여안고 살 뿐이다.

고연의 어머니는 지금 옷을 만들고 있었다. 벌써 수십 벌째 짓고 있는 중이었다.

그녀가 노예 생활을 벗어난 지난 사 년 동안 한 일은 오직 자식들과 며느리의 옷을 만드는 일 뿐이었다.

그중에서도 고연의 옷을 제일 많이 만들었다.

아들이 돌아오면 입힌다고 고구려식의 옷을 수백 벌도 더 만들었다. 그녀가 만든 옷은 유화만이 입어줄 뿐 고연과 고예에겐 입혀보지 못했다.

그러나 그녀는 옷 만드는 일을 멈추지 않았다.

열일곱 살로 성장했을 고연에게 맞을 듯한 옷을 만들었다가는 열여덟 살에 맞는 옷을 다시 지어야 했고 또다시 열아홉 살의 옷을 만들었으며 매해마다 점점 더 큰 옷을 만들었다.

어머니는 고예의 옷도 만들었다. 한 땀 한 땀 바느질을 하며 한 방울 한 방울 자식에 대한 그리움의 눈물을 흘렸었다. 그리고 어머니는 지금도 옷을 짓고 있는 중이었다.

척!

방문이 열리자 어머니는 바느질을 멈추고 급히 방문을 바라보았다. 사흘째 보이지 않던 며느리 유화가 돌아온 것이라고 생각한 것이다.

"아가, 어딜 갔었……."

그러나 어머니는 말을 끝까지 잇지 못했다. 열린 방문 안쪽에 서 있는 사람은 유화가 아니었기 때문이다.

그 대신 그곳에 서 있는 사람은 육 척 하고도 세 치의 후리후리한 체구를 지녔으며 천하에 짝을 찾아보기 어려울 정도의 준수한 미장부였다. 그리고 그 미장부의 온몸에서는 위엄과 신위가 파도처럼 뿜어지고 있었다.

어머니는 그 옛날 이 청년 같은 모습을 한 청년을 만난 적이 있었다. 바로 그녀의 남편 요동성주 고중현이었다.

"여, 연이냐?"

어머니는 벌써 눈물 범벅이 되어 앞이 보이지 않았다. 그녀는 눈물 때문에 고연이 보이지 않자 소매로 자꾸 눈물을 닦으면서 아들을 바라보며 묻고 또 물었다.

"정말 내 아들… 연이냐?"

그녀의 믿음은 정녕 헛되지 않았다.

자신의 장한 아들이 반드시 살아서 돌아오리라는 믿음이 마침내 실현된 것이다.

고연은 안고 있던 유화를 내려놓고 그 자리에 무릎을 꿇고 어머니에게 큰절을 올렸다.

"어머님, 소자 연이옵니다."

고연도 몸을 떨면서 눈물을 흘렸다.

자신을 낳고 길러주신 어머니였다. 유화와는 또 다른 그리움이었던 어머니다.

유화와 어머니와 고예 중에서 누가 가장 보고 싶었느냐는 질문은 우매한 것이다.

그녀들은 각각의 다른 그리움으로 고연의 가슴속에 새겨져 있었기 때문이다.

"오냐… 오냐… 돌아왔구나, 내 아들……."

어머니는 고연 앞에 무릎을 꿇고 마주 보면서 덜덜 떨리는 두 손을 뻗어 아들을 만졌다.

얼굴을 만지고 쓰다듬고, 어깨를 만지고는 아들의 가슴에 가만히 얼굴을 묻었다.

손으로 아들의 얼굴을 만지고 그 품에 안기면서도 이것이 꿈인지 현실인지 쉽사리 믿어지지 않는 그녀였다. 눈을 뜨면 고연이 사라져 버릴까, 아들의 얼굴에서 손을 떼고 그 품에서 벗어나면 꿈에서 깰까 두려워 어머니는 같은 말을 반복하며 이것이 현실일 것이라고 자신을 일깨우고 다독였다.

"돌아와 주었구나! 내 아들아……."

어머니는 아들의 가슴에 얼굴을 묻고 가늘게 몸을 떨면서 숨죽여 울고 또 울었다.

고연은 어머니를 힘주어 꼭 안고는 살며시 떼어내어 어머니의 눈물 젖은 얼굴을 가까이에서 바라보았다.

그 곱던 어머니의 얼굴에는 깊게 패인 주름이 많이 늘었고 머리카락은 절반이나 희게 세어 있었다.

얼굴이 지난 육 년 동안 이십 년 이상 늙어버린 어머니의 모습. 그 얼굴에는 그녀가 얼마나 아들과 딸을 그리워하면서 눈물을 흘리고 한숨을 지었는지 역력하게 드러나 있었다.

어머니는 다시 아들의 가슴에 얼굴을 묻고 두 팔로 그의 등을 꼭 끌어안았다.

그로부터 약 일각의 시간이 흘렀는데도 어머니는 아들의 품에서 벗어나려 하지 않았다.

고연은 어머니가 흘린 눈물로 앞섶이 축축한 것과 어머니가 계속 몸을 떨고 있는 것을 느꼈다. 하지만 그는 어머니를 떼어내지 않고 그대로 가만히 있었다.

"유화, 며늘아기는 만나보았느냐?"

아주 한참 만에야 어머니는 생각난 듯이 고연의 품에서 얼굴을 떼며 그렇게 물었다.

고연을 만나면 누구보다도 기뻐할 사람이 유화라는 사실을 잘 알고 있었기 때문이다.

"어머님……."

고연은 착잡한 표정을 지으며 옆쪽 바닥에 반듯하게 눕혀놓은 유화를 바라보았다.

"저 아이가 왜……."

어머니는 유화를 보면서 미처 상황을 파악하지 못하고 어리둥절한 표정을 지었다.

"연아, 며늘아기가 왜 누워 있는 게냐?"

"……."

어머니의 물음에 고연은 아무 말도 하지 못하고 무릎을 꿇은 채 고개를 푹 숙였다.

잠시 후에야 뭔가를 짐작한 듯한 어머니는 안색이 백지장처럼 창백해지면서 그대로 혼절해 버렸다.

"아……."

第 九十六 章　삼족오(三足烏) ■

삼족오(三足鳥)

　유화를 안은 고연과 어머니를 안은 자삼, 그리고 함께 떠나기를 원하는 고구려인들을 이끌고 인공 연못 한가운데의 누각 밖으로 나왔을 때 이명과 한비가 굳은 표정으로 그들을 기다리고 있었다.

　"고 형, 내가 어떻게 했으면 좋겠소?"

　이명은 복잡한 표정으로 그렇게 첫마디를 떼었다.

　그의 시선이 고연 품에 안겨 있는 유화에게로 향했고 그의 눈빛이 크게 일렁이더니 곧 뿌옇게 눈물이 고여들었다. 그 역시 유화의 죽음이라는 충격에서 미처 벗어나지 못하고 있었다.

　"나는 너를 용서할 수 없다. 하지만 지금은 널 응징하지 않겠다."

　고연의 말은 나직했고 추호의 분노도 섞여 있지 않았다. 그러나 그 말에 담겨 있는 원한을 이명과 한비가 모를 리 없었다.

　지금은 죽고 없는 벽운에게 고연은 이명이 옥룡공자라는 것과 그가 지닌 막강한 신분, 그리고 그가 유화를 데려갔다는 사실을 들은 적이 있었다.

또한 우영극이 수집한 정보를 통해서 이명이 대황문주이며 대제국을 건설하려는 야망을 품고 있다는 사실 등을 알게 되었다.

유화의 일이 아니더라도 고연으로서는 이명이 반드시 넘어야 할 큰 산이었다.

고연이 수많은 고구려 유민들을 모으고 그들을 신세계(新世界)로 이끌려면, 그리고 세라의 토번과 수인타 남편의 나라 남조국, 시타르탄의 발율국을 당의 속박으로부터 자유롭게 하려는 의지를 버리지 않는 한 이명과는 어떤 형태로든 싸울 수밖에 없는 상황이었다.

유화의 일이든 고구려의 일이든 여타 고연과 연관되는 모든 일의 정점에는 이명이 버티고 있었다.

그러므로 고연으로서는 당연히 그를 쓰러뜨리고 짓밟을 수밖에 없는 것이다.

이명이 가볍게 눈살을 찌푸렸다. 그는 유화의 죽음이 자신의 책임이라는 사실을 절대 인정할 수 없었다. 사랑은 죄가 아니라고 여기기 때문이었다.

물론 사랑은 죄가 아닐지도 모른다.

그러나 하늘이 허락하지 않는 사랑은 죄다.

더구나 고연의 아내를 탐하고 넘보려 했던 죄는 결코 용서받지 못할 대죄였다.

아니, 오히려 이명은 유화의 죽음의 근본적인 원인이 고연에게 있다고 판단했다.

그가 아내를 제대로 돌보지 않았기 때문에 유화가 죽음이라는 희생을 치렀다고 믿었다.

게다가 이명은 고연이 고구려 유민들을 이끌고 나라를 세우는 것도, 토번이나 남조국, 발율국을 자유롭게 놔주는 것도 용인할 수 없었다. 그러므로 싸움은 정해져 있었다.

이명은 지그시 어금니를 악물고 두 눈에서 은은한 분노를 뿜어내며 고연을 쏘아보았다.

"나도 너를 용서하지 않겠다."

한비는 착잡한 심정을 가눌 길이 없었다. 자신이 가장 좋아하는 두 명의 영웅이 정면으로 싸우려 하고 있었다. 싸운다면 둘 중 하나는 반드시 무너지게 될 것이다.

그는 착잡한 표정으로 고연을 쳐다보았지만 고연은 그에게 눈길조차 한 번 주지 않았다. 그것은, 그의 마음속에서 한비라는 존재를 지워버렸음을 의미했다.

"내가 이기면."

이명은 방금 전에 지었던 표정을 지우고 차분하게 말을 이었다.

"유화의 시신을 넘겨받고 발율국과 토번, 남조국을 정벌하겠다."

"그러나 아무도 나를 막지 못한다."

고연은 '내가 이기면' 이라든가 '내가 패하면' 이라는 단서를 달지 않고 대신 '아무도 나를 막지 못한다' 라고 조용히 못을 박았다.

그 말은 이명을 안중에 두고 있지도 않다는 뜻이었으며 이명이나 한비도 그것을 알아들었다.

갑자기 이명이 고개를 젖히고 우렁찬 웃음을 터뜨렸다.

"으핫핫핫핫!"

가소로움과 슬픔이 녹아 있는 웃음이었다.

“내가 패하면 너의 모든 요구를 들어주겠다.”

이명이 웃음을 멈추고 자르듯이 말했다. 결코 너에겐 패하지 않겠다는, 대단한 자부심이 담겨 있는 말이었다.

이명의 말에 한비는 눈을 크게 떴다. 일 대 일 결투 한판에 천하의 운명이 뒤바뀌는 것이다.

“태자님…….”

“함구하시오!”

한비가 말을 꺼내려 하자 이명은 그대로 일축하고는 맑은 호수처럼 가라앉은 눈빛으로 고연을 주시했다.

“보름 후, 태왕부에서 싸우자.”

“그때 너는 내가 알고 있는 모든 사람들에게서 손을 떼야 할 것이다.”

그것은 차라리 선언이었다.

고연은 단호하게 말하고 걸음을 옮겨 일행과 함께 연못을 가로지르는 운교를 넘어갔다.

고연이 운교를 다 넘어 연못가에 이르렀을 때 한 여자가 그의 앞을 가로막았다.

“고 상공…….”

백가상이었다.

그녀는 서 있을 기력조차 없는 듯 비틀거리면서 하염없이 눈물을 흘리며 고연을 바라보았다.

“살아 계셨군요.”

“백 낭자.”

고연은 담담히 중얼거렸다. 그의 말이나 표정에는 아무것도 담겨 있지 않았다. 그저 무심할 뿐이었다.

그리고 백가상은 그것을 생생하게 느끼면서 더할 수 없는 비애를 맛볼 수밖에 없었다.

백가상에게는 목숨보다 더 소중한 것이 고연에겐 아무것도 아니라는 사실이 그녀를 더욱 비참하게 만들었다.

죽었던 고연이 살아서 나타났다는 사실과 며칠 전까지만 해도 언니 동생 하며 친하던 유화가 어이없게도 고연의 아내였다는 사실, 그리고 그녀가 죽었다는 사실이 백가상에겐 엄청난 사건이었다.

그녀가 고연의 죽음을 받아들이는 것에 오랜 세월이 걸렸던 것처럼 그 사실들을 받아들이는 데에는 더 오랜 세월이 걸릴 것이다.

"백부님께 안부 전해주시오."

고연은 나직이 중얼거리고는 걸음을 옮겨 백가상을 스쳐 지나갔다.

"고 상공……."

백가상은 안타깝게, 온 힘을 다해서 중얼거렸지만 고연은 뒤돌아보지 않고 멀어져 갔다.

그런 것이다, 세상의 일이란.

내게 소중한 것이 모두에게 소중할 수는 없는 것이다.

*   *   *

푹!

거무튀튀한 잔극(殘戟)의 날카로운 창날이 흑살막주 흑월검존의 옆구리에 깊숙이 꽂혔다가 창날이 뽑히자 피가 분수처럼 확 뿜어졌다.

난데없이 급습을 당한 흑월검존은 옆구리가 불에 달군 인두로 지진 것처럼 화끈한 것과 하체에 힘이 쭉 빠지는 것을 동시에 느끼며 가볍게 비틀거렸다.

"네놈이 배신을?"

쐐액!

흑월검존은 재차 날아드는 잔극을 상체를 흔들어서 가볍게 피하며 보기 싫게 일그러진 얼굴로 번개같이 수중의 검을 뽑자마자 그대로 그어댔다.

흑살잔극 광전은 조금 전에 몹시 취해 있는 흑월검존에게 긴히 할 말이 있다면서 방으로 들어와 단둘이 있으면서 뜸을 들이며 기회를 엿봤었다. 그러던 중 기회를 포착하고 방금 전에 잔극으로 일격을 가했지만 흑월검존의 숨통을 끊어놓지 못하고 중상만 입히고 말았다.

광전은 자신의 머리 위에서 흑월검존의 검이 세로로 그어져 내리는 것을 발견했지만 조금도 놀라지 않았다.

애초부터 광전은 흑월검존의 일초지적도 되지 못했다. 급습, 그것도 가장 확실한 급습이 아니고는 광전으로서는 흑월검존 몸에 터럭만한 상처도 입히지 못할 것이다.

광전은 흑월검존의 검을 피할 재간도 없었지만 피할 생각조차 하지 않았다.

퍽!

최악!

두 개의 각기 다른 음향이 터졌다.

흑월검존의 시커먼 흑검이 광전의 정수리에서부터 사타구니까지 세로로 길고도 깊숙이 단칼에 베어버렸고, 자신의 생사를 돌보지 않고 벼락같이 휘두른 광전의 잔극이 흑월검존의 복부를 가로로 길게 그어버렸다.

"흐윽!"

흑월검존은 갈라진 복부를 움켜잡고 비틀거렸다. 그의 손가락 사이로 내장이 삐져 나오고 있었다.

"이 자식! 왜 나를 배신하는 것이냐?"

흑월검존은 사납게 인상을 쓰면서 씹어뱉듯이 물었다.

"흐으… 사매의 원수는 내 원수다! 네놈을 일격에 베어 죽였어야 했는데, 원통하다!"

광전은 흑검에 일도양단된 상태지만 아직 몸이 쪼개지지 않은 채 하얀 이를 드러내면서 으르렁거렸다.

"사매의 원수? 내가 어째서 네놈의 사매인 소명 그 계집의 원수란 말이냐?"

흑월검존은 대낮부터 여자들과 질펀하게 마시면서 히히덕거리느라 많이 취한 상태지만 정신만은 또렷했다.

만약 그가 만취하지 않았더라면 광전에게 급습당하는 일 따윈 벌어지지 않았을 것이다.

광전은 원통하다는 듯 흑월검존을 노려보면서 씹어뱉었다. 그의 뼈와 내장과 오장육부는 정확하게 반으로 베어졌지만 금세 죽진 않았다. 아마도 원통했기 때문이리라.

"네놈이 고연을 죽였기 때문이다! 사매는 고연을 사랑한다! 그러므로 네놈은 사매의 원수고 나의 원수다! 알아들었느냐?"

척!

그때 방문이 열리면서 흑살신녀 소명이 들어서다가 실내에 벌어져 있는 광경을 목격하고는 그 자리에 얼어붙고 말았다.

“사형!”

소명은 한눈에 상황을 간파했다. 그녀는 광전을 쏘아보며 악을 쓰듯 외쳐 댔다.

그녀의 표정이 찰나지간에 무수히 변했다. 분노와 경악, 후회와 안타까움과 깨달음이 번갯불처럼 그녀의 뇌리와 동공 속으로 스쳐 갔고 그녀는 곧 입술을 깨물며 결단을 내렸다.

창!

“이런 죽일 놈! 감히 막주를 배신하고 암습을 하다니!”

순간 소명은 득달같이 어깨의 검을 뽑는 것과 동시에 욕설을 퍼부으며 광전을 향해 덮쳐 갔다.

쐐애!

소명의 검이 곧장 광전의 상체를 향해 기쾌하게 그어져 갔다.

“오냐! 그 새끼 목을 잘라 버려라!”

흑월검존은 소명이 나타나자마자 광전을 공격하는 것을 보고는 배를 움켜잡은 채 즉시 한 걸음 뒤로 비틀 물러서면서 광전을 쏘아보며 욕을 퍼부었다.

광전은 피할 수도 없었고 피할 수 있다 하더라도 피하지 않았을 것이다.

소명의 뜻을 알기 때문이다. 그래서 그는 물러서는 흑월검존을 향해 몸을 날려갔다.

“이런 미친놈! 내 칼에 죽고 싶다는 것이냐?”

푸욱!

흑월검존은 부나비처럼 덮쳐 오는 광전의 목 한 복판에 흑검을 깊숙이 찔러 넣으며 득의하게 잔인한 미소를 흘렸다.

그 순간 최초에 광전을 베려고 허공을 갈랐던 소명의 검이 갑자기 방향을 바꾸어 흑월검존의 얼굴로 날아들었다.

"네년이?"

흠칫 놀란 흑월검존이 급히 검을 뽑으려 했지만 흑살잔극이 자신의 목 한복판에 깊숙이 꽂힌 검을 두 손으로 움켜잡고 있었기 때문에 쉽사리 뽑히지 않았다.

"흐흐흐… 저승에 가거든 고연에게 무릎 꿇고 빌어라!"

광전은 오히려 흑월검존을 보며 입에서 꾸역꾸역 피를 흘리면서 섬뜩하게 웃었다.

푸욱!

"허억!"

순간 소명의 검이 흑월검존의 심장을 깊숙이 찔렀다. 그의 등 뒤로 검날이 한 뼘이나 튀어나왔다.

"호호홋! 죽였다! 연 아우의 원수 놈!"

소명은 검을 놓고 고개를 젖히며 깔깔대고 웃음을 터뜨렸다.

"끄으으… 이런 개년!"

팍!

"악!"

흑월검존은 광전의 목을 찔렀다가 그에게 잡혀 있는 검을 그대로 놔둔 채 자신의 심장에 꽂혀 있는 소명의 검을 뽑아 소명을 단칼에 베었다.

소명의 허리가 무처럼 뎅겅 잘라졌다.

소명의 몸뚱이가 두 개로 분리되어 바닥에 각각 나뒹굴었다.

"명아……."

광전은 바닥에 창자를 쏟으면서 소명에게 기어갔다.

소명의 분리된 몸뚱이가 둘이라서 그는 소명의 얼굴이 있는 쪽으로 결사적으로 기어갔다.

"사, 사형… 내 꼴… 우습… 지……."

광전이 소명의 상체를 안자 그녀가 뺨을 광전의 어깨에 기대며 일그러진 웃음을 지었다.

"허허… 아니… 예쁘다……."

광전 눈에는 세상에서 소명보다 아름다운 여자가 없었다.

"나… 고연… 연 아우를… 사랑하는 게 아냐……."

"……."

"하아… 연 아우는… 내게… 가족이라는 것을… 정이라는 것을 가르쳐 주었어……."

"그랬구나."

"있지……."

"응?"

"사형은 바보야……."

"왜……."

"내가… 사형을… 사랑하고 있는 거… 모르고… 있었잖아……."

"허허… 그랬… 어?"

소명과 광전은, 서로를 꼭 부둥켜안은 채 저승으로 떠났다.

두 사람의 얼굴에는 흐뭇하고 애틋한 미소가 가득했다.

그들은 이제 영원히 헤어지지 않을 것이다.

＊　　　＊　　　＊

신시, 요동성.

지하 연공실, 얼마 전에 신옥의 유체가 좌정해 있던 자리에 유화가 반듯하게 눕혀져 있고, 그 앞에 고연이 단정히 무릎 꿇고 앉아서 기원을 올리고 있다.

"천제시여! 아버님 신옥이시여! 부디 아들의 기도를 들어주옵소서! 여기 누워 있는 여자는 저의 목숨이나 다름없는 제 아내이온데 너무도 착하고 가련한 사람입니다! 열다섯 살에 저와 혼인하여 제 아내가 되었지만 불과 한 시진 만에 헤어지는 운명이 되었다가 닷새 전 육 년 만에 재회하였는데 저에게 단 세 마디만 남기고는 이처럼 살아 있지도 죽지도 않은 상태가 되고 말았습니다!"

그의 기도는 넓은 지하 연공실을 나직하고도 구슬프게 울렸다.

사실 유화는 아직 죽지 않았다. 그렇다고 해서 살아 있다고도 할 수 없었다.

원래 그녀는 지독한 춘약에 중독됐고 스스로 주화입마를 자초했기 때문에 온몸의 음기가 한 올도 남아 있지 않았고 혈맥과 경락이 모조리 끊어지고 폐쇄되어서 당연히 죽어야만 했다. 그런데도 그녀는 죽지 않았다.

아니, 지금 그녀의 상태는 뭐라고 설명할 수 없는 애매모호한 것이었다.

굳이 설명하자면 육신은 죽었으되 정신, 즉 영혼과 극소량의 기(氣)만 살아 있는 믿기조차 어려운 괴이한 상태였다.

그것은 고연이 유화에게 입맞춤을 하면서 정심(精深)하기 짝이 없는 진기를 주입시켰기 때문에 가능했다.

고연의 절절한 기도가 이어졌다.

"간절히 원하옵건대 부디 제 아내를 소생시켜 주십시오! 그러나 그것이 불가(不可)하다면 저와 아내가 이승이든 저승이든 함께 있게 해주옵소서! 함께 있을 수만 있다면, 다시는 이별하지 않을 수만 있다면 지옥이라도 상관없나이다!"

고연의 뺨을 타고 굵은 눈물이 흘러내렸다.

누워 있는 유화의 감겨진 눈에서도 속눈썹을 적시며 눈물이 솟구쳐 뺨을 타고 흘러내렸다.

육신은 죽었으나 영혼은 살아 있기에 고연의 간절한 기도가 하늘에 닿기 전에 유화의 가슴에 닿은 것이다.

고연도 울고 유화도 울고 사랑도 울었다.

이제 기도가 하늘에 닿아 하늘이 울면 고연의, 아니, 두 사람의 소원이 이루어질 것이다.

유화가 죽는다면 고연도 죽을 것이고, 그녀가 소생한다면 고연도 살아남을 터이다.

*　　　　*　　　　*

무령산 장백파.

"어쭈, 요놈이 이제 아비를 막 패네?"

우태는 지겹지도 않은지 하루 종일 돌도 지나지 않은 아들 우연을 안고 침상을 뒹굴었다.

너무 예쁘고 귀여워서 얼굴이고 팔다리고 심지어는 엉덩이까지 쭉쭉 빨다가는 아이를 품에 안고 방 끝에서 끝까지 데굴거리다가 아이가 잠들면 일각을 참지 못하고 또다시 자는 아기를 건드려서 깨우고는 우는 아기를 달랜답시고 품에 안던가 무등이나 목마를 태우고는 펄쩍펄쩍 온 실내가 좁다 하고 뛰어다녔다.

지금도 우태는 침상에 누워서 자신의 배 위에 아기를 엎드리게 해놓고는 아기가 앙증맞은 손으로 자신의 얼굴을 건드리자 죽는다고 비명을 지르면서도 마냥 행복한 얼굴이다.

침상 옆 의자에 앉아서 수를 놓으며 그 광경을 보던 고예 역시 행복한 얼굴이었다.

"호홋! 누가 당신을 때린다는 건가요? 제가 보기에는 당신이 연이를 괴롭히는 것 같군요."

"아니, 이젠 모자가 동시에 날 공격하는군? 이거야 억울해서 견딜 수가 없군 그래! 음!"

"이봐, 태. 그렇다면 내가 자네 편을 들어줄까?"

그때 방문 쪽에서 봄바람처럼 조용한 음성이 들려왔다.

그 순간 우태와 고예는 약속이나 한 것처럼 동작을 뚝 멈추고 번갯불에 심장이 관통된 것처럼 온몸을 부르르 격하게 떨었다.

그 음성은 눈을 뜨나 감으나 자나깨나 한순간도 잊지 못했던 사람의 것이 아닌가.

두 사람은 황급히 방문 쪽을 쳐다보았다.

"아아!"

"아……!"

두 사람의 눈이 화등잔처럼 커졌고 얼굴에는 그들이 평생토록 처음 지었을 최대의 경악지색이 가득 떠올랐으며 벌어진 입에서는 탄성이 흘러나왔다.

그리고는 눈물이 두 사람 눈에서 샘물처럼 쏟아졌다. 그들의 눈물 너머로 그토록 그리워했던 고연과 어머니의 모습이 신기루처럼 나란히 서 있었다.

우태와 고예는 장백파로 돌아온 아란타와 우상으로부터 고연이 살아 있다는 말을 들었다.

처음에 두 사람은 그 말을 믿지 않았다. 믿기에는 고연의 죽음으로 그들이 겪었던 충격이 너무 컸었던 것이다.

아란타와 우상은 고연이 살아 있으며 신인이 됐다는 사실을 우태와 고예에게 믿게 하느라 진땀을 흘려야만 했었다.

그래도 우태와 고예는 쉽사리 믿지 않았다. 아니, 믿기는 했지만 반신반의했다는 표현이 옳았다.

그런데 지금 두 사람 앞에 고연과 어머니가 꿈처럼 나타난 것이다. 정녕 꿈처럼 말이다.

"연!"

"연 오라버님! 어머님!"

두 사람은 동시에 악을 쓰듯 외쳤고 우태는 미친 듯이, 정말 미친 듯이 고연에게 달려갔다.

고연은 담담히 미소 지으면서, 어머님은 기쁨의 눈물을 흘리며 두 팔을 벌려 두 사람을 맞이했다.

경악도 이런 경악이 없고 혼비백산도 이런 혼비백산이 없었다. 우태는 자신이 안고 있던 아기가 자신의 손에서 벗어나 침상 아래로 굴러 떨어졌는데도 깨닫지 못하고 있었다.

죽었던 고연이 살아서 나타났고, 고예의 절규와도 같은 외침으로 고연과 나란히 서 있는 여자가 어머님이라는 사실을 깨닫고는 우태는 자신이 필경 꿈을 꾸고 있는 것이라고 생각했다.

쾌악!

"연!"

"태!"

고연과 우태는 서로를 힘껏 부둥켜안았다.

두 사내는 말이 필요하지 않았다.

얼싸안은 몸으로, 맞닿은 가슴으로, 마주 보는 눈길로 육 년 동안 가슴속에 켜켜이 산처럼 쌓아두었던 말들을 한순간에 모조리 풀어냈다.

"훌륭한 청년이 됐군, 연!"

"자넨 아빠가 됐군!"

두 청년은 세상을 다 가진 것처럼 환한 웃음을 지었다.

"예야! 으흐흐흑!"

그때 고예에게 다가갔던 어머니가 고예의 잘려진 발목을 보고는 울음을 터뜨렸다.

고연은 우영극에게 고예와 우태에 대해서 자세히 듣고 몹시 상심했었다.

고예가 그토록 고생하다가 끝내는 발목까지 잘렸다는 사실,

고예를 돕다가 죽을 고생을 했던 사내가 다름 아닌 우태였다는 사실,

그리고 고예가 아기를 낳았으며 두 사람이 천신만고 끝에 다시 만나 무령산의 장백파에 있다는 얘기를 듣고는 희비가 엇갈렸었다.

고연은 그런 얘기들을 몹시 망설이다가 어머니에게 해줄 수밖에 없었다.

어머니의 충격은 예상했던 것보다 더 컸다. 하지만 고예가 살아서 아기를 낳고 혼인까지 했다는 사실을 위안으로 삼아야만 했다.

하지만 어머니는 고예의 발목이 없는 것을 막상 눈으로 보게 되자 오열을 참지 못한 것이다.

"이 녀석, 예야."

고연은 앉아 있는 고예의 발이 없는 것을 발견하고는 가슴이 미어지는 것을 느끼며 그녀의 얼굴을 가슴에 꼭 끌어안았다.

"흑흑! 오라버님… 정말 오라버님이 맞나요?"

고예는 두 팔로 고연의 허리를 꼭 끌어안고 흐느끼면서 물었다.

"오라비는 네게 면목이 없구나."

고구려가 멸망한 것이, 그래서 요동성이 초토가 되고 부녀자들이 당나라의 노예로 끌려간 것이 고연의 잘못이 아닌데도, 그는 자신의 죄인 양 죄책감을 떨쳐 버릴 수가 없었다.

"오라버님… 아아, 오라버님……."

고예는 그 말만을 되풀이하며 울고 또 울었다. 그녀는 고향을 떠나 노비가 되었고 순결을 빼앗기고 기녀가 되었으며 끝내 발목이 잘리는 신세가 됐었다.

하지만 천신만고 끝에 살아남아서 결국에는 우태의 아기를 낳았고 사랑하는 우태를 만나 그와 가정을 꾸미고 행복한 나날을 보내던 중이었다.

그러던 중에 꿈에서조차 그리워하던 고연과 어머니를 다시 만났으니 고연을 원망하기는커녕 하늘에 절이라도 올리고 춤이라도 덩실덩실 추고 싶은 심정이었다.

문득 고예는 고연의 품에서 빠져나와 고연의 좌우를 두리번거리면서 누군가를 찾았다.

"오라버님, 새언니는 어디에 있나요?"

“…….”

고연은 또다시 억장이 무너지는 심정이었지만 내색하지 않으려고 무진 애를 썼다.

고연 대신 어머니가 고예에게 온화한 음성으로 설명했다.

“연이가 우리 모두와 고구려 유민들을 데려가서 세세토록 살 곳을 마련해 두었단다. 며늘아기는 그곳에 먼저 가서 우리를 맞을 준비를 하고 있단다.”

“아! 그렇군요!”

고예는 그제야 안도의 표정을 지었다.

“그게 정말인가, 연? 우리가 모두 살 곳을 마련했다는 말이?”

“그렇네. ‘신시’ 라고 하지.”

“아아! 신시… 신시…….”

우태는 감격하는 표정으로 ‘신시’ 를 반복해서 중얼거렸다.

문득 고연은 바닥을 기어다니고 있는 우태와 고예의 아들 우연을 어머니가 그윽한 표정으로 굽어보고 있는 것을 발견하고 짐짓 우태를 꾸짖었다.

“여보게, 태. 자네 부자(父子)는 장모님과 할머니께 인사도 드리지 않을 셈인가?”

“앗!”

우태는 경황 중이라 깜빡 잊고 있다가 화들짝 놀라며 그 자리에 폭삭 엎어지며 어머니에게 절을 올렸다.

“자, 장모님! 소인… 우태라고 합니다! 절 받으십시오!”

“이 사람, 우 서방. 사위가 장모에게 소인이라니……. 자넨 우린 예를 구해준 은인일세. 절은 내가 해야지. 어서 일어나게.”

어머니는 급히 우태를 부축해서 일으켰다.

"이 녀석, 정말 대장군감이로군!"

어머니는 우연을 안고 흐뭇한 마음을 가누지 못하고 연신 웃음을 지었다.

"무슨 일이지? 밖이 소란스러운 것 같지 않니, 파르마?"

미라와 파르마는 언제나처럼 탁자에 마주 앉아서 창밖을 내다보며 차를 마시다가 밖에서 여러 소리들이 들려오자 미라가 반쯤 열린 창을 보며 의아한 표정을 지었다.

"글쎄, 무슨 일이지? 나가볼까?"

두 여자는 나란히 문 쪽으로 걸어갔다.

이제 스물한 살이 된 두 여자의 육체는 무르익을 대로 무르익어서 슬쩍 손가락을 대기만 해도 터져 버릴 것만 같았다.

늘씬한 체구의 두 여자가 걸음을 옮길 때마다 풍만한 젖가슴과 팽팽한 둔부가 이리저리 출렁였다.

척!

파르마가 손을 내밀어 방문을 열려고 하자 밖에서 누가 방문을 먼저 열었다.

"……."

"……."

다음 순간 두 여자는 아무 말도 하지 못하고 앞을 보면서 그 자리에 얼어붙고 말았다.

그리고 두 여자는 눈앞이 뿌옇게 흐려지면서 몸이 덜덜 떨리기 시작하는데 누가 먼저랄 것도 없이 서로를 쳐다보며 신음 같은 말을 흘려냈다.

"미, 미라, 나 아픈가 봐⋯ 헛것이 보여⋯⋯."

"파르마, 나도 그래⋯ 연 대가 모습이 보여⋯⋯. 우, 우리 지금 똑같이 꿈꾸는 거야?"

문밖에 우뚝 서 있던 고연이 방 안으로 한 걸음 성큼 들어서며 두 팔을 활짝 벌렸다.

"파르마! 미라! 잘 있었느냐?"

"아⋯⋯."

"어, 어쩌면 좋아⋯⋯."

미라와 파르마는 얼굴이 해쓱해지면서 몸을 와르르 떨더니 그대로 힘없이 쓰러졌다.

아니, 쓰러지기 직전에 고연이 두 팔을 뻗어 두 여자를 가볍게 안아 올렸다.

"이 녀석들아! 육 년 만에 오빠를 만났는데 인사가 겨우 쓰러지는 것이냐?"

아란타와 우상은 미라와 파르마에게도 고연이 살아 있다는 사실을 전해주었다.

그러나 이 두 여자는 그 사실을 우태와 고예보다 더 믿으려고 들지 않았다.

두 여자는 고연의 장례를 치른 후 자신들의 거처에 단(壇)을 세우고 신주(神主)를 받들어 궤연(几筵)에 모시고는 이날까지 그곳에서 살다시피 했었다.

단 앞에 나란히 무릎을 꿇고 앉아서 신주를 보고 하염없이 눈물을 흘리며 과거 고연과의 행복했던 시절을 회상하면서 가슴 아파하다가는 그대로 쓰러져서 잠이 들었다가 깨고, 깨서는 또 신주를 바라보며 고연을 그리워하는 것이 그녀들의 일과였다.

미라와 파르마는 과거의 그녀들이 아니었다.

오정산 산채 시절 발랄했던 이국 소녀 때보다 훨씬 더 성숙해졌으며 정신적으로도 어엿한 여인으로 변모해 있었다.

미라와 파르마는 고연이 살아 있다고 전해주는 아란타와 우상을 오히려 야단쳤다.

이유는 죽은 고연을 모욕한다는 것이었다.

그 지경에 이르자 아란타와 우상은 더 이상 그녀들을 설득하지 못하고 물러설 수밖에 없었다.

오직 고연만을 유일한 남자로, 자신들의 신으로 받들고 있는 미라와 파르마는 제단 앞에서 고연을 모시다가 죽기로 맹세한 바 있다.

완고하기 짝이 없는 두 여자.

바로 그녀들 앞에 죽었던 고연이 현신한 것이다.

그랬으므로 미라와 파르마는 자신들이 필경 꿈을 꾸는 것이거나 아니면 고연을 너무 그리워한 나머지 결국 병에 걸렸을 것이라고 생각하는 것이 당연했다.

그러나 꿈이라도 좋았고 죽을병에 걸렸더라도 상관없었다. 고연 곁에만 있을 수 있다면…….

미라와 파르마는 담담히 미소 짓고 있는 고연의 품에 안겨 파들파들 몸을 떨면서 울다가 고개를 들고 고연의 얼굴을 만지고 그의 몸을 더듬다가는 또 펑펑 울고 서로를 꼬집고 물기도 하더니 끝내는 혼절하고 말았다.

그래도 두 여자는 끝까지 고연의 품에서 벗어나지 않았다.

第 九十七 章　동천국(東天國) ■

동천국(東天國)

오래전에 비운의 두 여자가 노비 생활을 했던 곳,

대당국의 도읍인 장안성 태왕부에 그녀들이 다시 돌아왔다.

이명이 고연과의 결투 장소를 태왕부로 정했을 때 고연은 선선히 수락했다.

그것은 자신감의 표시이다.

지름이 백여 장에 이르는 드넓은 연무장 한복판에 고연과 이명이 열 걸음 정도의 거리를 두고 마주 서 있었다.

이명에게 고연은 연적(戀敵)이고 숙적(宿敵)이며 난적(難敵)이고 반드시 꺾어야 할 필적(必敵)이다.

또한 이제는 서로에 대한 적개심과 활활 타오르는 복수심마저 품고 있었다.

이명의 이십여 장 뒤쪽에는 커다랗고 호사로운 차일이 쳐져 있는데 그 아래 명신왕이었다가 태상왕이 된 애꾸눈 이설이 화려한 태사의에 앉아 있었다.

그리고 그 뒤쪽에 이설의 기라성 같은 측근들, 그리고 한비 등 수십 명이 도열해 있었다.

그 기라성 같은 측근들 중에는 종남파 장문인 유운비검절과 공동파 장문인 복마장황도 있었다.

바로 장백파를 멸문시킨 원수들 중에 마지막 남은 두 명이었다.

"한비."

이설이 하나뿐인 눈에 흥미로움을 가득 담고 한비를 불렀다.

"하문하십시오, 전하!"

한비는 즉시 이설의 옆으로 달려가 바닥에 부복했다.

"명아가 몇 초식 만에 고연이라는 놈을 죽일 수 있을 것 같으냐?"

당연히 이명이 이길 것이라는 전제 하에 묻는 것이다.

"태자님 정도의 초극고수시라면 아마도 십 초식 안에……."

"쓸데없는 소리! 일 초식이다!"

한비는 자신의 솔직한 의견을 말했지만 이설은 못마땅한 듯 눈썹을 좁히며 낮게 일갈했다.

"용서하십시오."

한비는 더욱 고개를 조아렸다가 뒷걸음쳐서 물러났다.

"태상왕 전하."

그때 한비의 반대편에 있던 한 명의 단삼인이 공손히 이설을 부르고는 이명과 마주 서 있는 고연을 가리키며 말을 이었다.

"저놈이 누군지 모르시겠습니까?"

이설은 하나뿐인 눈을 가늘게 뜨고 초점을 맞추면서 고연을 주시하다가 고개를 가로저었다.

“모르겠다. 내가 본 적이 있는 놈이냐?”

“그렇사옵니다.”

오십대 초반의 나이에 염소수염을 기른 단삼인은 의미있는 표정으로 고개를 조아렸다.

“답답하구나. 저놈이 누군지 어서 말해 봐라, 겸책사.”

단삼인 겸책사는 권모술수가 가득 담긴 눈으로 이설의 발등을 굽어보며 머리를 조아렸다.

그는 이설의 두뇌로서 과거 한비를 만나러 요서의 오정산까지 갔던 적이 있었다.

“저놈은 육 년 전에 요동성 전투에서 태상왕 전하의 용안(龍眼)을 상하게 했던 고구려군 철갑기병입니다.”

실로 놀라운 사실이었다.

“무엇이?!”

이설은 너무 놀라서 자신도 모르게 튕기듯이 일어서며 모든 사람들이 자신을 쳐다볼 정도로 크게 외침을 터뜨렸다.

그는 한참이나 고연을 뚫어지게 쏘아보았다.

이윽고 그의 동공이 점차 크게 확대되면서 육 년 전 자신을 죽이려고 기를 쓰다가 투구가 벗겨지고 온몸에 칼과 창, 도끼를 찔리고는 쓰러졌던 고연의 모습이 뚜렷하게 새겨지더니 이윽고 낮은 신음을 토해냈다.

“으드득! 정말 그놈이 틀림없군!”

그는 얼마나 분노했는지 이까지 갈아붙였다.

사람의 눈이란 신체의 어떤 부위보다도 중요하다. 더구나 이설처럼 지고무상한 신분이 애꾸가 됐다는 사실은 병신이 됐다는 의미 이상의 의미를 지니게 마련이다.

"헛헛헛! 저놈이 살아 있었다니 참으로 뜻밖이로군! 하늘이 날 돕는 구나!"

이설은 요동성 전투에서 고연이 죽었을 것이라고 생각했었다.

그 당시 그는 자신을 애꾸로 만든 철갑기병을 찾으려고 예정보다 오래 요동성에 머물면서 오천여 명의 당군 생존자들을 모두 풀어 주변을 샅샅이 뒤졌지만 끝내 찾지 못하고 분루를 흘리며 떠나야 했었다.

그래서 복수를 할 기회가 영영 없어진 것을 한탄했었는데 그가 살아서 자신의 눈앞에 나타나자 절로 기분이 좋아졌다.

자신이 알고 있는 가장 잔인한 방법으로 복수를 할 수 있게 되었기 때문이다.

"명아! 저놈을 죽이지 말고 제압해서 아비 앞으로 데려오너라!"

이설은 당연히 이명이 이길 것이라는 판단 하에 이명의 등을 향해 그렇게 외쳤다.

고연의 오른쪽에도 담을 등지고 큰 차일이 쳐져 있는데 그곳에는 발율국의 왕 시타르탄과 대장군 타클라가 나란히 앉아 있고 뒤쪽에는 측근들이 도열해 있었다.

"훌륭하게 성장했군, 연 아우."

시타르탄은 고연을 주시하며 흐뭇한 미소를 떠올렸다.

"그렇군요. 천신이 따로 없습니다."

타클라도 고연에게서 시선을 떼지 못하며 미소 지었다.

이명은 자신이 고연에게 패하리라고는 추호도 염려하지 않았다. 그래서 그는 발율국의 왕 시타르탄은 물론이고 남조국의 왕과 토번의 여왕인 십절성녀까지도 정중히 초대했다.

그들을 초대한 것에는 여러 가지 의미가 있었지만 그중에 가장 큰 것이 그들 모두가 고연과 매우 친하기 때문에 만약 고연이 패할 경우 그들의 사기를 한꺼번에 크게 꺾을 수 있다는 사실에 착안했던 것이다.

그동안 시타르탄은 차근차근 세력을 넓혀서 현재는 십만여 강군을 보유하고 있었다.

그래서 그는 근래에 이르러 틈틈이 동돌궐의 변방 지역을 침입해서 야금야금 영토를 넓히고 있는 중이었다.

하지만 시타르탄은 당나라 때문에 늘 뒤가 켱겼다.

당나라의 목적은 당분간 발율국으로 하여금 동돌궐을 견제하도록 하는 것이었다.

어느 순간이 도래하면 당나라는 일거에 발율국이나 동돌궐을 쓸어버릴 것이 분명했다.

당나라, 발율국, 동돌궐은 서로를 짓밟고 짓밟혀야 할 적이었다. 다만 적의 적은 친구라는 병서(兵書)의 논리를 빌어 잠시 당나라와 발율국이 손을 잡았을 뿐이다.

아니, 당나라가 발율국에게 자신의 집 처마 밑을 잠시 빌려주어 동거를 시작했을 뿐이다.

하지만 위험한 동거였다.

시타르탄과 타클라는 곧 벌어지게 될 고연과 이명의 싸움이 얼마나 중요한지 잘 알고 있었다.

이 싸움에서 고연이 승리하면, 그래서 이명이 약속을 지킨다면 발율국은 당나라의 위협에서 단번에 벗어날 수 있을 것이다.

시타르탄과 타클라 두 사람은 각자가 고연의 장인이라고 자부하고 있었으므로 두 사람은 묘한 사돈 간(?)이기도 했다.

"이겨라! 연 아우, 박살 내버려."

시타르탄은 힘주어 주먹을 움켜쥐며 나직이 중얼거렸다.

고연의 왼쪽 이십여 장거리에도 하나의 커다란 차일이 쳐져 있었고 그 아래 세라와 한 사람이 나란히 앉아 있었다.

"여왕께선 누가 이길 것 같소?"

세라와 나란히 앉아 있는 인물.

삼십대 초반이며 금빛의 장군복을 입은 남조국의 왕은 시선을 고연에게서 떼지 않은 채 조용히 물었다.

"연 오빠가 이겨요."

세라는 '물을 걸 물어야죠?' 라는 얼굴로 태연하게 대답했다.

두 사람은 지금이 세 번째 만남이다.

강하의 낙성보에서 고연과 헤어진 세라가 남조국으로 찾아가서 남조국의 왕을 처음 만났었고, 두 번째는 수인타의 주선으로 어렵사리 만났었다.

그 두 번째 만남으로 토번국과 남조국은 동맹을 맺게 됐었는데, 만약 이번 결투에서 고연이 승리한다면 두 나라는 싸움 한 번 하지 않고 평화를 얻게 될 것이다.

세라 뒤에는 고구와 로지가 다정히 손잡고 서 있는데 두 사람은 이곳에 들어올 때부터 손을 꼭 잡고 서로 뺨을 비빈다든지 가볍게 끌어안으면서 정답게 사랑을 속삭(?)이고 있어서 결투를 관전하러 왔는지 사랑을 무르익히러 왔는지 알 수 없었다.

사실 세라나 고구, 로지 부부는 고연이 패할 것이라고는 꿈에서조차 생각하지 않았다.

고연이 붕괴되는 절곡의 수만 개의 바윗덩이들과 흙더미를 어떻게 처리했는지 생생하게 목격했었고, 또한 마천존을 너무도 간단하게 죽이는 광경을 목격했던 세 사람이 아니겠는가.

그 당시 그들이 봤던 사람은 절대 인간이 아니었다. 그들은 그때 '신(神)'을 보았었다.

누구보다도 조마조마한 사람은 고예와 어머니, 그리고 운채의 모친 빈청이었다.

세 여자는 고연의 뒤쪽 차일 아래에 나란히 앉아 있었는데, 서로 손을 꼭 잡고 긴장된 얼굴로 고연의 뒷모습에서 시선을 떼지 못하고 있었다.

고예의 아기 우연은 고예의 무릎 위에서 곤한 잠에 빠져 있었는데 이 결투장에서 유일하게 아무 생각이 없는 사람이었다.

그 차일 아래에는 고예와 어머니, 빈청만 앉아 있을 뿐 장백파 사람들은 아무도 보이지 않았다.

"제수씨."

그때 세 여자의 뒤에서 조용한 음성이 들려왔다.

세 여자가 돌아보자 거기에는 고구와 로지가 나란히 서 있었다.

"설마……."

어머니는 고구를 보며 후루룩 몸을 떨었다. 방금 그가 자신을 부른 호칭 때문이었다.

이 세상에서 자신을 그렇게 부를 사람은 단 두 사람뿐인데 그중 한 사람이 눈앞에 서 있었다.

"고구외다."

“아, 아주버님……!”

어머니에겐 고구가 남편의 형이다. 세상에 단 한 명뿐인 웃어른인 것이다.

“고생 많으셨소, 제수씨.”

고구의 따스한 말에 어머니는 눈시울이 뜨거워지더니 급기야 그 자리에 쓰러지듯 무릎을 꿇으면서 울음을 터뜨렸다.

“흐흐흑! 아주버님!”

고구를 만난 어머니는 만감이 교차했다.

고구는 고중현과 외모가 너무도 많이 닮았다. 그래서 어머니는 가장 먼저 남편 고중현이 사무치게 그리웠다.

그리고는 그간의 고생했던 일들이 주마등처럼 스쳐 가며 설움이 북받쳐 올랐다.

어머니와 고예는 사람들로부터 고구와 로지에 대해서 들었지만 직접 보기는 처음이었다.

고구 역시 오래전에 불경을 가지러 천축으로 떠났었기 때문에 고중현이 혼인한 사실조차 모르고 있었다.

“흑흑! 아주버님을 뵈옵니다.”

어머니는 몸을 격하게 떨면서 고구에게 절을 올렸다.

“제수씨, 어서 일어나시오.”

고구는 급히 어머니를 부축했다.

고구의 부드럽고 따스한 손길은 어머니로 하여금 또 고중현을 생각나게 했다.

“흑흑흑! 아주버님…….”

“이제 행복할 일만 남았소, 제수씨. 가족이 다 모이지 않았소?”

고구는 자신의 앞섶을 흠뻑 적시면서 울어대는 어머니의 등을 토닥이며 위로했다.

"큰아버님……."

고예는 어머니보다 더 먼저 눈물을 흘리고 있었다.

그녀는 발이 없어서 그 자리에 앉은 채 고구를 보며 하염없이 눈물을 흘렸다.

"예야……."

고구는 고예를 품에 꼭 안았다.

혈육의 정이 그들 사이에 조용하고도 뜨겁게 흘렀다.

"이 사람은 내 아내요."

이윽고 고구는 로지를 소개했다.

로지는 처음에 이쪽 차일에 와서 고예와 어머니를 보는 순간부터 비 오듯이 눈물을 흘리고 있었다.

"형님……."

어머니는 로지를 보며 또 다른 이유의 눈물을 쏟았다.

"고생 많았어요, 아우님… 흑흑흑!"

로지는 어머니보다 더 많이 더 서럽게 울어댔다. 그녀는 정말 강적이었다.

"울지 마세요, 형님."

그래서 어머니는 울지도 못하고 로지를 달래느라 진땀을 흘려야만 했다.

빈청 역시 고구에게 공손히 인사를 올렸다.

고구는 살아 있는 고구려 사람 중에서 가장 신분이 높은 사람이다.

고구와 네 여자는 나란히 앉았다.

"잘 보시오, 제수씨, 연이가 어떻게 복수를 하는지를."

고구는 고연을 보며 의미심장한 미소를 지었다.

"연이가 이길 수 있을까요?"

어머니는 그저 아들이 싸운다는 사실 때문에 걱정할 뿐이었다. 세상의 모든 어머니가 다 그렇듯이.

"하하하! 이길 수 있겠느냐고 물었소?"

고구는 흐뭇한 미소를 입가에 피워 물었다.

"연이는 신(神)이오."

고예와 어머니와 빈청은 지금 당장은 그 말이 무슨 뜻인지 몰라서 의아한 표정을 지었다.

그러나 잠시 후 그녀들은 고연이 신이 됐다는 사실을 똑똑하게 목격할 수 있었다.

"어떤 방식으로 싸우고 싶으냐?"

이명이 고연을 주시하면서 독한 마음을 먹고 있는 내심과는 달리 여유있는 어조로 입을 열었다.

"좋을 대로."

고연은 무심하게 대꾸했다.

"죽는 사람이 패하는 것으로 하자."

이명이 약간 감정을 섞어서 내뱉었다.

고연은 대답 대신 가볍게 고개를 끄덕였다. 지금 그는 아무 말도 하고 싶지 않았다.

그의 몸은 이곳에 있지만 마음은 온통 신시에 두고 온 유화 생각으로 가득 차 있었다.

이명은 잠시 염두를 굴렸다.

초극고수들이 생사의 결투를 벌인다면 주위 수백 장 이내가 초토로 변할 것이다.

그렇다면 관전하고 있는 사람들 중에서 죽거나 다치는 사람들이 속출할 것은 당연지사다.

이명의 눈이 약간 가늘어졌다.

"내공으로 싸우자."

고연의 눈빛에는 아무것도 떠올라 있지 않았다.

이명은 그의 침묵을 수락으로 받아들였다.

절정에 도달한 고수들이 시간을 오래 끌지 않고 빠르게 승부를 내는 방법으로 자주 사용하는 결투 방법이 내공 싸움이다.

마주 선 두 사람이 제자리에서 한 발자국도 움직이지 않고 일체의 초식도 없이 자신의 내력만을 발출하여, 이른바 힘 겨루기를 하는 것이므로 특별한 경우를 제외하고는 관전하는 사람들의 안전은 거의 보장된다.

그러나 내공 싸움을 하면 한 사람은 반드시 죽게 되고 살아남은 사람도 치명적인 내상을 입게 된다. 상대보다 월등한 내공을 지니지 않았다면 말이다.

문득 고연의 눈빛이 미미하게 흔들렸고 이명은 날카롭게 그것을 놓치지 않았다.

그래서 그는 승리를 장담했다.

고연이 불안해한다고 판단한 것이다.

하지만 고연의 눈빛이 흔들린 이유는 지금 이 순간에도 유화를 걱정하고 있었기 때문이다.

“우린 언제 싸우지?”

고연이 무심하게 중얼거리듯 말하자 이번에는 이명의 눈빛이 가벼이 흔들렸다.

고연이 불안해하고 있을 것이라는 방금 전의 판단이 틀렸다고 생각한 것이다.

“지금 당장.”

이명은 한 치도 양보하지 않았다.

관전하고 있는 대부분의 사람들은 두 사람의 대화를 처음부터 똑똑히 들었다.

그래서 그들은 몇몇 사람을 제외하곤 고연이 이미 겁을 먹고 있으며 이 결투의 승자가 이명인 것은 따 놓은 당상이라고 지레 결론을 내려 버렸다.

누가 보더라도 이미 두 사람의 대화에서 고연은 패색이 짙어 보였던 것이다.

“앗!”

“연 오빠!”

장백파 진영에서 뾰족한 비명성이 터져 나왔다. 고연이 서 있다가 갑자기 가슴을 보이지 않는 커다란 무엇에 거세게 부딪친 것처럼 뒤로 서너 걸음이나 물러서며 비틀거렸기 때문이다.

바야흐로 내공 싸움이 시작되었다.

제삼자의 구령에 따라 내공 싸움에 임하는 두 사람이 동시에 내공을 발출해야 하는 규칙을 이명이 위반하고 먼저 내공을 발출한 것이다.

방금 고연은 이명의 내공이 자신에게 해일처럼 쇄도하는 것을 감지했지만 내버려 두었다.

치명적이지 않다고 판단했고 그것으로 이명에 대한 배려를 이젠 접겠다는 속 깊은 마음이었기 때문이다.

이명도 그것으로 고연이 피를 토하고 쓰러질 것이라곤 예상하지 않았다.

단지 기선 제압용일 뿐이었다.

일순, 이명의 목과 이마에 힘줄이 불끈 솟았다.

전신 공력을 끌어올리는 것이다.

절정고수들처럼 몸에서 기가 뿜어진다거나 몸 주위에 돌풍이 휘몰아치는 현상은 일어나지 않았다. 이들은 그보다 몇 단계 높은 고수들이었다.

내공 싸움을 관전하는 사람들은 답답할 수밖에 없었다. 둘 중에 한 사람이 피를 토하면서 튕겨져야만 결과를 알 수 있고 그전에는 전혀 우열을 엿볼 수 없기 때문이었다.

투툭.

고연의 가슴과 배 어림에서 뭔가 부딪치는 듯한 미약한 음향이 터지면서 그가 쿵쿵, 네 걸음 뒤로 물러섰다.

그러자 이명 쪽 차일에서는 일제히 와아! 하는 우레 같은 환호성이 터져 나왔다.

반면에 발율국 차일과 토번, 남조국 차일, 장백파 차일에서 안타까운 탄성과 날카로운 비명성이 어지럽게 터져 나왔다.

이명의 붉어진 얼굴 아래쪽 입가에 회심의 미소가 걸렸다. 고연의 내공이 별것 아니라고 판단한 것이다.

그래서 그는 최후의 내공을 전력으로 쏟아내서 고연을 거꾸러뜨리겠다고 내심으로 작정했다.

하나 그는 작정을 하는 순간 포기해야만 했고 두 눈을 한껏 부릅떠야만 했다.

이명은 현재 전신 공력을 쏟아내고 있었다.

내공 싸움에서는 여유를 부린다거나 상대를 봐줄 여유 따위가 있을 수 없다.

여차하는 순간에 자신의 전신혈맥이 터져서 폐인이 되거나 즉사하고 말기 때문이다.

그런데 보라!

고연이 천천히 걸어오고 있었다.

한 걸음 한 걸음 마치 평지를 산책이라도 하듯이 여유로운 걸음걸이로 이명을 향해서 걸어오고 있었다.

이명 쪽 차일 아래 사람들은 눈을 부릅뜨며 경악했고, 반대로 고연 쪽 차일의 사람들은 얼굴이 환해지며 두 손을 가슴에 모았다.

이명은 황궁 절학을 극성까지 연성했고 무수한 기진이보와 영약들을 복용하여 딱히 몇 갑자라고 내공을 설명할 수 없는 단계, 즉 ‘극화경(極化境)’에 이르러 있는 초극고수다.

한비 정도는 단 일 초식에, 마천존이라면 오십 초 안에 거꾸러뜨릴 수 있는 가히 천하제일인이라고 할 수 있었다.

그런 그가 극한으로 뿜어내는 공력을 오히려 아무 일 없다는 듯이 밀어내면서 고연이 천천히 걸어오고 있으니 경악도 이런 경악이 없었고 실로 기절초풍할 노릇이었다.

이명은 어금니를 있는 힘껏 악물었다.

그는 비로소 자신이 패할 수도, 어쩌면 죽을 수도 있다는 사실을 어느 정도 인정했다.

'오냐! 어디 끝까지 해보자!'

우우우우.

그는 최후 한 올의 공력까지도 끌어올려 모조리 쏟아냈다.

그의 머리털이 빳빳하게 곤두섰고 온몸이 태풍에 휩싸인 듯 마구 떨렸다.

쩌쩌쩌쩌쩍!

순간 이명과 고연을 중심으로 발 아래의 땅이 거북이 등처럼 마구 균열되며 빠르게 갈라져 나갔다.

그때 고연의 몸에서 무언가 은은한 금광의 덩어리가 빠져나와 몸 위로 상승하고 있었다.

금광은 빠르게 어떤 형상을 만들더니 곧 사람보다 서너 배는 큰 몸집의 커다란 금빛 삼족오로 화해서 고연의 머리 위에 날개를 활짝 펼치고 떠 있었다.

바로 삼족오 금오였다. 고구려와 장백파와 신옥과 고연의 상징이었다.

그워어어ㅡ!

금오가 커다란 입을 쩍 벌리고 포효했다.

그 소리에 이명의 차일 아래에 있던 사람들만 귀를 틀어막았고 안색이 창백해졌다.

금오의 포효는 고연 쪽 사람들에게는 추호의 피해도 끼치지 않았기 때문이다.

저벅저벅.

고연은 천천히 이명을 향해 걸어갔다.

추호도 힘들어하는 기색이 아니었다.

금오도 커다란 날개를 천천히 펄럭이며 고연의 머리 위에서 고연을 따랐다.

금오가 날개를 펄럭일 때마다 은은한 금광이 주위로 파도처럼 쏟아져 나갔다.

투둑, 툭!

이명의 목덜미와 얼굴 손등에서 핏줄이 터지며 피가 뿜어졌다. 한계 이상의 공력을 발출했기 때문이다.

"크으으……."

이명은 입으로 핏덩이를 토하면서 고통스러운 신음을 흘리며 비틀거렸지만 물러날 수가 없었다.

고연에게서 뿜어진 내력이 그를 사방에서 옴짝달싹못하게 꽁꽁 묶어버렸기 때문이다.

그 꽁꽁 묶는 내력이 없었더라면 이명의 몸은 이미 몸속에서 폭약이 폭발하는 것처럼 산산조각났을 것이다.

고연은 이명의 세 걸음 앞에서 걸음을 멈추고 명경지수처럼 고요한 눈빛으로 그를 응시하며 조용히 입을 열었다.

"더 하겠느냐?"

내공 싸움을 하면서 말을 하는 것은 금기 중에서도 금기다. 기가 흩어져서 그 즉시 전신혈맥이 파열되기 때문이다.

하나 고연은 예외였다.

그는 모든 것으로부터 예외였다.

그로 인해서 무림의 금기가 무너지고 있었고, 또한 그로 인해서 무림의 역사가 새로 시작되고 있었다.

"으으… 주, 죽여라……."

이명은 두 눈과 코, 귀, 입에서 꾸역꾸역 피를 흘리면서 혈귀 같은 모습으로도 승복하지 않고 씹어뱉듯 중얼거렸다.

순간 고연의 눈빛이 차가워졌다.

살기였다.

그의 고요하던 두 눈에서 뿜어진 살기가 이명의 두 눈 속으로 파고드는 순간, 이명의 눈빛이 크게 흔들리며 방금 전 악귀 같은 눈빛은 사라지고 대신 공포가 물결쳤다.

"요, 용서해 다오……."

이명은 오장육부가 조각나고 전신혈맥이 투투둑… 터지는 것을 느끼면서 간신히 입을 열었다.

순간 고연의 눈에서 살기가 씻은 듯이 사라졌다.

그와 동시에 이명을 압박하던 산악 같은 내력도 흔적조차 없이 사라져 버렸다.

"크으으……."

쿵!

이명은 실 끊어진 연처럼 뒤쪽 허공으로 붕 날아갔다가 땅에 아무렇게나 나뒹굴었다.

고연은 우뚝 서서 십여 장 전면에 쓰러져서 꿈틀거리고 있는 이명을 묵묵히 주시했다.

고연의 오른쪽 어깨에는 독수리 크기로 변한 금오가 날개를 접고 단정하게 앉아 있었다.

'으으… 이 정도였다니…….'

이명은 칠공에서 피를 흘리며 일어서려고 안간힘을 쓰면서 내심으로 뼈아프게 중얼거렸다.

그는 안다.

자신이 조금 전에 고연에게 목숨을 구걸했고, 고연이 그의 목숨을 적선해 주었다는 사실을.

이명은 후들후들 떨리는 두 다리로 겨우 버티고 서서 핏물 흐르는 혈안(血眼)으로 고연을 쳐다보았다.

"아……!"

순간 이명은 자신도 모르게 나직한 탄성을 터뜨리며 눈을 커다랗게 떴다.

핏빛 너머에 우뚝 서 있는 고연이 사람으로 보이지 않고 천신, 아니, 고구려의 신 '천제(天帝)'로 보이고 있었기 때문이다.

그 순간 이명은 자신이 너무도 어리석었으며 초라하다는 사실을 온몸의 뼈가 가루로 변하는 아픔처럼 절감했다.

'바보 같은… 천제를 상대로 싸우다니……'

이명은 고연이 마음만 먹으면 당나라마저도 뒤집어엎을 수 있을지 모른다는 생각을 순간적으로 떠올렸다.

그는 쓰디쓴 미소를 머금고 몸을 돌려 이설이 있는 차일을 향해 비틀비틀 걸어가며 중얼거렸다.

"가시오. 나는 이 순간부터 발율국과 토번과 남조국… 그리고 고구려에 일체 관여하지 않겠소."

한비가 차일 가까이 다가온 이명을 향해 급히 뛰어나가 그를 부축했다.

"태자님!"

이설은 일어서서 이명을 쏘아보며 못마땅한 얼굴로 내뱉었다.

"못난 놈!"

이명은 한비의 부축을 받은 채 이설 앞에 겨우 서서 힘겹게 입을 열었다.

"아버님, 소자가 졌습니다. 명예롭게 약속을 지키도록 해주십시오."

"너를 믿었거늘."

이설의 얼굴이 더욱 일그러졌다.

이명은 심장을 조각내서 씹어뱉듯 말을 이었다.

"그는 신입니다, 아버님. 그와 싸우는 것은 천계(天界)와 싸우는 것입니다. 소자가 고구려의 신 삼족오에게 어리석은 싸움을 거는 짓은 이번 한 번으로 족하다고 생각합니다."

"시끄럽다! 약속 같은 것은 없다!"

"아버님!"

이명이 놀라서 급히 외쳤지만 이설은 개의치 않고 오른팔을 쳐들며 악을 쓰듯 외쳤다.

"저놈 고연을 비롯하여 이곳에 있는 모든 놈들을 깡그리 죽여 버려라!"

이명은 급히 고연을 뒤돌아보았다. 한비의 시선도 고연에게 날아가 꽂혔다. 그리고 그들은 보았다.

고연의 눈에서 은은히 흘러나오는 살광(殺光)을.

"……."

"……."

이명과 한비는 동시에 말을 잃었다. 고연의 자비를 이설은 배은(背恩)으로 보답한 것이다.

이설이 명령을 내렸지만 아무도 고연과 고연 측 사람들을 공격하는 사람이 없었다. 아니, 공격할 수가 없었다.

쐐애액—!

그 순간 돌연 어디선가 무언가가 날카롭게 바람을 가르며 이설을 향해 쏘아져 왔기 때문이다.

그것은 너무도 창졸간에 일어난 일이라서 이설의 주변에 서 있던 중인들 중 이명과 한비, 유운비검절, 복마장황 정도만이 감지할 수 있을 정도였다.

그것은 바로 우상이 쏘아낸 화살이었다.

푹—

"크아악!!"

이설에게서 가장 가깝게 서 있던 이명이 황급히 화살대를 잡았으나, 화살이 쏘아온 힘은 너무 강했다.

그리고 현재 이명은 내공 싸움에서 심한 내상을 입었기 때문에 온전한 상태가 아니었다.

화살대는 그의 손에 잡혀 있는데 앞쪽이 부러지며 화살촉은 그대로 이설의 남은 한쪽 눈에 쑤셔 박혔다.

"으아아—!! 내 눈! 눈이 안 보인다—!!"

이설은 두 눈을 감싸 쥐고 바닥에 데굴데굴 구르며 피를 뿌리면서 처절하게 울부짖었다.

"아버님!"

이설은 참담하게 외치며 급히 이설을 부축했다.

이명은 방금 전에 고연과의 약속을 지키게 해달라고 이설에게 간청했었다.

아니, 어쩌면 그것은 우매한 이설에게 경고하는 것이었다.

신과, 천계와 싸우다가 몰살당하지 말고 가만히 있으라는 경고였는데, 이설은 받아들이지 않은 것이다.

오히려 이설은 고연 이하 이곳에 있는 모든 사람들을 죽이라고 악을 썼다.

이명은 착잡한 심정을 가눌 길이 없었다.

그의 부친 이설은 결국 자승자박의 꼴이 되고 만 것이다.

문득, 이명은 고연의 뒤쪽 차일 뒤 높은 담 위에 한 사람이 표표히 서 있는 것을 발견했다.

그 사람은 여자였는데 왼손에는 커다란 고구려의 강궁을 쥐고 있었다.

그녀는 바로 방금 전에 화살을 쏘아낸 우상이었다.

우상의 두 눈에서는 고연처럼 활화산 같은 살광이 줄기줄기 뿜어지고 있었다.

오십여 장의 먼 거리에서 화살을 쏘아내 한쪽 눈에 명중시키려면 두 가지 조건이 충족돼야만 한다.

강궁과 신력(神力).

우상은 그 두 가지를 다 갖추고 있었다.

순간 이명은 급히 고연을 쳐다보았다.

응징은 이설이 장님이 되는 것으로 끝나지 않을 것이라고 판단했기 때문이다. 그리고 그의 직감은 불행하게도 적중했다.

고연이 왼손을 높이 치켜들고 있었는데, 그의 손에는 한 사람의 수급이 쥐어져 있었다. 썩지 않도록 횟가루가 듬뿍 칠해져 있는.

고연이 조용히, 그러나 위엄있게 입을 열었다.

"이것은 당고종의 밀명을 받아 더러운 암수로 장백파를 멸문시켰던 장본인 번주의 수급이다!"

이명 측 차일에 있던 사람들은 해연히 놀라 하나같이 번주의 수급을 쳐다보았다.

그들 중에서도 가장 놀란 사람은 유운비검절과 복마장황이었다. 그들은 바로 번주의 사주로 장백파를 멸문시켰던 무림고수들 중 마지막 남은 두 명이었다.

그들은 또한 이설의 야망에 동참해 있었다.

고연의 위엄있는 어조는 웅혼하게 모두의 골수에 틀어박혔다.

"그 옛날 너희 한족이 야만인에 불과했던 시기에 우리 한국의 한인 님께서 여러 경로를 통하여 너희의 야만을 일깨우고 사람답게 사는 법을 가르치셨거늘, 그 이후 너희는 오히려 대대로 우리를 침략하고 강탈하며 온갖 추악한 짓을 서슴지 않았으니, 어째서 은혜를 원수로 갚는 것이냐? 이것은 기르던 개가 주인을 무는 것이 아니고 무엇이겠느냐?"

고연이 한족을 개에, 고구려인들과 그 조상들을 주인으로 비유했지만 아무도 입을 열어 반박하지 못했다.

머리에 약간의 먹물이라도 든 사람치고 방금 고연의 말을 모르는 사람이 없었기 때문이다.

중인은 크게 두려워서 경외심이 가득한 표정으로 고연을 주시했다.

"원래 사람이 개와 더불어 싸울 수는 없는 노릇이지만, 못된 개를 때리지 않으면 장차 또다시 개가 주인을 물게 될 테니 따끔한 응징을 내리겠다!"

퍼억!

고연의 손에 쥐어져 있던 번주의 수급이 갑자기 풍선이 터지듯 산산조각나서 흩어졌다.

다음 순간 놀라운 일이 벌어졌다.

“으앗!”

“앗!”

두 마디의 놀라는 비명성이 터지더니 유운비검절과 복마장황이 쏜 살같이 고연을 향해 쏘아갔다.

그들 두 사람은 고연을 공격하는 게 아니라 오히려 끌려가지 않으려고 발버둥 치는 자세로 고연을 향해 허공을 날아갔다.

게다가 고연은 어떤 자세도 취하지 않았는데 두 사람은 저절로 날아서 어느새 칠팔 장이나 떨어진 고연 앞에 뚝 멈추었다.

그 광경을 보고 놀라지 않는 사람은 아무도 없었다.

그들은 발이 땅에서 한 자가량 뜬 상태로 고연 앞에 나란히 서서 크게 당황했다.

몸을 움직이기는커녕 한 움큼의 공력조차 일으킬 수도 없었다.

완벽하게 고연에게 제압된 상태였다.

휘익!

순간 고연의 뒤쪽에서 두 사람이 허공을 날아 쏘아왔다.

우태와 우상이었다.

두 사람은 쏘아오는 중에 각각 검을 뽑고 활에 화살을 먹였다.

“버러지 같은 놈들!”

“문파와 아버님의 원수!”

팍!

퍼억!

“흐악!”

“끄억!”

우태의 검이 유운비검절의 몸을 머리에서 사타구니까지 세로로 일도양단했고, 우상의 화살이 복마장황의 미간 한복판에 적중되어 화살촉이 뒤통수로 한 뼘이나 튀어나왔다.

쿵! 쿵!

유운비검절과 복마장황은 묵직하게 쓰러졌다.

"공격ー!!"

우태가 검을 치켜들며 우렁찬 외침을 터뜨렸다.

"으악!"

"자, 장백파다!"

"피해랏! 취봉고수다! 끄아악!"

"으아! 이쪽은 선인문이다! 크엑!"

다음 순간 태왕부 곳곳에서 처절한 비명성이 어지럽게 터져 나왔다. 싸움이 시작되기 전부터 태왕부를 포위하고 있던 아란타와 우영극이 이끄는 장백파와 취봉단과 세라의 선인문 고수들이 무차별 도륙을 개시한 것이다.

"도주해라! 으아악!"

"상대가 안 된다! 피해라! 크아악!"

비명성은 태왕부 곳곳에서 끊이지 않고 들려왔다.

푸드득ー

그때 고연 어깨 위에 앉아 있던 금오가 날개를 활짝 펴고 위로 날아오르는데 그 모습이 점차 커지고 있었다.

"……!"

그 순간 이명은 깨달았다.

고연이 이명 자신은 물론이고 이곳에 있는 모든 당나라 사람들을 몰살시키려 한다는 사실을.

그리고 또 하나, 삼족오 금오가 고연의 분신(分身)이며 그의 내공이 형상화(形象化)된 모습이라는 사실도 깨달았다.

쿵!

그때 이명을 보던 한비의 눈이 부릅떠졌다.

이명이 피투성이가 된 이설의 머리를 감싸 안은 채 고연을 향해 갑자기 무릎을 꿇었기 때문이다.

이명은 고연에게 머리를 깊이 조아리며 진심 어린 어조로 애원했다.

"한때 나의 하나뿐이었던 벗 고 형에게 부탁하오. 우리를 다 죽이더라도 아버님만은 용서해 주시오. 그래서 아들이 아비와 한날한시에 죽는 불효를 피하게 해주시오!"

고연은 이명을 굽어보며 조용히 그러나 묵직하게 입을 열었다.

"육 년 전, 요동성 전투 때 이설이 요동성에 효시한 내 아버님의 수급을 나는 똑똑히 기억하고 있다. 그때 나의 심정과 지금 너의 마음은 자식으로서 같을 것이다. 너는 그것을 어떻게 내게 설명하겠느냐?"

"……."

"우리의 조상들이나 고구려는 단 한 차례도 너희 땅을 침략하지 않은 데 반해서 너희의 역사라는 것은 거의 대부분이 내전이나 주변국들을 침략하는 것으로 일관되어 왔다!"

"……."

"입이 있으면 대답해 보라! 지금 이 시점에서 내가 어떻게 해야 하는지를! 너희 같으면 용서할 수 있겠는가?"

준엄한 호통.

이명은 입이 열 개라도 아무 말도 할 수 없었다.

그 즈음, 장백고수와 취봉고수와 선인문의 고수들은 태왕부의 모든 고수들과 군사들을 도륙하고 넓은 마당을 겹겹이 포위한 상태로 고연의 명령을 기다리고 있었다.

영락없는 사면초가였다.

이명이 있는 차일에는 한비와 겸책사, 그리고 평소에 이설의 측근에서 위세를 부리고 아부를 떨던 무리들 이십여 명이 모여 있었지만 아무도 입을 열거나 나서지 못했다.

고연의 신위를 보고서도, 장백파의 기상을 목격하고서 감히 나설 용기를 지닌 자는 아무도 없었다.

끄덕—

고연의 좌우에는 우영극과 우태, 우상, 아란타, 세라 등이 당당하게 서 있었다.

이윽고 고연이 가볍게 고개를 끄덕였다.

그것이 신호였다.

그러자 우태가 쩌렁하게 외쳤다.

"고구려는 영원하다!"

둘러선 수많은 고구려인들이 함성으로 화답했다.

"장백파는 영원하다!"

휘익!

휙!

순간 세라와 우영극과 우태, 우상, 아란타 등이 쏜살같이 차일의 인물들을 향해 쏘아갔다.

그리고 일방적인 도륙.

좌악!

퍼퍽!

“흐악!”

“사, 살려줘… *끄악!*”

그들이 차일의 인물들을 무차별 주살하는 광경을 이명과 한비는 착잡한 표정으로 지켜보았다.

세라와 우태 등은 이명과 이설, 한비는 공격하지 않았다.

이명은 물론이고, 한비도 손을 늘어뜨린 채 아예 반격할 마음조차 먹지 않았다.

철저히 고연의 처분에 자신을 맡기는 자세였다.

상황은 반 각이 채 못 되어 종료됐다.

도륙을 끝낸 세라와 우태 등은 다시 고연 곁으로 되돌아왔다.

차일 아래에 서 있는 사람은 한비뿐이었고, 이명은 부친 이설을 안고 고연 앞에 여전히 무릎 꿇고 있었다.

철저하고도 완벽한 패배였다.

몸뿐 아니라 마음으로도 완벽하게 졌음을 이명과 한비는 절감했다.

한비는 그저 공허했다.

애초 무림고수였던 그가 황궁과 인연을 맺은 것이 실수였고, 의형제인 시타르탄과 고연을 등진 것이 실수였으며, 끝까지 이명 곁을 떠나지 못한 것이 마지막 실수였다.

그는 그 대가를 지금 달랠 수 없는 공허함으로 지불받았다.

문득, 고연의 시선이 한비에게 머물렀다.

한비는 감히 고연의 시선을 마주 볼 용기가 없어서 고개를 숙였다가 잠시 후 다시 고개를 들었다.

그리고 고연의 말.

“작은형님.”

부르르—

한비의 몸이 벼락을 맞은 듯 떨렸다.

“아, 아직도 날 형이라고 부르는가, 연 아우……?”

눈물이 그의 발 아래로 후드득 떨어졌다. 얼굴을 가득 물들인 것은 숨길 수 없는 감동.

“큰형님께 가십시오.”

큰형님이라면 시타르탄을 말함이다.

한비는 저 멀리에 서 있는 시타르탄을 황망한 심정으로 쳐다보았다.

시타르탄은 부드러운 미소를 지으며 한비를 쳐다보고 있었다.

“헛헛헛! 비 아우! 토곡혼은 척박한 땅이지만 물이 좋아서 술맛은 제법일세!”

한비의 눈에서 눈물이 걷잡을 수 없이 흘러내렸다.

“연 아우…….”

“우리는 다시 보게 될 겁니다, 작은형님.”

한비는 고연이 만남과 인연을 소중하게 여기는 사람이라는 것을 새삼스럽게 상기했다.

스륵—

문득, 한비는 고연에게 무릎을 꿇더니 큰절을 올렸다.

“이것은 연 아우에게가 아니라 고구려의 신에게 올리는 절일세.”

이어서 한비는 비틀거리며 시타르탄 쪽으로 걸어갔다.

이명은 그 모든 것을 침묵으로 지켜보았다.

이윽고 그는 고개를 들어 고연을 바라보았다.

거대하게 변한 금오는 날개를 활짝 펼친 채 허공 십여 장 높이에 멈춰 있었다.

고연은 이명을 묵묵히 굽어보고 있었다.

이명은 감히 그의 시선을 마주 대하지 못하고 다시 고개를 숙였다.

그는 더 이상 말하지 않았다. 이마를 땅에 댄 채 꼼짝도 하지 않고 고연의 처분만을 기다렸다.

구구구—

문득, 낮게 우는 금오의 울음소리에 이명은 고개를 들었다.

시야에 고연의 어깨에 독수리 크기로 작아져서 앉아 있는 금오의 모습이 들어왔다.

그는 고예와 어머니가 있는 차일로 걸어가는 고연의 뒷모습을 보면서 내심 안도의 한숨을 내쉬며 가슴을 쓸어 내렸다.

"소자가 모시겠습니다, 어머님."

고연은 어머니에게 공손히 허리를 굽히며 입을 열었다.

"신시라는 곳으로 가느냐?"

어머니는 기대에 찬 표정으로 물었다.

"그렇습니다, 어머님."

"유화 언니가 신시에서 기다린다고 말씀했지요, 오라버님?"

고예가 눈을 빛내며 예쁘게 말했다.

"그렇단다."

                    *   *   *

천하십종이 생긴 이래 최초의 일천, 즉 '천(天)' 이 결정됐다.

무림인뿐 아니라 대명 황실에서조차 인정한 그를 사람들은 그가 동쪽에서 왔다고 하여 '동천(東天)' 이라고 불렀다.

풍문으로는 동천이 장백파와 많은 고구려 유민들을 이끌고 어디론가 떠났다고 했는데 그곳이 어딘지는 아무도 알지 못했다.

패망한 나라 고구려의 황족 소년이 혼례를 올린 지 한 시진 만에 아내와 헤어졌다가 이후 장장 육 년 동안 아내를 찾아 대륙을 헤매면서 겪은 숱한 고초와 기행미담(奇行美談)과 무용담은 그 후로도 세세토록 인구에 회자(膾炙)되었다.

*　　　　*　　　　*

그그긍!

신시 요동성 지하 연공실의 석문이 육중하게 위로 열리기 시작했다.

이미 신인이 된 고연이지만 석문이 점차 넓게 열리자 심장이 오그라드는 것처럼 긴장했다.

저 안에 유화가 있는 것이다.

과연 천제께서 고연의 간절한 기도를 들어주셨을까.

고연이 눈물로 올린 기도가 하늘에 닿았을까.

이제 그 결과가 고연의 눈앞에 나타날 것이다.

"……!"

한순간 고연은 눈을 휘둥그렇게 떴다.

두 자쯤 열린 석문의 아래 안쪽에 한 쌍의 비단신을 신은 작은 발이 가지런히 놓여 있는 것을 발견했기 때문이다.

그긍—

석문이 조금 더 올라가고 한 쌍의 발 윗부분 무릎까지 보이더니 다시 하체가 보이고 마침내 그곳에 서 있는 한 사람의 전신 모습이 온전히 다 드러났다.

"유화!"

고연은 눈물을 왈칵 쏟으면서 비명처럼 외쳤다.

석문 안쪽에 서 있는 사람은 유화였다.

소리없이 눈물을 흘리면서, 환한 미소를 지으며, 감격 어린 표정으로, 두 눈 가득히 사랑을 담고서 그녀는 고연을 바라보며 떨리는 입술을 떼었다.

"연 대가."

"유화!"

누가 먼저랄 것도 없이 두 사람은 서로를 힘차게 끌어안았다. 그리고 뜨겁게 서로의 입술을 찾았다. 이 순간만큼은 시간이 정지했고 천제께서도 슬쩍 외면해 주셨다.

꿈이 이루어졌다.

사랑이 이루어졌다.

두 사람이 하나로 이어졌다.

고연과 유화는 손을 잡고 나란히 요동성 주 건물의 전문을 나섰다. 두 사람이 높은 돌계단 위 평평한 곳에 나란히 멈춰 서자 그 아래 드넓은 광장에 모여 있던 어머니와 고예와 우태와 우상, 아란타, 수인타, 반림, 고구, 로지, 세라, 단옥군, 우영극, 을구, 부린, 미라, 파르마, 그리고 장백 제자들과 수만 명의 고구려인들이 일제히 함성을 터뜨렸다.

"와아아아—!!"

"동천왕(東天王) 만세—!!"

울지 않는 사람이 없었다. 기쁨의 눈물과 함성이 신시의 하늘을 오랫동안 진동시켰다.

둥둥둥둥—

딸랑딸랑딸랑—

웅웅웅웅—

고연이 제사장(祭司長)이 되어 제단 앞에 절을 올리자 제단 위에 육
년 만에 비로소 짝을 찾은 천부인이 구백 년 전 신옥이 그랬고, 육 년
전 고연이 그랬던 것처럼 웅혼한 소리를 내기 시작했다.

둥둥둥둥—

딸랑딸랑딸랑—

웅웅웅웅—

그 소리는 제단 아래에서 절하고 있는 모든 고구려인들 귀에 생생하
게 들렸고 그들의 마음을 울렸다.

천부인의 울림은 새나라 '동천국(東天國)'의 개국(開國)을 알렸고 동
천국이 한국(桓國)을 계승했음을 알리고 있었다.

*　　　　*　　　　*

고연은 단옥군을 세라와 함께 보냈다.

단옥군은 고연과 헤어지지 않으려고 울며불며 애원했지만, 고연의
한마디에 그대로 따랐다.

"동천국과 토번은 형제국이 되었다. 이것은 끝이 아니라 시작인 것이다."

세라는 떠나가기 전에 유화와 많은 시간을 가졌고 많은 대화를 나누

었다. 그리고 그녀가 한 말 중에서 아주 중요한 한마디가 나중에 새로운 역사를 만들었다.

"저는 토번으로 돌아가면 국명(國名)을 서천국(西天國)으로 개명할 생각이에요."

수인타와 반림은 그들의 남편과 아버지가 있는 남조국으로 떠났다.
고연은 제자인 반림에게 자신의 삼족오검을 주었다.
그것은 고구려의 국조 동명성제 고주몽이 아들 유리에게 칼 조각을 찾아서 자신을 찾아오라고 했던 고사와 같았다.
반림은 성장하여 고연의 진전을 이을 준비가 되면 신시로 돌아오게 될 것이다.

우영극은 장백고수들을 이끌고 다시 중원으로 돌아갔다.
중원의 장백파는 신시의 눈이고 귀가 될 것이며, 바야흐로 무림은 장백파의 주도 하에 재편될 것이다.

*　　　　*　　　　*

"때늦은 감이 있지만 우리 신혼여행 갑시다."
"어디로 갈까요?"
"토번국으로 가는 게 어떻겠소?"
"당신이 가시면 그곳이 지옥이라고 해도 저는 따라갈 거예요."
"하하! 토번국은 지옥이 아니오."

“알아요, 당신을 애타게 그리워하는 사람들이 있다는 사실을.”

“음! 애타게, 라는 말이 좀 묘하게 들리는구려.”

“호호! 그렇다면 당신 마음에 뭔가 찔리는 것이 있다는 뜻이겠지요?”

“……”

“언제 출발할까요?”

“아, 아무 때나.”

“어머? 그녀는 당신을 매우 보고 싶어할 텐데 아무 때나라고 말씀하시다니요?”

“무, 무슨 소리를! 세라가 왜 날 보고 싶어하겠소?”

“저는 다만 그녀라고 했을 뿐인데 당신은 콕 집어서 세라라고 말씀하시는군요?”

“음… 그랬소?”

“호호호! 조금 더 있다가는 당신이 세라가 보고 싶어서 병이 날 것 같군요. 우리 지금 당장 출발해요, 연 대가!”

〈大尾〉

後記

　한 마리 비상하는 龍을 그리려다가 마지막에 필을 놓았을 때 종이에 뱀이 그려져 있는 것을 보게 된 심정이 아마도 이럴 것입니다.

　혹여 고구려의 웅혼한 기상을 망가뜨리지나 않았는지 적이 염려스러운 마음마저 듭니다.

　제 나름대로 열심히 자료를 조사하고 밤을 낮 삼아 최선을 다했노라고 자위해 보지만, 이렇게 글을 끝내놓고 보니까 만족감보다는 미진함이 더 크게 느껴지는 것을 어쩌지 못하겠습니다.

　다만, 이 소설 삼족오가 값을 매길 수 없는 고구려라는 귀한 보석을 갈고 닦는데 필요한 돌이라도 되었으면 하는 무용지용(無用之用)의 바람을 조심스럽게 품어 봅니다.

　이 작품에 많은 격려와 지원을 아끼지 않으신 청어람 서경석 사장님께 깊이 감사드립니다.

　그리고 삼족오의 잉태와 출산의 처음과 끝을 늘 함께 해준 아내와 B백작에게 이 작품 삼족오를 바치고 싶습니다.

2005년 이른 봄 인천에서 林榮基